LES MYSTÈRES DE BASKERVILLE HALL

L'autrice

Ali Standish est une autrice pour la jeunesse diplomée de Cambridge. Lauréate du prix Jane Addams, elle a déjà publié une dizaine de romans en Angleterre et aux États-Unis, où elle vit aujourd'hui.

ALI STANDISH

LES MYSTÈRES DE Baskerville HALL

Traduit de l'anglais (Grande-Bretagne)
par Isabelle Troin

POCKET JEUNESSE
PKJ·

Titre original :
The Improbable Tales of Baskerville Hall,
Book 1

Publié pour la première fois en langue originale anglaise
en 2023 par Harper, une maison de HarperCollins Publishers

Loi n° 49 956 du 16 juillet 1949 sur les publications destinées
à la jeunesse : août 2024

ISBN : 978-2-266-33832-5
Dépôt légal : août 2024

Pour Luka et Emma, Paige et Will,
Anna et Haley, Ava Katherine,
et tous les cousins qui restent encore à venir.

« Lorsque vous avez éliminé l'impossible,
ce qui reste, si improbable soit-il,
est nécessairement la vérité. »

SHERLOCK HOLMES

UN

Une étude en rouge

ARTHUR ÉTAIT UN GARÇON qui n'avait presque jamais tort. À l'école, il avait l'habitude extrêmement irritante de trouver la réponse le premier, et de toujours tomber juste de surcroît. Mais ses camarades savaient que ça n'était pas sa faute : son esprit fonctionnait ainsi, voilà tout.

Si vous aviez demandé à Arthur Conan Doyle si quelque chose frémissait dans l'air en cette fraîche journée de septembre, s'il sentait approcher l'aventure – et le danger –, il vous aurait pris pour une voyante tentant de lui soutirer un demi-penny.

Mais comme nous allons le voir, même Arthur pouvait se tromper de temps en temps.

— C'est tout ? demanda-t-il en ce fameux après-midi, fronçant les sourcils devant le morceau de viande que M. Fraser venait de déposer sur sa balance de boucher.

Partagé en sept, il y en aurait à peine une bouchée pour chacun.

— Je crains que ce ne soit tout ce que je peux te donner pour ce prix, répliqua M. Fraser avec un sourire triste.

Arthur remarqua les cernes noirs sous ses yeux. Il jeta un coup d'œil vers le fond de la boutique au sol couvert de sciure, à l'endroit où Mme Fraser s'affairait d'ordinaire. Mais elle n'était pas là. Sa vue avait beaucoup baissé depuis quelque temps ; Arthur le devinait à sa façon de plisser les yeux quand il la saluait. Peut-être n'était-elle plus capable de travailler. Autrement dit, elle avait besoin de voir un docteur, et M. Fraser devrait embaucher quelqu'un pour prendre sa place.

Ce qui signifiait que M. Fraser ne pouvait plus se permettre de lui donner davantage de viande qu'il ne pouvait en payer, déduisit le jeune garçon.

— Je comprends, monsieur, répondit Arthur. Merci, ajouta-t-il en se souvenant de ses bonnes manières.

Tout en se dirigeant vers la porte avec son bout de mouton enveloppé dans du papier, il détailla les autres clients qui faisaient la queue. Il y avait un homme sans doute très préoccupé, car il n'avait pas remarqué qu'il avait marché dans du crottin de cheval ; une femme avec une déchirure mal reprisée à sa jupe ; et un garçon qui dissimulait un couteau, à en juger par la bosse à sa botte.

Mieux valait s'attacher à ces détails qu'aux morceaux appétissants de veau ou de porc qui attendaient d'être achetés par d'autres familles.

Ils ne sont pas pour nous, se raisonna Arthur. *Du moins, pas aujourd'hui.*

Ce fut un soulagement pour lui de ressortir dans les rues pavées et en pente d'Édimbourg où grouillaient les ménagères et les vendeurs de journaux, les chevaux et les petites marchandes de fleurs postées aux carrefours.

L'air, rafraîchi par une brise automnale venue du sud-ouest, embaumait les gâteaux au gingembre de la boulangerie Barrowclough. Sur le bord de la route, les feuilles de quelques arbres bruissaient agréablement, comme si elles avaient hâte de tomber.

Pour le jeune Arthur, d'habitude, rien n'était plus merveilleux qu'un après-midi de septembre. Septembre marquait le début d'une nouvelle année scolaire. De nouveaux cours. De nouvelles matières.

Mais ce jour-là, le vent lui glaçait le cœur.

Avant de comprendre où ses pieds le menaient, Arthur se surprit à traverser la rue pour s'arrêter devant la librairie W. Scott, où une vendeuse arrangeait la vitrine. De l'extérieur, il n'arrivait pas à déchiffrer le titre des livres, mais ceux-ci lui semblaient aussi appétissants que les beaux morceaux de viande du boucher… voire davantage.

Songeant à tous les endroits lointains qu'ils renfermaient, à toutes les aventures qu'on pouvait vivre à travers leurs pages, Arthur poussa un soupir de regret qui embua la vitrine.

Ils ne sont pas pour moi, se souvint-il de nouveau. *Pas aujourd'hui.*

Si ses parents n'avaient pas les moyens d'acheter de quoi se remplir l'estomac, ils avaient encore moins de quoi acheter des livres pour nourrir leur esprit.

Comme pour lui donner raison, quelqu'un tapa à la vitrine de l'intérieur, l'arrachant à ses pensées. La libraire aux cheveux gris le fixait, les sourcils froncés. Elle lui fit signe de partir.

Tout en reculant parmi le flot des passants, Arthur prit une décision.

Il se souvint de M. Crabtree, le principal de son école, l'académie Newington. C'était un homme bougon dont l'haleine sentait le lait caillé, mais il lui avait dit qu'avec son esprit affûté, Arthur réussirait sûrement à devenir quelqu'un.

Toutefois, le jeune garçon venait de décider qu'il ne retournerait pas à l'académie Newington la semaine suivante.

Quelqu'un devait nourrir la famille, et puisque son père travaillait de moins en moins, il faudrait qu'Arthur s'en charge lui-même. Cette pensée l'angoissait, mais renforçait aussi sa détermination.

Peut-être retournerait-il à la boucherie le lendemain pour demander à M. Fraser de le prendre comme apprenti. Découper de la viande toute la journée ne l'enthousiasmait pas, mais ce serait toujours mieux que de ramoner des cheminées ou de creuser des tombes, pensa-t-il en frissonnant.

Pour le moment, il devait rentrer chez lui : sa mère l'attendait pour commencer à préparer le souper.

Plongé dans ses pensées, Arthur faillit bousculer une femme qui remontait la rue en pente en poussant un bébé dans un landau.

— Pardon, madame, s'excusa-t-il.

Mais la femme parut à peine le remarquer.

Bizarre...

Il l'examina de plus près. Elle était jolie, et semblait souffrante. Son visage, livide, contrastait avec l'éclat du bouquet de fleurs qui jaillissait d'une sacoche qu'elle portait en bandoulière, et avec l'étoffe écarlate de sa robe. Elle détonnait dans la foule des passants, dont la plupart portait des couleurs ternes et grisâtres.

La femme se figea.

Au même instant, Arthur remarqua trois choses.

Sa robe rouge était neuve.

Le bébé dans le landau était tout petit : un nourrisson de moins de deux mois.

La femme avait *beaucoup* de mal à respirer.

Une seconde après, elle battit des cils et bascula.

Lâchant son paquet, Arthur tendit les bras comme l'inconnue s'évanouissait. Il la rattrapa juste avant que sa tête heurte le trottoir.

Il la déposa maladroitement sur le sol. Il avait bien interprété les signaux. Dès qu'elle aurait repris connaissance, la femme pourrait rentrer chez elle saine et sauve avec son bébé.

Le bébé !

Arthur tourna vivement la tête alors que le landau se mettait à rouler dans la pente. Il tendit sa main pour le retenir… trop tard ! Le landau prit de la vitesse dans la descente.

Brinquebalant sur les pavés inégaux, il vira soudain vers la chaussée… où un fiacre tiré par quatre énormes chevaux fonçait dans sa direction.

DEUX

Une rencontre plutôt étrange

LES CHEVAUX ÉTAIENT sur le point de piétiner le landau et Arthur se trouvait trop loin pour l'atteindre ! Il parcourut la rue du regard, puis se pencha pour ramasser une pierre sur le sol.

— Hé ! cria-t-il de toutes ses forces.

Et il la lança en priant pour qu'elle atteigne sa cible.

Comme il l'espérait, la pierre toucha l'arrière de la tête de l'homme qui marchait devant le landau. Celui-ci fit volte-face en cherchant le coupable des yeux. Il vit le landau qui fonçait vers la route. Il se précipita et parvint à saisir sa poignée juste à temps. Une seconde plus tard, le fiacre passait en trombe dans un tonnerre de sabots.

Les épaules d'Arthur s'affaissèrent de soulagement. Une petite foule s'était massée, intriguée par cette agitation, et les passants se penchaient pour voir l'homme au landau.

Celui-ci remonta la rue, poussant le bébé d'une main et tenant une canne de l'autre. Arthur fut surpris de découvrir à quel point il était âgé : son pas semblait si énergique de loin !

— C'est toi qui as lancé ce caillou ? demanda-t-il à Arthur avec un accent distingué.

Arthur le dévisagea tandis que l'homme coinçait sa canne sous son bras et ajustait son haut-de-forme pour se frotter l'arrière du crâne. Son âge n'était pas la seule chose que le jeune garçon trouvait surprenante. Son visage ridé était très bronzé, comme s'il avait récemment voyagé dans un pays tropical, et sa barbe d'une blancheur de neige, parfaitement taillée. Il avait un long nez étroit et des yeux gris, et portait un beau costume en tweed avec un gilet assorti. Sa canne, en acajou verni, était surmontée d'une tête de corbeau en argent. Qu'est-ce qu'un gentleman anglais tel que lui pouvait bien faire dans le quartier ?

— Je suis vraiment désolé, monsieur, répondit Arthur. Mais si je vous avais appelé, vous n'auriez peut-être pas compris que c'était à vous que je m'adressais, et vous ne vous seriez pas retourné à temps.

Le gentleman observa Arthur longuement, puis sa barbe frémit.

— Eh bien, je suppose qu'il existe de pires raisons pour lancer une pierre à la tête d'un inconnu.

La libraire mal embouchée était sortie de sa boutique pour aider la jeune mère à se relever. Celle-ci extirpa l'enfant de son nid de couvertures et le serra contre sa poitrine.

— Il paraît que c'est toi que je dois remercier de m'avoir rattrapée, dit-elle à Arthur. Et vous, d'avoir sauvé mon bébé, continua-t-elle en se tournant vers le gentleman anglais.

L'homme secoua la tête.

— C'est grâce à ce garçon. Sans sa vivacité d'esprit, cet incident se serait peut-être très mal terminé.

La jeune mère insista pour donner à Arthur les fleurs qu'elle venait d'acheter au marché, et des inconnus voulurent serrer la main du jeune garçon. Toute cette agitation lui donna le tournis. Il voulait juste rentrer chez lui. Enfin, la femme et son bébé s'en allèrent, et la foule se dispersa. Arthur resta seul avec l'étrange gentleman.

Ce dernier, adossé à la vitrine de la librairie, tapotait l'extrémité d'une pipe éteinte contre ses lèvres d'un air pensif. Son regard perçant croisa celui d'Arthur.

— Tu as également retenu cette femme quand elle est tombée, n'est-ce pas ? Tu sembles avoir de bons réflexes.

— Pas spécialement, monsieur, répondit Arthur, troublé par l'attention que lui portait l'inconnu. J'avais compris qu'elle était sur le point de s'évanouir.

— Ah bon ? Comment ça ?

— Eh bien, elle portait une robe toute neuve. Elle était très pâle et semblait avoir du mal à respirer. Elle venait juste d'avoir un bébé, mais sa taille était très fine. Donc, j'ai pensé qu'en achetant sa robe elle avait peut-être également fait l'acquisition d'un… (Arthur baissa la voix.) d'un corset.

Il espéra que le gentleman ne trouverait pas bizarre qu'il s'y connaisse un peu en la matière ; après tout, il partageait sa chambre avec ses cinq sœurs, et quelques mois auparavant sa mère avait donné naissance à Constance.

Arthur se racla la gorge.

— Apparemment, la personne qui l'a aidée à le mettre l'avait trop serré. Ça peut gêner la respiration et provoquer…

— Des évanouissements, acheva le gentleman. Tout à fait.

La cloche de l'église de Newington commença à sonner l'heure. Arthur sursauta.

— Je vous prie de m'excuser, dit-il en se penchant pour ramasser le paquet de viande qu'il avait laissé tomber un peu plus tôt. Je dois rentrer chez moi.

L'homme souleva son chapeau pour le saluer.

— Ton sens de l'observation t'a bien servi, aujourd'hui. Peut-être davantage que tu ne le crois.

Arthur n'eut pas le temps de répondre à cette drôle de remarque, le gentleman s'était déjà fondu dans la foule. Le jeune garçon nota cependant un détail étrange : l'homme, qui avait remonté la rue avec sa canne dans la main droite, s'éloignait en la tenant de la gauche.

TROIS

Rien n'est plus important

LE SOLEIL VENAIT DE DISPARAÎTRE à l'horizon quand Arthur rentra chez lui. Ses cinq sœurs passaient leurs soirées, lovées comme des chats, aux quatre coins du salon ; il ne fut donc pas surpris que deux d'entre elles se jettent immédiatement sur lui. Mary lui mit ses petits bras autour du cou, tandis que Caroline, qui ne tenait pas encore bien debout, s'accrocha à sa jambe et lui mordit le genou affectueusement.

Les deux aînées, Ann et Catherine, reprisaient des chaussettes près du feu. Constance, la petite dernière, était couchée dans son berceau, entre elles.

— Tu es en retard, lança Ann, qui abandonna son ouvrage de couture. (Elle détestait coudre.) Nous nous inquiétions.

— Catherine a dit qu'il y avait sans doute la queue chez le boucher, s'écria Mary, mais moi, j'ai pensé que tu avais été enlevé par des bandits de grand chemin. Cela aurait été merveilleux, non ?

— Alors, pourquoi es-tu en retard, Arthur ? demanda Catherine, dont le visage sérieux était illuminé par les flammes. Et que diable nous rapportes-tu ?

— Des fleurs ! pépia Caroline en sautant pour tenter d'atteindre le bouquet de bruyère cendrée et de chardons. Mes fleurs !

Ravi, le bébé gloussa, ce qui fit rire Mary et sourire Arthur, lequel ne s'était même pas encore déchaussé.

— Je vous raconterai tout pendant le souper. Avant, je dois apporter ça à Maman.

Il brandit le paquet du boucher. Puis il se débarrassa de ses bottes, tendit les fleurs à Caroline et alla rejoindre sa mère à la cuisine.

Les joues rougies par la vapeur qui s'élevait de la marmite posée sur le poêle, et sa tresse brune à moitié défaite, celle-ci accueillit son fils avec un sourire chaleureux qui éclaira son visage.

— Oh, Arthur ! Tu arrives juste à temps.

— Il n'y en a pas beaucoup, annonça Arthur en lui tendant le morceau de viande. Désolé de n'avoir pas pu en rapporter plus.

Le sourire de sa mère ne flancha pas, mais quelque chose vacilla dans son regard.

— J'ai l'habitude de faire avec peu, répondit-elle. Et puis, Mme Gillies est passée m'apporter quelques patates. Nous allons faire un festin ! Tu veux bien aller voir si ton père soupera avec nous ? ajouta-t-elle à voix basse.

Arthur s'efforça de ne pas se raidir.

— Bien sûr.

Tandis que sa mère se tournait de nouveau vers la marmite fumante, il longea le couloir sur la pointe des pieds. La porte du fond était légèrement entrouverte. En jetant un coup d'œil à l'intérieur de la pièce, Arthur vit son père assis devant son bureau, le dos voûté, la tête entre les mains. Ses cheveux étaient en désordre. Il avait collé au mur des tas d'articles découpés dans les journaux qui lui servaient d'inspiration, ainsi que ses propres dessins de fées, de gobelins et autres créatures fantastiques. Autour de lui, le sol était jonché de boules de papier froissé et de plusieurs bouteilles vides.

Sur un chevalet tout proche reposait un croquis d'une créature monstrueuse, les crocs découverts au-dessus de son gilet. M. Doyle, illustrateur de livres pour enfants, finissait de travailler à une nouvelle édition de *La Belle et la Bête*. Du moins, il était censé le faire.

Le mal dont souffrait le père d'Arthur n'avait rien de commun avec la coqueluche ou la phtisie, qui affectaient le corps. Non, c'était plutôt une maladie de l'esprit, à cause de laquelle M. Doyle n'était plus que l'ombre de l'homme qu'Arthur avait connu et qu'il aimait encore.

— Papa ? Te joindras-tu à nous pour le souper ?

— Pas ce soir, mon garçon, répondit M. Doyle sans bouger d'un pouce. J'ai beaucoup de travail et peu d'appétit.

Arthur s'y attendait. Il se retira en refermant discrètement la porte.

Ainsi, seuls six membres de la famille s'assirent autour de la table ce soir-là – sept, en comptant le bébé. Tous avaient de longs cheveux châtains, la peau dorée et une fossette sur la joue gauche. Mme Doyle servit le ragoût dans des bols et donna à chacun de ses enfants un morceau de pain. Arthur remarqua qu'elle n'en gardait pas pour elle.

Même si le ragoût était très liquide et le pain rassis, ce repas fut un véritable festin. Arthur se rassasia des rires qui ricochaient autour de la table, des sourires de ses sœurs dans la lumière dansante des bougies, et de la surprise de sa mère quand il leur raconta l'incident du landau en fuite.

— Redis-moi comment tu as deviné que la femme était sur le point de s'évanouir ? réclama Catherine, les sourcils froncés.

— Et les chevaux ! s'écria Mary, qui n'aimait rien tant qu'une bonne catastrophe. Tu es certain que personne n'a été blessé ?

Ils en oublièrent presque le siège vide au bout de la table.

Le souper terminé, Ann et Catherine retournèrent à leur couture pendant qu'Arthur montait l'escalier branlant avec Caroline et Mary. Il porta ses petites sœurs jusqu'à la chambre que partageaient les enfants, les mit au lit et les borda. Puis il s'assit à leur chevet et leur raconta la suite des *Aventures épiques (et tragédies terribles) de Timothy Tay, galant écuyer et (plus ou moins) fine lame*. C'était une histoire qu'il avait inventée un soir pour aider Mary à s'endormir, comme sa mère le faisait autrefois pour lui.

Quand Caroline se mit à ronfler doucement et que les yeux de Mary se fermèrent, Arthur gagna la cuisine où sa mère faisait la vaisselle. Il prit une grande inspiration.

— Demain, j'irai demander un travail à M. Fraser, annonça-t-il. Je crois qu'il a besoin d'aide au magasin.

Arthur pensait que sa mère se réjouirait de cette nouvelle. Au lieu de ça, elle se crispa. Quand elle se tourna vers lui, son visage rond affichait une expression chagrine, mais une flamme vivace brûlait dans ses yeux.

— Arthur, dit-elle avec force. Ne fais pas ça ! Je sais que tu veux une vie meilleure. Et moi aussi, je souhaite pour toi une vie meilleure. Tu mérites d'aller à l'école.

— Et toi, tu mérites de manger du pain avec ton souper, répliqua Arthur. Et Ann et Catherine méritent des bas neufs. Il faut bien que quelqu'un dans cette famille gagne de l'argent.

Sa mère secoua la tête.

— Arthur… Tu es destiné à faire quelque chose de grand !

Le jeune garçon lui donna un petit coup d'épaule.

— Maman… Rien n'est plus important que la famille.

Il le pensait sincèrement. Pourtant, lorsqu'il fut couché ce soir-là, son esprit fut envahi par toutes les pensées qu'il s'était efforcé de repousser durant la journée. Toutes ces questions sur un monde plein de mystères qui ne demandaient qu'à être résolus…

Ce n'est pas à toi de les résoudre, se dit-il sévèrement. *Pas maintenant, et peut-être jamais.*

Enfin, Arthur s'endormit.

Son sommeil fut agité. Et le lendemain, à l'aube, il fut réveillé en sursaut par un bruit qui fit trembler toute la maison.

QUATRE

Une invitation

BANG ! BANG !

Quelqu'un tambourinait à la porte comme s'il voulait la défoncer.

BANGBANGBANGBANGBANG !

Arthur repoussa ses couvertures et dévala l'escalier.

— Qu'est-ce que c'est ? demanda la voix de sa mère.

— Je n'en sais rien, répondit Arthur, méfiant.

Serrant les pans de sa robe de chambre autour d'elle, Mme Doyle descendit lentement, et entrebâilla la porte d'entrée. Puis, après quelques instants, elle l'ouvrit plus grand.

Il n'y avait personne dehors.

— Quelqu'un nous joue un tour ? suggéra Arthur.

Sa mère se pencha et ramassa quelque chose sur le pas de la porte.

— Peut-être pas.

Elle tendit vers Arthur sa main qui tenait une enveloppe.

Une enveloppe à son nom.

— Mais… je n'ai encore jamais reçu de lettre !

Il arrivait que les frères et sœurs de son père leur écrivent, mais les enveloppes coûteuses et de mauvais augure n'étaient jamais adressées à Arthur, seulement à sa mère.

— Ouvre-la, lui intima Mme Doyle.

Arthur prit l'enveloppe, brisa le cachet de cire. Il en sortit deux feuilles. La première était un message écrit à l'encre noire sur du beau papier blanc avec une bordure dorée. Les lettres déroulaient leurs arabesques sur la page comme si elles dansaient. Était-ce son imagination, ou le papier sentait-il vaguement la poudre ?

— Alors ? demanda sa mère. Qu'est-ce que ça dit ?

Arthur lut à voix haute.

Au jeune monsieur Arthur Doyle,
J'ai le plaisir de vous informer que vous êtes admis en tant qu'élève à Baskerville Hall pour l'année scolaire 1868. Baskerville Hall est l'école la plus rigoureuse et la plus innovante des îles Britanniques, et elle a formé certains des plus grands esprits de notre temps.
Toutefois, en raison de la nature peu conventionnelle et hautement controversée de nos études, nous protégeons jalousement nos secrets. Ainsi, vous ne devrez parler de votre admission à personne, hormis à votre famille proche.

Alors… êtes-vous prêt à remettre en question tout ce que vous savez ?

Bien à vous,

Professeur George Edward Challenger

Principal de Baskerville Hall

P.-S. : La rentrée est demain.

CINQ

Les plus grands esprits de notre temps

LA PORTE D'ENTRÉE ÉTAIT restée ouverte, comme si la maison demeurait bouche bée à la lecture de cette stupéfiante missive. Arthur fit courir ses doigts sur le blason doré en haut de la page pour s'assurer qu'il ne rêvait pas.

Baskerville Hall. Ce nom le faisait frissonner d'excitation.

— C'est merveilleux ! s'écria sa mère. Fais-moi voir !

Arrivée à la fin de la lettre, elle jeta un coup d'œil dans l'enveloppe.

— Regarde, il y a une autre feuille. Oh ! ce sont des informations sur les professeurs. Voyons voir. Dr J. H. Watson, anatomie et physiologie ; Dinah Grey, sciences théoriques ; brigadier Étienne Gérard, langues et arts équestres…

Le pouls d'Arthur s'accéléra quand le jeune garçon imagina des pupitres en chêne ciré et de la poussière de craie en suspension dans un rayon de soleil.

Comment avait-il pu être admis dans cette école ? Il n'avait même pas postulé !

Ses pensées furent interrompues par le bruit d'une porte qui s'ouvrait. M. Doyle sortit de son bureau en traînant les pieds. Il portait ses vêtements de la veille, et sa joue gauche était maculée de fusain ; il avait dû s'endormir sur un de ses dessins.

— Qu'est-ce que c'est que cette histoire de brigadier ?

— Oh, mon chéri, Arthur a été admis dans une école ! répondit sa mère.

Sur le visage de M. Doyle, la méfiance remplaça l'étonnement.

— Une école ? Mais Arthur en a déjà une.

— Il s'agit d'une école spéciale, qui s'appelle Baskerville Hall. Ça a l'air merveilleux. Je lisais la liste de ses professeurs.

Ses professeurs. Comme si Arthur suivait déjà leurs cours.

— Brigadier Étienne Gérard, murmura M. Doyle en lisant par-dessus l'épaule de sa femme. Je connais ce nom. Mais c'est impossible…

Il regagna précipitamment son bureau. Lorsqu'il revint une minute plus tard, il tenait un article de journal. Toute suspicion envolée de son visage, il écarquillait les yeux de joie. Arthur ne l'avait pas vu aussi émerveillé depuis très longtemps.

— Regardez, dit M. Doyle en désignant le portrait d'un homme moustachu à la large poitrine bardée de médailles.

Le brigadier Étienne Gérard ! Il s'est battu pendant la guerre de Crimée. C'est un héros. Il a pratiquement mené le siège de Sébastopol !

— Pense à tout ce qu'il pourrait enseigner à Arthur ! s'écria Mme Doyle.

— Mais il n'en fera rien, intervint le jeune garçon, refermant enfin la porte pour empêcher le froid d'entrer.

Ses parents se tournèrent vers lui.

— Que veux-tu dire, Arthur ? demanda sa mère.

Anatomie… Sciences théoriques… Arts équestres… C'étaient des mots merveilleux. *Mais pas pour moi,* se rappela Arthur.

— On ne peut pas me payer une école comme celle-là, dit-il.

Mme Doyle posa la main sur le bras de son fils.

— Arthur, regarde.

Et elle lui tendit l'autre feuille de papier.

Sous la liste des professeurs et des matières, un message avait été rédigé d'une écriture différente, avec de petites lettres régulières et bien formées.

Cher Monsieur Doyle,
Dans sa précipitation, il semble que monsieur le principal ait oublié de mentionner quelques détails cruciaux. Veuillez vous présenter dans les ruines de la chapelle de Holyrood Park demain matin à six heures tapantes.
N'apportez que l'indispensable. Tout le reste vous sera fourni.
En outre, l'école prendra en charge vos frais de scolarité. Nos anciens étudiants connaissent

presque toujours une réussite spectaculaire dans le domaine professionnel qu'ils ont choisi ; c'est pourquoi leur générosité nous permet de former les nouveaux gratuitement.

Nous attendons votre arrivée avec impatience.

Sincères salutations,

Mme Louise Hudson

Principale adjointe de Baskerville Hall

— Tu vois ? s'écria Mme Doyle. C'est une chance unique !

L'espoir tiraillait le cœur d'Arthur, mais le jeune garçon refusait de céder.

— Je ne peux pas partir, murmura-t-il en levant les yeux vers sa mère. Même si l'école ne coûte rien, notre famille a besoin de moi.

Il n'osait pas regarder son père.

Du coin de l'œil, il vit M. Doyle s'empourprer et se demanda si ce dernier était fâché. Pourtant, quand il prit la parole, ce fut d'une voix étranglée par l'émotion.

— Mon garçon, dit-il en saisissant une des épaules d'Arthur. J'admets que je n'ai pas toujours été le père que tu mérites. Mais je ne te laisserai pas sacrifier ta chance de réussir dans la vie à cause de moi. Cette école te permettra d'aider notre famille davantage que je n'en ai jamais été capable. Je ferai de mon mieux pour ta mère et tes sœurs. Tu dois y aller.

Arthur n'hésita qu'un instant. Puis il se jeta dans les bras de son père. M. Doyle lui rendit son étreinte d'abord avec raideur, puis avec une affection dont

Arthur avait cruellement manqué au cours des mois précédents.

— Aller où ? demanda Mary.

Arthur se retourna. Ses sœurs s'étaient regroupées dans l'escalier.

— Arthur a été admis dans une merveilleuse école ! s'exclama sa mère. Il va étudier avec les plus grands esprits de notre temps !

Ce fut le chaos.

Mary se demanda comment Arthur se rendrait dans sa nouvelle école et si son voyage serait dangereux.

— Peut-être que tu iras là-bas en bateau et que tu rencontreras des pirates sanguinaires, suggéra-t-elle joyeusement. Ou alors que tu partiras en train et qu'il déraillera. Promets-moi que tu m'écriras pour tout me raconter !

Constance, qui avait été fourrée sans douceur dans les bras d'Arthur, bavait la bouche grande ouverte. Arthur poussa un cri quand Caroline lui planta ses dents dans le genou en signe de protestation. Constance fut prise de gloussements tandis qu'Arthur sautillait sur place en tentant de dégager sa jambe. De la salive vola dans les airs.

— Assez ! cria Mme Doyle en essuyant un postillon sous son œil. Arthur s'en va demain. Nous avons des préparatifs à faire.

Elle avait les joues encore roses d'excitation, mais sa voix était ferme.

Les dernières heures d'Arthur avant son départ lui parurent les plus courtes de sa vie. Même s'il avait hâte de découvrir sa nouvelle école, il voulait profiter de sa famille. Il tenta de retenir chaque moment, mais c'était aussi difficile que de tenter de capturer un rayon de soleil. Le temps fila à toute allure, comme si les aiguilles de la pendule posée sur la cheminée s'étaient mises à tourner à une vitesse surnaturelle.

Juste avant le souper, M. Doyle entraîna Arthur dans son bureau et lui tendit un dessin d'une main tremblante.

— J'ai pensé que tu aimerais l'emporter, marmonna-t-il.

Le dessin représentait les Doyle assis autour de la table. Au lieu de réaliser un portrait solennel, M. Doyle avait représenté les membres de la famille riant ensemble, comme si l'un d'eux venait de raconter une blague hilarante. Il avait dessiné leurs cheveux bouclés, leurs sourires et leurs fossettes à la perfection.

Arthur examina le dessin.

— Je l'adore.

— C'est pour que tu ne nous oublies pas, dit son père. Et pour que tu saches que nous sommes fiers de toi.

Arthur ne sut pas ce qui lui faisait le plus plaisir : le cadeau de son père, ou les mots qui l'accompagnaient.

Pour sa part, Mme Doyle servit ce soir-là un gâteau au gingembre, le dessert préféré d'Arthur, que M. Barrowclough, le boulanger, lui avait cédé à moitié prix car il était légèrement brûlé.

Arthur s'écroula dans son lit, un goût de sucre et de gingembre sur les lèvres.

L'instant d'après, lui sembla-t-il, sa mère le secouait doucement pour le réveiller.

— Debout, mon garçon, chuchota-t-elle. Il est l'heure de partir.

SIX

Le Siège d'Arthur

LES RUES SINUEUSES d'Édimbourg étaient encore sombres et désertes quand les Doyle se mirent en route. Arthur portait le sac en toile qui contenait ses biens les plus précieux, à l'exception de son manteau en laine que sa mère avait reprisé jusque tard dans la nuit. Il s'emmitoufla contre le froid du petit matin, tandis que sa mère et lui approchaient de Holyrood Park.

Même dans l'obscurité, ce n'était pas un endroit difficile à trouver. Ses falaises abruptes, couvertes d'ajoncs, surplombaient la ville. Son point culminant avait été baptisé le Siège d'Arthur, en référence au roi Arthur. Arthur Doyle avait passé ici de nombreux matins d'été à agiter une épée imaginaire en se prenant pour le roi légendaire dont il partageait le prénom – et qui était le héros de nombre d'histoires que sa mère lui racontait le soir.

— Nous y voilà, annonça le jeune garçon en levant la tête vers le sommet. Viens, Maman, ou nous serons en retard !

Les ruines de l'ancienne chapelle où la lettre leur donnait rendez-vous se dressaient sur un promontoire à mi-hauteur de la colline. Arthur gravit celle-ci en surveillant les environs.

Quand ils atteignirent enfin leur destination, des nuages roses à l'est annonçaient l'approche de l'aube. Il devait être presque six heures. Malgré le peu de lumière, Arthur constata qu'aucun fiacre ne l'attendait. Seuls quelques moutons lorgnaient les Doyle de loin.

Avaient-ils mal compris l'invitation ? Ou, pire, l'école avait-elle décidé de ne pas accueillir Arthur, en fin de compte ?

— Il n'y a personne, dit le jeune garçon, les cheveux ébouriffés par une légère brise.

— Ils vont venir. Ils sont sans doute un peu en retard, répondit sa mère.

— Et si…

Arthur s'interrompit alors que la brise forcissait et s'engouffrait en hurlant dans les ruines. Soudain, trois choses lui parurent évidentes.

Premièrement, malgré le vent qui soufflait autour de l'ancienne chapelle, les arbres qui poussaient dans la pente étaient complètement immobiles. Pour une raison quelconque, le vent ne soufflait que sur cette partie précise de la colline.

Deuxièmement, il existait des endroits bien plus propices au passage d'un fiacre et, à plus forte raison, d'un train ou d'un bateau. Arthur voyagerait sans doute par un autre moyen de transport.

Troisièmement, le nuage énorme qui s'approchait d'eux n'en était pas un.

— Un dirigeable ! s'écria Arthur.

De fait, un énorme ballon allongé voguait vers eux telle une baleine blanche qui aurait subitement pris son envol. D'épaisses cordes rouges soutenaient un rutilant vaisseau de bois. Le dirigeable fonça vers eux. Et Arthur distingua sur son flanc le même blason que celui de la lettre : un bouclier décoré d'un calice entouré de lierre et d'une clé dorée entrecroisée avec une épée.

Sous ce blason, on pouvait lire : *Scienta per Explorationem.*

— Il va se poser sur nous ! s'écria Mme Doyle en serrant le bras de son fils.

En effet, le vaisseau se trouvait pile au-dessus d'eux, à un jet de pierre de les écraser.

Soudain, il s'arrêta. Un instant, il demeura suspendu dans les airs. Puis on jeta quelque chose par-dessus bord. Une échelle de corde se déroula, son dernier barreau s'immobilisant au niveau des genoux d'Arthur.

— Splendide, chuchota le jeune garçon.

Par-dessus le bastingage, à contre-jour, apparut un visage dont Arthur ne put distinguer les traits.

— Bonjour, madame Doyle, lança une voix grave. Si ça ne vous ennuie pas, je ne vais pas descendre pour me présenter. Mes genoux ne sont plus ce qu'ils étaient. Si le jeune M. Doyle veut bien monter à bord, afin que nous puissions nous mettre en route…

Stupéfaite, la mère d'Arthur leva la tête et plissa les yeux.

— Je ne m'attendais pas à… un dirigeable… N'est-ce pas un moyen de transport dangereux ?

— Je vous assure que non, répondit l'homme sur un ton poli mais ferme. Arthur sera entre de bonnes mains.

— Dans ce cas… je suppose que c'est ici que l'on se quitte, dit-elle.

Avant qu'Arthur puisse répondre, elle le serra si fort qu'il en eut presque le souffle coupé.

— Fais attention à toi, mon garçon, lui chuchota-t-elle à l'oreille. Écris-nous.

— Promis, Maman, souffla Arthur. Au revoir. N'oublie pas de raconter ça à Mary : elle va adorer.

Puis il se détourna et commença à gravir l'échelle.

SEPT

Dans les airs

UN NŒUD SE FORMA dans le ventre d'Arthur tandis qu'il s'élevait. Impossible de dire si c'était à cause de l'émotion ou de la fragilité de l'échelle de corde qui se balançait follement sous lui. Chaque fois qu'il croyait avoir trouvé son équilibre, son sac en toile cognait contre les montants, et Arthur tanguait de plus belle.

Malgré le froid matinal, il avait les mains moites et du mal à assurer sa prise.

Plus que trois barreaux.

Plus que deux…

Les paumes en sueur d'Arthur glissèrent.

— Aaah ! cria-t-il en se sentant basculer en arrière alors que dix mètres le séparaient du sol en contrebas.

Puis une poigne de fer lui saisit l'avant-bras, le tira vers le haut et le déposa sans ménagement sur le pont du navire.

— Ça va, petit ? demanda une voix d'homme.

Arthur leva la tête. Son sauveur l'observait avec des yeux flamboyants. Il avait le teint cuivré, éclatant. Bien qu'il ne soit pas très grand, son torse bombé avait la circonférence d'un tonneau, et de sa tête cascadait une impressionnante crinière de boucles brunes assortie à une barbe tout aussi foisonnante. Ses traits anguleux semblaient avoir été ciselés dans la pierre.

— Eh bien ? insista-t-il.

— Oui, oui, bredouilla Arthur. Oui, monsieur, ça va.

— Alors, qu'est-ce que tu attends ? Debout, et remonte-moi cette échelle. Nous sommes en retard.

Il s'éloigna à grands pas tandis qu'Arthur s'exécutait.

Le jeune garçon avait à peine terminé qu'une brusque secousse le fit tituber en arrière. Lorsqu'il eut recouvré son équilibre, il ne vit plus que les nuages qui les avaient subitement enveloppés.

Une exaltation nouvelle s'empara d'Arthur, faisant taire sa peur. Ce n'était pas une histoire qu'on raconte aux enfants pour les endormir, ni même un chapitre des *Voyages de Gulliver*. En tendant le bras, il pouvait effleurer les nuages du bout des doigts. Il volait ! Il volait vraiment.

— Petit ! appela l'homme. Viens m'aider à piloter cette baudruche !

Le soleil apparut entre les nuages et réchauffa les joues d'Arthur. Il avait du mal à croire que ce type bourru soit le même que celui qui s'était adressé si poliment à sa mère. Néanmoins, un sourire s'afficha sur son visage.

— Oui, monsieur !

En se dirigeant vers la proue, il passa devant quatre ancres énormes, deux de chaque côté du navire. Il leva la tête pour jeter un regard émerveillé à l'énorme ventre du ballon qui les surplombait.

— Parfait, lâcha le capitaine à son approche. Tu prends la relève. Je n'ai pas dormi de la nuit. J'ai besoin de me reposer un peu avant qu'on arrive à l'école.

Il fit un pas en arrière, révélant un système compliqué de poulies et de leviers avec, en son centre, une roue munie de poignées.

— Prendre… la relève ? balbutia Arthur. Mais je ne sais pas piloter.

Le capitaine l'ignora et ouvrit une trappe dans le plancher en bois.

— On file plein sud, lança-t-il avant de descendre les marches qui conduisaient à une cabine. Réveille-moi quand on passera la frontière anglaise.

— Mais…

La trappe claqua derrière lui, laissant Arthur seul sur le pont du navire.

Bientôt, un bruyant ronflement monta de la cabine.

S'agissait-il d'un test, ou cet homme était-il tout simplement fou ? Dans un cas comme dans l'autre, Arthur allait devoir piloter le dirigeable. Il prit une grande inspiration pour se calmer et s'approcha du gouvernail.

— Tu peux le faire, chuchota-t-il.

Il s'accorda un moment pour regarder autour de lui. Un grand compas était suspendu au-dessus de la barre, qui indiquait un cap sud-ouest. Arthur fit légèrement tourner le gouvernail vers la gauche pour que l'aiguille du compas pointe vers le sud.

Bon, ça n'avait pas été très difficile.

Une carte dessinée à la main était accrochée sur un côté. Elle portait des noms rédigés dans la même écriture que celle de la lettre d'admission d'Arthur. Le jeune garçon plissa les yeux pour les déchiffrer. Édimbourg était indiquée, ainsi que Liverpool, Manchester et Londres. Et dans le coin nord-ouest de l'Angleterre, au cœur d'une forêt, se trouvait le croquis d'un petit bâtiment baptisé « Baskerville Hall ».

Le regard d'Arthur remonta vers le nord. L'Angleterre et l'Écosse étaient séparées par une ligne irrégulière, le mur d'Hadrien, une fortification construite par les Romains à l'époque où ils régnaient encore sur la province de Bretagne. Le soulagement envahit Arthur. Quand il verrait le mur, il saurait qu'ils approchaient de l'Angleterre et qu'il était temps de réveiller le capitaine.

Parmi les poulies et les leviers de l'autre côté du gouvernail, certains étaient identifiés par une plaque. Un des plus gros leviers était fixé aux cordes qui reliaient le navire au ballon, et Arthur supposa qu'il permettait de régler l'écartement entre les deux. Un autre était seulement gravé de la lettre H. Arthur ne parvint pas à deviner sa fonction.

Pendant un long moment, il resta planté là, tel un navigateur contemplant une mer étincelante, s'émerveillant de voir des landes et des montagnes défiler sous lui. Çà et là, il apercevait des villes pas plus grandes qu'une pièce de un shilling.

Son cœur s'accéléra à la vue d'un ruban sombre en contrebas. Le mur ? Un fleuve ? Non, c'était un chemin de fer, le long duquel progressait un train à vapeur. Mais le dirigeable semblait avancer plus vite que lui, ce qu'Arthur trouva étrange. Les aérostats étaient censés être lents. Et maintenant qu'il y réfléchissait, ils ne parcouraient jamais plus de quelques kilomètres d'affilée…

Quelque chose à l'horizon attira son attention. Des nuages noirs se massaient devant eux. Un éclair les traversa, pareil à une aiguille de lumière transperçant de la laine grise.

Arthur reporta son attention sur le levier marqué du H. Il venait de comprendre ce que cette lettre signifiait.

Hydrogène.

L'hydrogène était l'élément le plus léger de tous, plus léger encore que l'air. Voilà pourquoi les aérostats en étaient remplis. C'était un gaz bon marché, et hautement inflammable.

Un autre éclair zébra le ciel tandis qu'un grondement de tonnerre ébranlait le navire. Ils fonçaient droit vers la tempête. Si la foudre frappait le ballon, celui-ci exploserait en une boule de flammes.

— Misère, chuchota Arthur.

Il envisagea d'appeler le capitaine à l'aide, mais si c'était censé être un test, cela signifierait qu'il avait échoué. Et de toute façon, il doutait d'avoir le temps de descendre sur le pont inférieur pour le réveiller. Il devait agir vite.

Réfléchis, Arthur. Devant lui, l'orage s'étendait sur toute la largeur du ciel. Il n'y avait pas moyen de le contourner. Même si Arthur effectuait un demi-tour et repartait vers le nord, les nuages les engloutiraient en un rien de temps.

La seule solution, c'était de descendre. Si Arthur parvenait à le faire assez rapidement, le dirigeable passerait sous le ventre de la tempête.

En théorie, c'était une manœuvre simple. Plus le ballon contenait d'hydrogène, plus il était léger, et plus il prenait de l'altitude. Avec moins d'hydrogène, il descendrait. Mais descendrait-il assez vite pour esquiver la foudre ?

Arthur n'avait pas d'autre choix que d'essayer. Un nouvel éclair déchira le ciel, assez proche pour qu'Arthur sente le crépitement de sa charge électrique. Tendant la main vers le levier qui contrôlait l'hydrogène, il le baissa autant qu'il put.

Pendant un long moment, il eut l'impression d'être suspendu en l'air.

Le tonnerre grondait de tous les côtés telle une meute de loups à l'approche.

Arthur eut la bouche sèche.

Soudain, son estomac lui remonta dans la gorge, pendant que le navire plongeait à travers les nuages.

— Hourra ! s'écria le jeune garçon. Ça marche !

Le navire dégringola – plus bas, toujours plus bas – jusqu'à ce que le ciel s'éclaircisse et que la pluie se change en légère bruine. Quand l'éclair suivant frappa, ce fut tout juste si Arthur distingua la lumière filtrant à travers les nuages d'orage au-dessus de lui.

Il avait réussi !

Son soulagement fut de courte durée.

Car le navire tombait de plus en plus vite.

Arthur tendit vivement le bras pour actionner le levier vers le haut et recommencer à remplir le ballon d'hydrogène.

Mais le levier refusa de bouger.

Ils se trouvaient à l'aplomb d'une ferme. Arthur distinguait les vaches minuscules qui broutaient dans les prés, ignorant qu'un ballon géant était sur le point de s'écraser sur elles. Il réessaya de toutes ses forces de tirer. En vain.

Il recula, prit de l'élan et se jeta, l'épaule en avant, sur le levier récalcitrant.

Mais celui-ci ne bougea pas davantage que les fois précédentes. À présent, Arthur avait mal à l'épaule.

Au moins, Mary aura sa catastrophe, songea-t-il. *Même si je ne serai plus là pour la lui raconter.*

Alors que cette funeste pensée lui traversait l'esprit, son regard se posa sur une des quatre ancres métalliques qu'il avait remarquées un peu plus tôt.

À défaut de remplir le ballon d'hydrogène, peut-être pourrait-il alléger le navire. Arthur traversa précipitamment le pont et détacha la première ancre. Il dut mobiliser toutes ses forces pour la faire passer par-dessus le bastingage. Il n'eut pas le temps de la regarder tomber, car le ballon, soudain déséquilibré, tangua à tribord. Arthur glissa jusqu'à l'extrémité du pont et entendit un choc sourd au moment où la première ancre touchait le sol, suivi par plusieurs meuglements de protestation.

Il jeta l'ancre suivante par-dessus bord, puis se dirigea vers la poupe pour détacher les deux dernières. Le dirigeable reprenait de l'altitude, mais pas assez vite. Une énorme grange se trouvait droit devant. S'il ne redressait pas, il allait la percuter.

Au moment où Arthur se débarrassait de la dernière ancre, il entendit un raclement de bois. Trop tard.

Ils avaient touché la grange ! Arthur s'affaissa sur le pont et s'attendit au pire.

Il avait toujours rêvé d'une vie pleine d'aventures. Il n'imaginait pas qu'elle serait si brève.

Soudain, le bruit cessa. Puis le dirigeable se remit à monter. Le soulagement lui fit tourner la tête. Il avait seulement effleuré le toit de la grange !

Avant qu'il puisse reprendre son souffle, la trappe s'ouvrit à la volée, et le capitaine réapparut.

— Par la barbe de Pythagore ! rugit-il. Qu'est-ce qui se passe ?

Il jeta un coup d'œil autour de lui et tituba jusqu'au gouvernail. Pesant de tout son poids sur le levier d'hydrogène, il le força à remonter, et le dirigeable s'éleva de nouveau vers les nuages. Comme la grange, l'orage avait disparu derrière eux.

— Eh bien, petit, dit le capitaine en tournant son regard flamboyant vers Arthur. Tu as failli détruire mon dirigeable. Pire encore, tu m'as réveillé.

— Il y a eu une tempête, expliqua Arthur. Je savais que si un éclair nous frappait, on prendrait feu, alors, je nous ai fait descendre dessous. Mais le levier s'est coincé, et je n'ai pas pu remonter. J'ai dû jeter les ancres pardessus bord.

Il retint son souffle. Le capitaine trouvait-il cette justification suffisante ? Ou ferait-il faire demi-tour au dirigeable pour ramener Arthur à Édimbourg ?

L'homme le fixa sévèrement pendant de longues secondes. Puis il soupira.

— Ce maudit levier, grommela-t-il. J'aurais dû le faire réparer. Je suppose que je devrai envoyer quelqu'un récupérer ces ancres. Où sommes-nous exactement ?

Arthur tendit son doigt. À travers une trouée dans les nuages, on apercevait un mur en ruine qui serpentait aussi loin que portait le regard. *Le mur d'Hadrien !*

— Nous venons d'arriver en Angleterre, monsieur.

— Vraiment ? (Le capitaine haussa ses larges épaules.) J'imagine que c'est mieux que d'être changés en tas de cendres. Mais il vaut peut-être mieux que je prenne la relève.

— Alors, j'ai réussi le test ?

— Quel test ?

Arthur cligna des yeux et réprima un gloussement de joie. Il allait bien à Baskerville Hall. Et il avait piloté un dirigeable sans aucune aide !

— Monsieur, tout à l'heure, j'ai vu un train à vapeur, et j'ai eu l'impression que nous allions plus vite que lui. Mais ce n'est pas possible, pas avec un dirigeable ?

Pour la première fois, le capitaine se fendit d'un sourire. Arthur fut stupéfait de constater qu'une de ses dents de devant était en argent.

— Avec mon dirigeable, si.

— Mais comment ?

— Pour le comprendre, il faut être calé en physique dynamique, et tu le seras si tu es un jour admis dans le cercle de la Foudre.

Arthur n'avait aucune idée de ce qu'était le « cercle de la Foudre », et après avoir échappé de justesse à la foudre, il préférait ne plus entendre parler d'éclairs jusqu'à nouvel ordre.

— Mais… que penseront les gens s'ils nous voient ? se demanda-t-il tout haut.

Le capitaine s'esclaffa.

— Qu'ils sont fous, probablement. Et la plupart d'entre eux auront raison… Il est temps qu'ils s'en rendent compte !

Arthur s'interrogea : le plus fou dans cette histoire, n'était-ce pas son compagnon ?

— Vous vivez à Baskerville Hall ? interrogea-t-il.

Il espéra que ce n'était pas une question malpolie. Simplement, il avait du mal à imaginer quelqu'un d'aussi bourru dans une école prestigieuse. Cet homme était sans doute l'équivalent d'un conducteur de fiacre, qui effectuait des courses secrètes pour le compte de Baskerville Hall avec son dirigeable.

Le capitaine ricana.

— Encore heureux, vu que je dirige cette école. Aurais-je oublié de me présenter, Doyle ?

Il se fendit d'un large sourire, le soleil se reflétant sur son incisive en argent, et lui tendit une grande main calleuse.

— George Edward Challenger. Principal de Baskerville Hall.

HUIT

Baskerville Hall

ARTHUR N'EUT GUÈRE LE TEMPS de se remettre de sa surprise, car le dirigeable commençait à plonger.

— Accroche-toi, Doyle ! s'écria le principal.

Il semblait suivre le tracé d'un fleuve qui serpentait à travers des vallées. Sous eux, l'ombre des nuages soufflait au-dessus de collines émeraude. Entre ces dernières, des bosquets aux couleurs automnales cédèrent la place à des landes ambrées.

Ils étaient assez près du sol désormais pour qu'Arthur distingue les tuiles des toits des maisons. Ils virèrent pour s'engager dans une épaisse forêt. Une route étroite parmi les arbres menait à une allée de gravier bordée de cèdres du Liban qui formaient une voûte. L'allée débouchait sur un vaste parc, dominé par la silhouette massive d'un manoir en pierre.

Vu du ciel, celui-ci ressemblait à un carré auquel il manquait un côté. Il était pourvu de hauts pignons et de cheminées trop nombreuses pour qu'on puisse les compter. Des plantes grimpantes d'un rouge et d'un orange flamboyants en recouvraient les façades. Sur un côté, un immense arbre tordu jaillissait inexplicablement d'un dôme de verre. Ses branches supérieures venaient s'enrouler étroitement autour d'une cheminée. Les fenêtres du manoir semblaient faire un clin d'œil à Arthur dans la vive lumière du soleil.

— C'est ici, n'est-ce pas ? s'écria le jeune garçon. Baskerville Hall !

— Tout à fait, marmonna le principal en consultant sa montre de gousset. Nous n'avons pas perdu de temps.

Alors qu'ils approchaient, Arthur vit qu'une longue enfilade de serres partait de l'aile ouest du manoir. Derrière se déployait un jardin très sophistiqué, avec un dédale d'allées de gravier qui serpentaient entre les haies et les massifs de fleurs.

Au-delà encore, des chaumières, des écuries et d'autres dépendances plus ou moins grandes et plus ou moins bien entretenues se dressaient çà et là au milieu de pelouses. Des nuages de fumée violette et vert vif s'échappaient d'une cheminée.

Challenger posa le dirigeable devant une sorte d'énorme grange à demi dissimulée par la forêt. Comme ils approchaient du sol, un gros oiseau avec un bec crochu et des ailes très courtes se dandina frénétiquement en travers de leur chemin, obligeant Challenger à donner un coup de gouvernail à gauche. Arthur avait déjà vu un dessin d'un oiseau semblable, dans *Les aventures d'Alice au pays des merveilles*. Mais ça ne pouvait pas être…

— Didi ! Pousse-toi ! cria Challenger.

— Monsieur, c'est vraiment un *dodo* ?

— C'est ce qui s'en approche le plus. À notre connaissance, le dernier spécimen de toute la famille des Raphinae.

Ils se posèrent avec un « bonk ! » qu'Arthur sentit vibrer dans tout son corps.

— Nous y sommes, annonça Challenger. Baskerville Hall. Maintenant, si tu veux bien m'excuser…

— Euh, monsieur ?

Arthur venait de remarquer une grande pancarte plantée non loin de là, sur laquelle on pouvait lire : PASSAGE INTERDIT ! MARÉCAGE DANGEREUX. FAITES DEMI-TOUR POUR ÉVITER DE FINIR PÉTRIFIÉ DANS LA TOURBE. C'EST UNE MANIÈRE TRÈS MOCHE DE MOURIR.

Le principal suivit le regard d'Arthur.

— Oh ! ne t'en fais pas pour ça, Doyle. Il faut bien qu'on éloigne les curieux d'une façon ou d'une autre.

— Challenger !

Un homme en uniforme militaire d'un pays étranger, avec une épée fixée à la hanche, se dirigeait vers le hangar à grandes enjambées.

— Brigadier ? répondit Challenger en sautant à terre et en atterrissant brutalement.

Il jura entre ses dents et se tint le bas du dos.

— On a besoin de vous de toute urgence, aboya l'autre homme avec le même accent que le professeur de français de l'académie Newington. (Apercevant Arthur, il sursauta.) Oh ! Je croyais que vous étiez seul.

— De toute évidence, vous vous êtes trompé, répliqua Challenger. Qu'y a-t-il, Étienne ?

Arthur comprit que ce devait être le brigadier Étienne Gérard, le héros de la guerre de Crimée que son père admirait tant. Il retint son souffle.

Le militaire leva de nouveau les yeux vers Arthur. Puis, d'un ton beaucoup plus bas, il répondit :

— Il y a eu un… nouvel incident.

Le visage de Challenger s'assombrit. Les deux hommes s'éloignèrent d'un pas vif tandis qu'Arthur reprenait son sac en toile, enjambait le bastingage et descendait maladroitement à terre. Lorsque ses pieds touchèrent le sol, le principal et le brigadier avaient déjà atteint les marches qui conduisaient à la porte d'entrée du manoir. *Bizarre,* songea Arthur. *Je me demande ce qui se passe.*

Il s'approcha du bâtiment. Celui-ci était sous la garde d'une légion de gargouilles. Certaines avaient la forme de panthères ou de lions, mais d'autres ressemblaient à des monstres marins ou à des gobelins à l'air féroce. Une autre était sûrement un singe qui se curait le nez.

Arthur reporta son attention sur la porte d'entrée, qui venait de claquer derrière le principal et le brigadier. Au-dessus du battant était sculpté dans la pierre le même blason que sur sa lettre d'admission avec les mêmes mots.

— *Scienta per Explorationem*, murmura Arthur.

— La connaissance par l'exploration, lança une voix toute proche. C'est la devise de Baskerville Hall.

Arthur fut surpris de découvrir quelqu'un – une *fille* – debout près de lui. Elle traînait derrière elle une grande malle couverte d'étiquettes. Elle était un peu plus petite que lui, avec de larges épaules, un visage rond et une peau couleur de châtaigne. Elle avait de grands yeux brillants et, sous son chapeau, ses cheveux noirs étaient bouclés sur le devant et attachés en une tresse élégante dans le dos.

— Tu es élève ici ? bredouilla Arthur.

L'inconnue le dévisagea avec froideur.

— Évidemment.

Arthur n'avait jamais envisagé qu'il puisse y avoir des filles à Baskerville Hall. Mais c'était logique. L'école enseignait aux esprits les plus brillants, et beaucoup d'entre eux devaient appartenir à des filles. Arthur pensa à ses sœurs, Catherine avec sa logique infaillible et Mary avec son imagination débordante.

Il se présenta et tendit la main à sa camarade. Comme elle la serrait, il sentit une odeur qui lui rappela sa maison.

— Irene, dit la fille. Irene Eagle.

Elle s'exprimait avec un accent qui ne lui était pas familier, et portait une drôle de tenue : une robe rouge ajustée avec des boutons dorés aux poignets et une jupe à volants. Curieusement, la jupe ne descendait pas plus bas que ses genoux sur le devant et laissait entrevoir un pantalon rentré dans des bottes noires et brillantes. Une montre de gousset en or était épinglée à son corset.

Soudain, Arthur se sentit gêné par son sac en toile et son manteau reprisé.

— Tu as visiblement fait un long voyage, répliqua-t-il. Tu arrives d'Amérique, j'imagine ?

Irene fronça les sourcils.

— Tu imagines bien. Comment as-tu deviné ?

Arthur désigna ses bagages.

— Tu as une malle de voyage comme on n'en emporte que pour les longs trajets en train ou en bateau. Et tes mains sentent le gingembre, qui est un remède connu pour le mal de mer. Donc, tu es venue par bateau. Et ta montre n'est pas à la bonne heure : elle a cinq heures de retard. Tu devais être vraiment très malade pour ne pas penser à la régler.

Instinctivement, Irene toucha sa montre.

— Tu n'as pas idée. Jamais je n'ai été aussi contente de retrouver la terre ferme.

Arthur sourit en repensant à son propre voyage.

— Je vois très bien ce que tu veux dire.

— Toi aussi, tu es venu à bord d'un navire ?

— En quelque sorte.

Arthur saisit une des poignées de la lourde malle, puis ils montèrent les marches ensemble.

— Tes parents sont diplomates, ou quelque chose comme ça ? demanda Arthur.

Irene braqua sur lui un regard perçant.

— Qu'est-ce qui te fait penser ça ?

— Toutes les étiquettes sur ta malle. Tu dois beaucoup voyager.

— En fait, ils sont chanteurs d'opéra, et jusqu'ici, je les accompagnais en tournée. Mais ils ont décidé qu'il était temps que je me pose quelque part. Donc… me voilà.

— Des chanteurs d'opéra, répéta Arthur, qui pour sa part n'avait jamais mis les pieds dans un théâtre. Wahou !

— Ce n'est pas aussi excitant que ça en a l'air.

Arthur fut distrait par un mouvement dans son champ de vision. À peine discernable entre les arbres qui bordaient le domaine, quelqu'un chevauchait un destrier noir. Enveloppé d'une cape vert foncé, le cavalier était étrangement raide et immobile. Seul le balancement de la queue du cheval avait trahi sa présence. Malgré la profonde capuche, Arthur eut l'impression qu'il l'observait.

— Regarde, murmura-t-il en se tournant vers Irene. À ton avis, qui est-ce ?

— Où ça ? demanda sa camarade.

Arthur cligna des yeux, surpris. En l'espace d'un instant, le cavalier et sa monture s'étaient fondus dans l'ombre.

Avant qu'il ne puisse ajouter quoi que ce soit, les portes du manoir s'ouvrirent. Sur le seuil se tenait une femme ronde avec des joues rouges, un front luisant et des cheveux gris et frisés rassemblés en un chignon relâché. Elle était entièrement vêtue de jaune.

— Si vous voulez bien laisser vos bagages ici, lança-t-elle d'une voix essoufflée, on les montera dans vos chambres. Vous êtes les derniers à arriver, et le programme est chargé.

Bouche bée, Arthur et Irene fixaient l'énorme animal au pelage gris qui avait passé la tête derrière les jupes de l'inconnue.

— C'est bien un…, demanda Arthur.

— … un loup ? acheva Irene d'une toute petite voix tandis que l'animal ouvrait la gueule pour bâiller, révélant des crocs aussi longs et pointus que des clous de cercueil.

— Ah ! oui. Je vous présente Tobias. Vous pouvez l'appeler Toby. Le principal s'intéresse beaucoup à la zoologie.

Vous devriez voir certaines des créatures qu'il nous a ramenées au fil des ans !

— Didi, par exemple ? suggéra Arthur.

— Tout à fait. Je me suis particulièrement attachée à Toby. Il est doux comme un agneau. Au fait, je suis Mme Hudson, la principale adjointe. Vous devez être Mlle Eagle et M. Doyle. Par ici, je vous prie. La réunion a lieu dans mon salon.

Elle tourna les talons et, au grand soulagement d'Arthur, Toby se leva pour la suivre en silence. Il était si grand que Mme Hudson aurait pu marcher avec l'avant-bras posé sur son dos.

— Les dames d'abord ? suggéra Arthur, qui pensait toujours à ces crocs acérés, bien différents des dents d'un agneau.

— Aucune chance, répondit Irene avec un sourire aussi carnassier que celui d'un loup.

NEUF

Grover et Pocket

ARTHUR PÉNÉTRA DANS LE GRAND HALL d'entrée lambrissé de chêne. Un large escalier se dressait face à lui ; Mme Hudson et son « doux agneau » disparurent par une porte sur la gauche. Arthur et Irene les suivirent dans un vaste salon, où une vingtaine d'élèves étaient déjà rassemblés. Ils discutaient en petits groupes sur les canapés ou près de la cheminée. La plupart portaient des vêtements bien plus beaux que ceux d'Arthur.

Mais je parie qu'aucune de leurs mères n'a veillé tard pour repriser leur manteau, songea Arthur, lissant le drap de laine en un geste protecteur.

Le salon de Mme Hudson était luxueusement décoré dans des teintes de jaune, avec une profusion de roses couleur safran sur le papier peint. Un service à thé en argent était disposé au fond de la pièce, avec des assiettes de biscuits et de tartelettes. L'estomac d'Arthur gargouilla.

Irene et lui se dirigèrent vers la table du buffet où il lorgna les tartelettes, qui étaient également jaunes.

— Je sens comme un thème, dit-il à Irene. Tu crois qu'elles sont au citron ?

— À l'ananas, je le crains, lâcha une voix amusée.

Un garçon très grand, très maigre et à la mine très sombre se tenait seul près de la table. Il était entièrement vêtu de noir, et ses cheveux de la même couleur brillaient comme des plumes de corbeau. Il avait la peau brune et portait de petites lunettes rondes sur le bout du nez.

— À l'ananas ? répéta Arthur, qui connaissait ce fruit de nom mais n'en avait jamais goûté, ni même vu.

— Oui, ils les font pousser dans les serres, expliqua le garçon. Avec un tas d'autres fruits tropicaux. Personnellement, je préfère le citron. Au fait, je m'appelle Grover Kumar.

— Irene Eagle, annonça-t-elle en lui tendant une main que Grover serra mollement. Et lui, c'est Arthur…

— Doyle, compléta l'intéressé. Cet endroit est épatant ! Je n'avais jamais rien vu de pareil. À ton avis, quand les cours commenceront-ils ?

Grover haussa les épaules.

— J'évite de penser au temps qui passe. Chaque seconde n'est qu'un pas de plus vers notre inéluctable fin. Et en parlant de fin, voulez-vous voir ma collection de gravures de pierres tombales ?

Il tendit un carnet rempli de papiers de toutes les tailles. Arthur et Irene échangèrent un regard.

— Tu… collectionnes les gravures de pierres tombales ? demanda Arthur.

— Oui, répondit Grover. Depuis que Maman m'a forcé à arrêter ma collection d'os d'animaux. J'étais terriblement déçu.

— Une autre fois, peut-être, suggéra poliment Irene. Nous voulions grignoter quelque chose.

Grover haussa les épaules, puis glissa une main dans sa poche et en sortit un bonbon au citron qu'il mit dans sa bouche avant de s'éloigner.

Arthur se tourna vers Irene.

— Je n'avais encore jamais rencontré personne d'aussi…

— Grover est un peu étrange, c'est vrai, lança une fille qui était en train de prendre un des mugs en porcelaine dépareillés. Mais hilarant une fois qu'on le connaît.

Son visage bronzé, constellé de taches de rousseur, était encadré par des boucles rousses. Arthur reconnut son accent irlandais. Elle portait une drôle de robe qui semblait composée de poches cousues ensemble, d'où dépassaient divers objets : de la laine orange, un brin de romarin, un ressort argenté.

— Je suis Mary, se présenta-t-elle, mais mes amis m'appellent Pocket.

— Je comprends pourquoi, acquiesça Irene.

Arthur songea qu'elle lui rappelait un peu sa sœur Mary. Avec un pincement au cœur, il se demanda ce que faisait sa famille en ce moment.

Pocket rit.

— Les filles aussi devraient avoir des poches, tu ne trouves pas ? Sinon, où pourrions-nous ranger nos crapauds, nos vers de terre et autres choses importantes ?

— Vos souris, par exemple ? suggéra Arthur avec un large sourire en désignant le minuscule museau rose qui pointait hors d'une poche sur l'épaule de Mary.

— Exactement.

Pocket donna une miette de biscuit à la créature, qui disparut de nouveau.

— Tu es ici depuis quand ? demanda Irene.

— Hier. Vous saviez que vous alliez venir, ou vous avez été surpris en recevant l'invitation ?

— Moi, c'était une surprise, répondit Arthur. Ma lettre n'est arrivée qu'hier.

Pocket écarquilla les yeux.

— Hier ? Eh ben dis donc, j'ai reçu la mienne il y a des semaines ! J'ai quand même été surprise. Je pensais que la directrice de mon école précédente ne m'aimait pas beaucoup, ou du moins, qu'elle n'aimait pas les inventions que j'apportais en classe, mais elle a dû suggérer mon nom.

Arthur fronça les sourcils. Pourquoi avait-il reçu sa lettre plusieurs semaines après les autres élèves ? Et qui avait proposé sa candidature ?

— Moi, je m'y attendais un peu, avoua Irene. Mes parents m'ont dit qu'ils avaient fait une demande pour moi.

— Oh ! comme Jimmie, là-bas, dit Pocket en désignant un garçon de petite taille avec des cheveux couleur de charbon, un teint olivâtre et des épaules voûtées.

Il se tenait avec un groupe d'enfants. Les garçons portaient tous une veste de costume et les filles, une robe chatoyante.

— Son père est un ancien élève de Baskerville Hall. C'est un homme d'affaires très en vue. Donc, Jimmie était certain d'avoir une place.

Arthur observait toujours Jimmie à l'autre bout de la pièce quand celui-ci se retourna. Leurs regards se croisèrent, et ils s'observèrent un long moment.

Puis ils hochèrent la tête en même temps.

— Il est avec les Londoniens. Aucun d'eux n'a dû être surpris de recevoir son invitation. La mère de Harriet Russell est duchesse et dame de chambre ! Elle prétend que sa taie d'oreiller a appartenu à la reine Victoria. Et ça, c'est Sebastian Moran. Son père siège au Parlement.

Pocket désignait à présent un garçon blond avec un menton proéminent, qui faisait une tête de plus que les autres. Malgré la distance, Arthur devinait qu'il s'était cassé le nez, un jour, même si celui-ci s'était bien ressoudé.

Sebastian se tourna lui aussi vers les nouveaux venus. Il sourit à Arthur, mais son regard avait quelque chose de sournois.

Arthur pensa à son propre père, qui s'escrimait pitoyablement dans son bureau à la maison.

— Est-ce que tous les élèves ont des parents riches ou célèbres ?

— Pas moi ! répondit Pocket. Et Grover non plus. La plupart sont issus de familles tout à fait ordinaires. Oh ! regardez, c'est Ahmad Sayyid. Apparemment, son père a sauvé la vie du docteur Watson pendant son dernier voyage en Afghanistan. C'est un passionné de géologie. Il ne jure que par les cailloux.

Un garçon mince en longue tunique blanche et gilet bleu agita la main pour les saluer. Pocket continua à faire le tour de la pièce en nommant les nouveaux camarades d'Arthur. Ahmad et Irene n'étaient pas les seuls qui venaient de l'étranger, et tout le monde semblait avoir une famille importante, un don merveilleux ou une passion intéressante. Jusqu'à présent, Arthur s'était demandé pourquoi sa lettre était arrivée en retard ; désormais, il commençait à se demander pourquoi elle était arrivée.

— Ça va ? murmura Irene. Tu tires une tête d'enterrement.

— Ça va, répondit Arthur avec une gaieté forcée. Je suis juste un peu fatigué.

— Quelqu'un a parlé d'enterrement ? demanda Grover en revenant vers eux.

Puis la porte du salon s'ouvrit à la volée, et M. Challenger fit irruption dans la pièce. Mme Hudson frappa dans ses mains pour réclamer le silence.

— Monsieur ! s'écria Ahmad. Votre veste !

Challenger baissa les yeux. Sa poche avait pris feu. Avec un grognement, il tapota dessus pour éteindre les flammes. Il ne semblait pas du tout perturbé, comme si ce genre de chose lui arrivait souvent. Irene étouffa un rire.

— Bien, tonna le principal, et sa voix résonna à travers le salon. Bienvenue à Baskerville Hall. Vous verrez qu'ici les choses ne fonctionnent pas comme dans les autres écoles. Nous ne perdons pas de temps en leçons de grammaire, et nous ne nous soucions pas de l'étiquette.

Un gloussement nerveux se propagea parmi les élèves. Mme Hudson poussa un soupir las et échangea un coup d'œil avec un homme mince et pâle, qui était assis le dos bien droit dans une chaise roulante. Il lui rendit un regard entendu et caressa sa petite moustache, une lueur amusée dans les prunelles.

— Ici, nous récompensons l'innovation et la créativité. Il n'y a pas de gouvernantes pour vous materner, pas de tuteurs sévères pour surveiller ce que vous faites. Nous comprenons qu'il faut parfois prendre des risques pour servir la connaissance. Nous nous *attendons* à ce que vous en preniez.

Arthur ne pouvait pas en être certain, mais il lui sembla que le principal lui avait adressé un discret signe de tête. Son cœur se gonfla. Peut-être Challenger avait-il été plus impressionné par sa performance qu'il ne l'avait laissé paraître à bord du dirigeable.

Mme Hudson se racla la gorge.

— Oui, oui, j'y arrive, dit le principal. Mais même dans un lieu tel que Baskerville Hall, il y a des règles à respecter. Nous ne donnons pas de fessées, nous ne tirons pas d'oreilles et nous ne nous livrons à aucun autre type de châtiment corporel. C'est inutile. Si vous enfreignez les règles de l'école, vous le faites à vos risques et périls.

Il parcourut la pièce du regard comme pour mettre les élèves au défi de le contredire. Arthur vit le voisin de Sebastian lui donner un coup de coude avec un large sourire. Sebastian garda les yeux rivés sur le principal.

— Maintenant, laissez-moi vous présenter certains de nos honorables professeurs, reprit Challenger. Le docteur Watson, professeur d'anatomie et de physiologie.

L'homme assis près de Mme Hudson inclina la tête.

— Le brigadier Gérard...

L'homme ventripotent qui était venu chercher le principal à l'atterrissage du dirigeable était sur le point de faire un pas en avant quand...

BOUM !

Une explosion fit trembler les vitres du salon. Les élèves sursautèrent, quelques-uns poussèrent des cris. Grover haussa les sourcils, l'air intéressé pour la première fois.

— Malédiction, gronda Challenger. Encore !

Et sans rien ajouter, il sortit à grands pas.

DIX

Sur le ring

— JE CROIS QU'IL VA me plaire, déclara Pocket après le départ du principal.

— Et j'adore l'idée de n'avoir ni gouvernantes ni tuteurs pour nous casser les pieds, ajouta Irene en souriant.

— Moi, j'ai aimé qu'il nous encourage à prendre des risques, dit Arthur. D'habitude, les adultes veulent que les enfants soient prudents.

Mme Hudson frappa dans ses mains pour rétablir le silence.

— Eh bien, puisque le principal a dû aller s'occuper d'une de ses… euh… expériences, passons maintenant à la visite des lieux.

Alors que les adultes les entraînaient hors de la pièce, Arthur prit une tartelette à l'ananas et la fourra dans sa bouche. Il ferma les yeux tandis qu'un goût acidulé se répandait sur sa langue. Il n'avait jamais rien goûté de tel.

Quand il rouvrit les yeux, Mme Hudson poussait vigoureusement une double porte, au fond du couloir de l'entrée.

— Ceci est notre bibliothèque, annonça-t-elle. Vous aurez tout le temps de vous familiariser avec les nombreux trésors qu'elle renferme.

Le cœur d'Arthur fit un bond dans sa poitrine à la vue de l'immense pièce aux rayonnages de livres qui montaient jusqu'au plafond voûté. Un globe terrestre aussi volumineux qu'un fiacre était posé dans un coin, et une fresque d'étoiles dorées décorait le plafond. D'étroites marches menaient aux deuxième et troisième niveaux, où l'on apercevait quelques élèves en uniforme violet foncé. L'espace entre le troisième niveau et le plafond était divisé en étages de moins en moins hauts, ce qui donnait l'impression d'une pièce montée écrasée. On y accédait par un escalier en colimaçon vermoulu. Un vieil homme aux boucles argentées en désordre dormait dans un fauteuil, derrière un long comptoir en bois.

— Voici M. Underhill, notre cher bibliothécaire. Monsieur Underhill ? appela Mme Hudson.

Ne recevant pas de réponse, elle l'appela un peu plus fort. Le vieil homme battit des paupières, puis se rendormit aussitôt.

Mme Hudson poussa un soupir de défaite.

— Tant pis. Allons-y.

Arthur se tourna vers Irene pour lui parler. Au lieu de quoi, il trouva Jimmie qui couvait la bibliothèque d'un regard avide.

Puis Irene l'entraîna par le bras, car Mme Hudson s'enfonçait déjà dans l'aile est du manoir. Alors qu'Arthur la suivait, son attention fut attirée par un détail qu'il n'avait pas encore remarqué. Il manquait un carreau à l'un des battants de la porte d'entrée, comme si le verre avait été brisé.

Voyant que Jimmie l'observait, Arthur se détourna.

— Les cours ont lieu ici, expliqua Mme Hudson en guidant les élèves vers les profondeurs de la bâtisse. (Pour une femme aux jambes aussi courtes, elle marchait drôlement vite.) Hormis pour ceux de biologie et d'équitation, qui se tiendront respectivement dans le jardin d'hiver et dans le parc. Le réfectoire, où vous prendrez vos repas, se situe au fond de l'aile ouest. Couvre-feu au crépuscule…

Arthur n'écoutait qu'à moitié. À travers les fenêtres, il apercevait un tas de choses merveilleuses, notamment une salle remplie de spécimens étranges : un papillon de nuit écarlate et turquoise, gros comme un faucon, épinglé dans une vitrine, des étagères chargées de créatures conservées dans du formol, un squelette humain qui, bien que dépourvu d'yeux, semblait les suivre du regard. Dans une autre pièce embrumée, deux personnes assises de part et d'autre d'une table ronde se tenaient par les mains et chantaient.

— Vous croyez que c'est une séance de spiritisme ? chuchota Irene.

Grover s'avança si près de la fenêtre que son haleine opacifia la vitre. Puis le visage d'un garçon à la mine renfrognée apparut de l'autre côté de celle-ci, et il tira le rideau d'un geste sec.

Dans la salle suivante, une femme âgée en longue tunique blanche avec des boutons noirs sur un côté s'efforçait de démêler un enchevêtrement de câbles. Elle leva la tête et sourit. Des yeux bleu vif brillaient dans son visage très pâle. Au-dessus d'elle, des cloches en verre, à l'intérieur desquelles clignotaient des éclairs minuscules, étaient suspendues au plafond par des cordes.

Arthur sursauta.

— C'est bien…

— De l'électricité, souffla Irene.

L'instant d'après, quelqu'un poussa Arthur par-derrière. Il se retourna. Toby le loup venait de lui donner un coup de museau, et il le fixait comme s'il attendait quelque chose.

— Je crois qu'on est censés rester avec le groupe, marmonna Arthur.

— Et enfin, voici l'amphithéâtre, était en train de dire Mme Hudson quand Arthur et Irene la rattrapèrent, qui nous sert à… Ah ! monsieur Stone, vous voilà.

Elle poussa les élèves dans une grande salle obscure où des rangées de sièges descendaient en gradins jusqu'à une scène. Sur celle-ci avait été installé un ring. À l'intérieur, un homme costaud portant des gants de boxe donnait des coups de poing dans l'air. Il se tourna vers les nouveaux arrivants. Son visage rougeaud était couturé de cicatrices violettes qui le faisaient ressembler à un bouledogue, songea Arthur.

— Ah, Hudson, vous m'amenez du sang neuf ! s'écria-t-il joyeusement. Merveilleux. Faites-les approcher, que je puisse les évaluer.

Les élèves s'avancèrent, nerveux.

— C'est un professeur, ça ? chuchota Harriet, la fille qui dormait avec la taie d'oreiller de la reine Victoria.

M. Stone essuya son front mouillé et baissa les yeux vers eux.

— On va apprendre à boxer ? couina Pocket, tremblante d'excitation.

— Évidemment, répondit Stone.

— Mais… pourquoi ? demanda Harriet.

Le professeur s'appuya contre la corde et eut un grand sourire.

— La boxe n'est pas qu'une question de force et de rapidité, ma petite demoiselle. Oh ! je sais ce qu'on raconte : les boxeurs sont de vulgaires brutes. Mais pour survivre sur le ring, il faut être malin. Bien supporter la pression, vous voyez ? Apprenez à boxer, et vous parviendrez à garder la tête froide même quand vous serez acculés.

— Certains d'entre nous évitent juste de se faire acculer, marmonna Harriet.

— En fait, poursuivit le professeur tandis que son sourire s'élargissait, je crois que nous avons le temps de faire un ou deux matchs avant que Mme Hudson vous conduise à vos chambres. Ainsi, vous pourrez juger par vous-mêmes.

— Je suis volontaire, monsieur, lança une voix assurée.

Tout le monde se tourna vers Sebastian Moran qui s'avançait avec un sourire en coin. Pas étonnant, puisqu'il mesurait presque une tête de plus que ses camarades. Qui pouvait bien espérer le battre sur un ring ? Arthur se demanda si son nez cassé était le résultat d'un précédent match.

— Parfait ! s'écria M. Stone. Et qui veut l'affronter ?

Silence. Même Pocket n'eut pas l'audace de s'avancer.

Arthur se pencha vers Irene.

— Dans quel genre d'école sommes-nous tombés ? chuchota-t-il.

— Le genre d'école dont on ressort debout ou pas, je suppose, répondit-elle sur le même ton.

Au même moment, Arthur sentit qu'on le poussait par-derrière. Il trébucha en avant et fit volte-face, s'attendant à voir de nouveau Toby. Mais c'était le groupe des Londoniens. Tous regardaient droit devant eux ; cependant, quelques-uns ricanaient sous cape. Un peu à l'écart des autres, Jimmie fixait le sol.

— Un autre volontaire ! se réjouit Stone. Bravo !

Arthur se figea, puis se tourna lentement vers la scène sur laquelle le professeur le regardait. En fait, tout le monde le regardait.

Grover, qui se tenait de l'autre côté d'Arthur, esquissa une révérence.

— Je suis impatient de lire ton avis de décès, lança-t-il.

ONZE

Un adversaire à la hauteur

ARTHUR HÉSITA, mal à l'aise. Il s'était bagarré plus souvent qu'à son tour avec les garçons de sa rue qui s'amusaient à tourmenter les plus jeunes et les plus pauvres qu'eux. Sebastian lui rappelait ces jeunes bourreaux.

Irene lui serra l'épaule.

— J'espère que tu vas gagner, chuchota-t-elle.

— Moi aussi ! s'écria Pocket. Montre-leur comment on se bat !

Chassant ses doutes, Arthur monta sur le ring.

— Règles du marquis de Queensberry, aboya Stone en jetant une paire de gants rembourrés à Sebastian, puis à Arthur. Trois reprises qui dureront trois minutes chacune, ou jusqu'à ce que l'un de vous reste à terre pendant dix secondes. Messieurs, chacun dans son coin.

Sebastian se dirigea vers le sien et brandit les poings devant sa poitrine en souriant froidement à Arthur. Le cœur battant la chamade, celui-ci se mit également en garde, mais les coudes davantage pliés et les poings devant le visage. Il se demanda ce que ça ferait d'être assommé par un direct au menton. Mais il se hâta d'écarter cette pensée. *Concentre-toi !* s'exhorta-t-il.

Stone s'avança vers le milieu du ring.

— Vous êtes prêts, messieurs ? Combattez !

Il fit sonner une cloche, puis s'écarta.

Sebastian et Arthur s'avancèrent prudemment, se jaugeant l'un l'autre. Sebastian tendait les bras pour tenir son adversaire à distance, mais cette position lui ferait perdre du temps pour armer ses coups. Malheureusement, Sebastian était incroyablement leste pour un garçon de sa taille ; il ne cessait de sautiller autour du ring, si bien qu'Arthur avait du mal à l'approcher pour placer une attaque. Soudain, Sebastian bondit en avant et lança son poing sur l'épaule d'Arthur. D'abord déséquilibré, celui-ci se ressaisit très vite et lança un crochet sur la tempe droite de Sebastian. Mais son adversaire esquiva avec agilité tout en lui décochant un sourire narquois.

— Il n'y a pas de honte à perdre, murmura Sebastian tandis qu'ils continuaient à se tourner autour. Du moins, pas trop. Je peux même te laisser placer un coup, histoire de sauver la face.

Il baissa sa garde pour laisser sa tête à découvert.

— Vas-y, Doyle, l'encouragea-t-il. Ce sera peut-être ta seule chance.

Arthur comprenait ce que Sebastian tentait de faire. S'il mordait à l'hameçon, l'autre attendrait qu'il vise sa mâchoire, laissant son ventre exposé. Puis Sebastian lui lancerait son poing dans l'estomac, peut-être avec assez de force pour le jeter à terre où Arthur se trouverait à sa merci.

Sebastian voulait jouer ? Il allait être servi.

— Tu me laisses un coup gratuit ? demanda Arthur.

Son adversaire acquiesça.

— Vas-y.

Arthur bondit comme pour le frapper au visage. Puis, très vite, il se baissa et plongea sur le côté, juste à temps pour sentir le poing de Sebastian voler au-dessus de son épaule gauche. Profitant de ce que son adversaire s'était découvert, il le frappa dans les côtes.

Sebastian frémit et baissa vivement les coudes pour protéger sa cage thoracique. Une idée traversa l'esprit d'Arthur, et pendant la seconde où il l'examinait…

Bam !

Il ne s'était laissé distraire qu'un instant, mais cela avait suffi à Sebastian pour lui lancer son poing dans la figure. Par chance, comme Arthur tenait bien sa garde, ses gants encaissèrent le plus gros de l'impact. Néanmoins, il se trouva momentanément désorienté. La foule poussa des « oooh ! » tandis qu'il vacillait. Il retrouva son équilibre. Il lui suffisait de rester debout jusqu'à…

Soudain, une cloche sonna. Stone se précipita au milieu du ring.

— Fin de la première reprise, lança-t-il. Vous vous êtes bien battus, messieurs. Que chacun retourne à sa place et se prépare pour la deuxième reprise.

Sebastian sourit à la foule qui l'acclamait. Arthur s'efforça de ne pas penser à la douleur à son épaule pour se concentrer sur la main gauche de son adversaire, qui protégeait toujours ses côtes.

Il réprima un sourire.

Quand Stone sonna le début de la deuxième reprise, Arthur avait un plan.

Cette fois, ils ne se tournèrent pas autour. Arthur se jeta immédiatement sur Sebastian, visant son ventre. Sebastian bloqua le coup de justesse.

Quand Arthur réitéra la même attaque, Sebastian para plus facilement. La troisième fois, il se détendit presque.

— Je commence à m'ennuyer, dit-il avant de lancer un direct du droit.

Arthur esquiva d'un cheveu.

— D'un autre côté, je n'ai jamais apprécié la compagnie des Écossais.

S'efforçant d'ignorer l'insulte, Arthur garda le regard rivé sur la cage thoracique de Sebastian. Il enchaîna les crochets en direction des côtes ; chaque fois, son adversaire le bloquait et ripostait par des coups qui le touchaient légèrement. À la fin de la deuxième reprise, Arthur était rouge et haletant. Sebastian, lui, regagna son coin aussi nonchalamment que s'il allait prendre le thé dans un hôtel chic.

— Troisième et dernière reprise ! annonça Stone.

Arthur et Sebastian s'avancèrent prudemment l'un vers l'autre.

— Tu aurais dû accepter mon offre tout à l'heure, marmonna Sebastian. Je t'aurais allongé tout de suite et cela t'aurait épargné…

Avant qu'il ne puisse finir sa phrase, Arthur avait armé son poing pour lui lancer un nouveau crochet dans les côtes. Sebastian baissa les bras pour bloquer le coup auquel il s'attendait. Rapide comme l'éclair, Arthur changea la direction de son attaque et frappa son adversaire en pleine tempe. Sebastian écarquilla les yeux, puis ses jambes se dérobèrent sous lui, et il s'écroula.

Stone le rejoignit en un instant et commença à crier :

— Un... Deux...

Arrivé à dix, il saisit la main d'Arthur et la leva.

— Mesdames et messieurs, nous avons un vainqueur !

Arthur frissonna de plaisir et sourit en brandissant son poing ganté. Il était épuisé et son épaule lui faisait mal ; pourtant, il se sentait extraordinairement bien.

Les autres élèves applaudirent, certains avec moins d'enthousiasme que d'autres.

Lâchant Arthur, Stone lui donna une grande claque dans le dos, si fort que le jeune garçon faillit s'étaler. Arthur tendit la main à Sebastian pour l'aider à se relever.

— Ça va ? lui demanda-t-il.

Un instant, Sebastian le fixa. Puis il prit sa main, s'y accrocha pour se mettre debout et lui tendit son autre main afin qu'Arthur la serre.

— Tu t'es bien battu, le félicita-t-il assez fort pour que tout le monde l'entende.

Mais quand Arthur voulut se dégager, Sebastian le retint d'une poigne de fer.

— Je suppose que c'est ce qu'on apprend en grandissant dans le caniveau, marmonna-t-il entre ses dents bien alignées. Moi aussi, j'ai des leçons à te donner.

Mme Hudson, qu'Arthur avait tout à fait oubliée, arriva du dernier rang des spectateurs.

— Bon, eh bien, si nous en avons terminé ici…

Avant qu'elle puisse achever sa phrase, quelqu'un d'autre se détacha de la foule en levant la main.

C'était Jimmie.

— Oui ? demanda Mme Hudson avec une pointe d'impatience.

— Je voudrais me battre aussi, dit-il tout bas. Sur le ring. Contre lui.

Il désigna Arthur.

Celui-ci le détailla en se demandant la raison de cette requête. Jimmie n'avait pas l'air hostile. En fait, il le jaugeait, lui aussi.

— Excellente idée ! s'écria Stone. Tu veux te frotter au champion en titre, hein ? Faire tes preuves ? Qu'en dites-vous, Hudson ? On a le temps pour un autre match ?

— Pas vraiment, non, répondit sèchement Mme Hudson.

— Dans ce cas, faisons juste une reprise. Tout le monde ici a bien trois petites minutes. Qui se révéleront peut-être mémorables !

Avec un soupir résigné, Mme Hudson se laissa retomber sur son siège. Stone fit signe à Jimmie de monter sur le ring, et quelques instants plus tard, il sonnait de nouveau sa cloche.

Jimmie se recroquevilla derrière ses poings levés, comme Arthur – prêt à lâcher son énergie à tout moment. Il était plus petit qu'Arthur, avec des épaules étroites et des yeux gris qui étudiaient soigneusement son adversaire.

Il se passa la langue sur les lèvres. Arthur n'eut pas d'autre avertissement avant qu'il bondisse, mais cela lui laissa juste le temps d'esquiver le coup que Jimmie tentait de lui porter.

Leurs regards se croisèrent une fois de plus, et Arthur éprouva une étrange connexion, comme un courant électrique entre eux. Ils se tournèrent autour.

— Tu voulais que Sebastian voie que tu étais fatigué, n'est-ce pas ? demanda Jimmie d'une voix douce.

Il lança un direct qu'Arthur bloqua.

— Parfois, les gens me sous-estiment, répondit ce dernier. Et parfois, ça m'arrange.

À son tour, il visa le ventre de Jimmie. Celui-ci sentit venir le coup et bondit en arrière, de sorte que le poing d'Arthur se contenta de l'effleurer.

— Tu as toujours essayé de frapper au même endroit, comme si tu avais oublié qu'il en existait d'autres. Mais tu n'as rien oublié du tout : tu lui as fait oublier, à lui.

— Je ne l'ai forcé à rien. Je l'ai juste... encouragé.

Jimmie eut un sourire. Pas un sourire arrogant comme celui de Sebastian, mais un sourire approbateur.

L'instant d'après, il frappa de nouveau ; avec son poing gauche, cette fois. Un murmure parcourut la foule des spectateurs. Les garçons avaient tous deux changé de garde en même temps. Ils commencèrent à se tourner autour dans le sens inverse.

On aurait dit une danse plutôt qu'un combat de boxe.

Ils ne se quittaient pas des yeux. Les trois minutes devaient être presque écoulées, et ni l'un ni l'autre n'avait réussi à porter un vrai coup. On aurait dit que Jimmie attirait Arthur vers lui pour...

Au moment précis où Jimmie lançait un direct du gauche, le poing gauche d'Arthur fusa également. Arthur sentit son gant s'écraser sur la joue de Jimmie alors qu'un coup sur la sienne le projetait sur le côté. La seconde d'après, sa tête heurtait le sol. Il resta là pendant ce qui lui parut une éternité mais qui ne dura sans doute pas plus de deux ou trois secondes. Des étoiles dansaient devant ses yeux. Quand sa tête cessa de tourner, il grogna et se força à s'asseoir.

Il fut surpris de constater que Jimmie était aussi à terre. Leurs deux coups avaient porté en même temps. Choqués, ils se dévisagèrent en clignant des yeux. Puis une lueur s'alluma dans le regard si sérieux de Jimmie, et un grand sourire apparut sur ses lèvres.

La foule les acclamait. Visiblement, ils lui avaient offert un spectacle enthousiasmant.

— Beau crochet du gauche, lança Jimmie.

— Je te retourne le compliment.

Ils se relevèrent.

— Je ne crois pas que nous ayons été présentés, ajouta Jimmie.

— Arthur Doyle, dit Arthur en ôtant ses gants et en lui tendant la main.

— Moi, c'est James, mais mes amis m'appellent Jimmie, répondit son redoutable adversaire. Jimmie Moriarty.

DOUZE

Chambre avec vue

— ÇA SUFFIT POUR AUJOURD'HUI, Stone, annonça Mme Hudson. Nous ne voudrions pas que l'incident de 1857 se répète.

— Bah, ce n'était pas si terrible, répliqua M. Stone. (Il fronça les sourcils.) Sauf pour le garçon qui s'est fait écrabouiller. Il n'a plus jamais été le même.

Une heure plus tôt, cette déclaration aurait alarmé Arthur. Mais il comprenait à présent que Baskerville Hall ne ressemblait à aucun autre endroit de sa connaissance. Et il se rendait compte qu'il adorait déjà cette école.

Mme Hudson se hâta de rebrousser chemin à travers l'immense manoir pour faire visiter l'aile ouest aux élèves. Mais, alors qu'ils approchaient de son salon, la voix tonitruante du principal l'appela de l'intérieur de la pièce. Elle était teintée d'une note d'inquiétude qu'Arthur entendait pour la première fois. Quand Mme Hudson poussa les élèves dehors, Arthur demeura en retrait. Par la fente de la porte du salon, il distinguait la silhouette du principal en pleine discussion à voix basse avec le docteur Watson et le brigadier Gérard. Arthur colla son oreille au battant.

Il capta les mots « mesures de sécurité » et « a-t-on volé quelque chose » avant d'entendre un glapissement insistant. Baissant les yeux, il vit que Toby le fixait de ses yeux jaunes accusateurs. Arthur ne se le fit pas dire deux fois. Quand le loup se détourna et se dirigea d'un pas léger vers les marches du manoir, Arthur le suivit de près. En sortant, il effleura des doigts le battant de chêne sculpté et jeta un coup d'œil perçant au carreau brisé.

Lorsqu'il rejoignit ses camarades, Mme Hudson était en train de héler un garçon d'environ seize ans qui passait par là. Celui-ci arborait de grosses lunettes, un air surpris et une touffe de cheveux blonds en désordre. Ses mèches hérissées droit sur sa tête lui donnaient l'apparence d'un pissenlit géant au stade duveteux.

— Contente-toi de leur montrer la tour, lui ordonna Mme Hudson, et explique-leur comment c'est organisé. Ce ne sont que des première année, Bruno. Tu vas réussir à t'en occuper.

— P… pas de problème, bredouilla le dénommé Bruno. Je suis votre homme.

Mais il n'en avait pas l'air certain du tout.

— Parfait. (Mme Hudson se tourna vers les élèves.) Bruno ici présent va vous montrer vos quartiers. Vous allez vous installer, puis vous descendrez au réfectoire pour le souper.

Sur ces mots, elle se détourna et rentra dans le manoir.

— Ah ! lâcha Bruno, toujours sous le choc, en clignant des yeux face au groupe de première année. Oui, donc, on y va.

— C'est quoi, la tour ? demanda Irene.

Bruno désigna une imposante bâtisse en pierre située à la lisière ouest du domaine qui s'inclinait dangereusement vers les bois.

— C'est là que logent les première et les deuxième années. Parce que vous n'avez pas encore le droit de choisir un cercle.

— Un cercle ? répéta Irene.

Bruno hocha la tête.

— Un cercle d'étude. Il en existe cinq : le Fer, l'Aube, la Foudre, l'Esprit et la Citadelle. Si vous êtes intéressés par la chimie, la métallurgie ou l'ingénierie, vous intégrerez le cercle de Fer. Le cercle de l'Aube est l'un des plus grands, consacré aux sciences de la vie : biologie, anatomie, zoologie, ce genre de choses. Les élèves portés sur les mathématiques, la physique et l'astronomie rejoignent le cercle de la Foudre. Le cercle de l'Esprit est le plus petit, et le plus étrange si vous voulez mon avis. Ses membres étudient les phénomènes inexpliqués, comme les fantômes ou la voyance. Tous les autres élèves, les garçons et les filles qui veulent travailler dans le monde des affaires ou la politique, intègrent le cercle de la Citadelle. C'est une sorte de fourre-tout où on apprend les langues, la musique, l'histoire militaire, l'art équestre et bien d'autres choses encore. Tout ce qu'il faut savoir pour converser avec le roi. La plupart des héritiers, les fils de ducs et les filles de parlementaires, finissent à la Citadelle. Mais pas moi. En tant que coléoptériste, j'appartiens au cercle de l'Aube. Une fois admis dans un cercle, vous vous installez dans un autre dortoir, avec le professeur qui le dirige.

— C'est quoi, un coléoptériste ? interrogea Arthur.

Bruno lui jeta un regard contrarié.

— Quelqu'un qui étudie les coléoptères, évidemment. Ils sont beaucoup plus intéressants que les humains.

Irene se mordit la lèvre pour ne pas rire.

La pensée des cercles emplissait Arthur d'une excitation grandissante. Ils avaient tous l'air fascinants. Comment en choisir un seul ? Même le cercle de l'Esprit, si étrange qu'il paraisse, l'attirait. Ses camarades, en revanche, semblaient déjà impatients de faire leur choix.

Irene et Jimmie se mirent à parler avec animation du cercle de la Citadelle et des matières si concrètes qui y étaient étudiées. Grover bombarda Bruno de questions au sujet du cercle de l'Esprit : avait-on réussi à entrer en contact avec des morts ?

— Le cercle de Fer, murmura rêveusement Pocket. Ce doit être celui qui me conviendra le mieux. Mais le cercle de Foudre a l'air passionnant, aussi.

— Tu pourrais appartenir aux deux, répondit Bruno. Certains élèves intègrent un second cercle pendant leurs dernières années d'étude. Mais ce n'est pas facile. Rien que la quantité de devoirs…

C'est peut-être ce que je ferai, songea Arthur. Il voulait tout apprendre.

Au lieu d'emprunter le sentier sinueux, Bruno coupa à travers les herbes hautes pour se diriger tout droit vers la tour. Même si celle-ci n'était pas penchée, en pleine campagne, elle aurait eu une apparence étrange. Ronde et couverte de lierre, elle aurait pu passer à première vue pour le tronc d'un arbre énorme. Plusieurs cheminées jaillissaient de son sommet dépourvu d'horloge ou de cloche.

Ils s'arrêtèrent au pied de la tour, devant une porte de planches vermoulues munie d'une poignée en fer forgé.

— Bon, je dois filer, annonça Bruno. Je ne peux pas faire attendre mon spécimen de dissection plus longtemps. Ravi de… Disons que j'espère… On se revoit plus tard.

Il s'inclina bizarrement et commença à s'éloigner à grandes enjambées avant de se mettre à courir maladroitement vers le manoir.

La porte était si basse que la plupart des élèves durent baisser la tête pour la franchir. Irene frissonna quand ils pénétrèrent dans un vestibule sombre. Celui-ci ne contenait rien d'autre qu'un tapis élimé, une table sur laquelle était posée une lampe à gaz, et un fauteuil en velours couvert de poils argentés. Devant eux se dressait une porte avec un nom gravé sur une plaque. Arthur n'eut pas besoin de lire pour deviner que c'était celui de Mme Hudson. Les poils sur le fauteuil appartenaient visiblement à Toby, ce qui signifiait que le loup devait dormir là. Et pourquoi aurait-il fait ça, hormis pour garder la chambre de sa maîtresse ?

— On se croirait dans un tombeau, commenta Irene en croisant les bras sur sa poitrine.

Près d'elle, une fille brune écarquilla les yeux et promena un regard effrayé à la ronde.

— Pas vraiment, lança Grover qui se trouvait derrière eux. Les tombeaux sont beaucoup plus intéressants. Une fois, je me suis enfermé dans l'un d'eux pendant trois jours.

— Pourquoi ne suis-je pas surpris ? marmonna Arthur.

Sur leur gauche, un escalier en colimaçon montait vers les étages. Ils gravirent les marches en pierre en file indienne, le bruit de leurs pas résonnant autour d'eux. Bientôt, ils atteignirent un palier rond avec une porte de chaque côté. L'une d'elles était entrouverte. À l'intérieur, une fille assise sur son lit utilisait une loupe pour examiner quelque chose dans le livre le plus épais qu'Arthur avait jamais vu.

— Oh ! dit-elle en levant les yeux. Vous devez être les nouveaux de première année. Vous cherchez vos chambres ?

Quelques élèves acquiescèrent.

— Continuez à grimper. Vos chambres sont aux étages supérieurs, au-dessus des deuxième année.

Ils reprirent leur ascension, déchiffrant les noms sur les petites plaques gravées chaque fois qu'ils passaient devant une porte, dans l'espoir de trouver le leur.

— C'est juste une impression, souffla Irene, ou cet escalier est de plus en plus raide et étroit ?

Sur le palier suivant, la chambre d'Ahmad et Grover faisait face à celle de Sebastian et d'un garçon au visage chevalin appelé Roland Stanley.

Harriet et la fille brune nerveuse – dont la plaque sur la porte de leur chambre apprit à Arthur qu'elle se nommait Sophia De Leon – quittèrent le groupe à l'étage suivant. Il ne restait plus grand monde à présent.

En atteignant le palier d'après, Arthur s'approcha de la seule porte pour lire le nom de ses futurs occupants.

ARTHUR DOYLE
JAMES MORIARTY

Il se tourna et sourit à Jimmie, qui regardait par-dessus son épaule.

— On dirait qu'on est ensemble.

Jimmie hocha la tête.

— On dirait, oui.

Irene et Pocket continuèrent à monter.

— On se retrouve pour le dîner, lança Arthur.

— Si on finit par trouver notre chambre, grogna Irene.

— Je suppose qu'on va devoir apprendre à se connaître en tant qu'amis plutôt qu'en adversaires, commenta Jimmie.

Arthur rit.

— Je suis content d'être avec toi et pas avec quelqu'un comme Sebastian.

Il regretta immédiatement ses paroles en se souvenant que Jimmie *était* quelqu'un comme Sebastian.

Pourtant, son camarade ne parut pas vexé.

— Ma famille connaît la sienne depuis des années. Il est affreusement snob. Surtout avec les étrangers. Je veux dire… Tu n'es pas…

— C'est bon, l'interrompit Arthur, soulagé qu'ils soient quittes. Je suis effectivement un étranger. C'est la première fois que je mets les pieds en Angleterre.

Jimmie écarquilla les yeux.

— La première fois ?

— J'ai de la famille à Londres, s'empressa d'ajouter Arthur. Des tantes et des oncles.

— Et tu ne leur as jamais rendu visite ?

Arthur sentit ses joues s'échauffer.

— Ils sont… très occupés.

Il ne pouvait pas dire la vérité à son nouvel ami : les frères et sœurs aisés de M. Doyle ne voulaient plus rien avoir à faire avec lui. Ils pensaient qu'il avait apporté la honte sur sa famille en succombant au mal qui le rongeait.

— On ferait bien d'entrer, suggéra Arthur avant que Jimmie lui pose d'autres questions. Mme Hudson a parlé de souper, et je meurs de faim.

De plus, il avait hâte de découvrir son nouveau chez-lui.

La chambre était petite, en forme de demi-cercle. Il y avait un bureau sous chacune des deux fenêtres, et un petit lit à côté de chaque bureau. Près de la porte, une cuvette pour la toilette, une modeste cheminée à charbon et deux penderies étroites contenant chacune un costume de couleur prune, une cravate assortie et une chemise blanche. La pièce faisait à peine trois pas de large et six de long. Elle ressemblait à une cabine de bateau telle que l'imaginait Arthur, à ceci près qu'elle donnait non pas sur le bleu de l'océan, mais sur une mer verte de plantes grimpantes.

Curieux de découvrir la vue, Arthur s'approcha de la fenêtre et l'ouvrit. En écartant le lierre, il vit que le soleil se couchait sur les champs en friche et les chemins sinueux, faisant briller les vitres du manoir.

— Pas mal, souffla-t-il.

À Édimbourg, la seule chose qu'il voyait depuis sa chambre, c'était des cordes à linge et des vêtements suspendus.

— Pas mal du tout, acquiesça Jimmie. Tu crois que ça sert à quoi, cet engin ?

Il désigna le sol entre les deux bureaux. Là, un épais rouleau de corde était attaché à une sorte d'ancre métallique qui saillait des lattes du plancher.

Toujours penché à la fenêtre, Arthur avait l'esprit en ébullition quand une ombre s'abattit sur lui. Il leva les yeux. Quelque chose piquait droit sur sa tête.

— Gare, gare ! cria une voix bourrue. Préparez-vous à vous rendre… ou à MOURIR !

TREIZE

Un drôle de voleur

ARTHUR BONDIT EN ARRIÈRE au moment où une corde épaisse dégringolait d'en haut. L'instant d'après, une paire de bottes entra dans son champ de vision, suivie d'une jupe violette. Puis un sourire espiègle et un œil pétillant – un seul.

— Pocket ! s'écria Arthur tandis qu'elle entrait par la fenêtre.

— C'est la capitaine Pocket maintenant, répliqua sa camarade en clignant de son œil qui n'était pas dissimulé par un bandeau noir.

À peine avait-elle atterri qu'une autre paire de bottes apparut devant la fenêtre. Irene se faufila dans la chambre plus gracieusement que Pocket. Toutes deux avaient enfilé leur nouvel uniforme, assorti à celui qui se trouvait dans les penderies des garçons. Pocket portait une jupe, tandis qu'Irene avait opté pour un pantalon.

— Au moins, on sait à quoi sert la corde, marmonna Jimmie.

— La personne qui a construit cet endroit devait avoir peur des incendies, déclara Irene. Pas étonnant : vous imaginez vous enfuir par l'escalier ? (Son regard se posa sur Jimmie.) J'espère qu'on ne vous dérange pas.

— Pas du tout, répondit Arthur. J'en déduis que vous avez trouvé votre chambre.

— Juste au-dessus de la vôtre, ce qui sera très pratique, révéla Pocket en ôtant son bandeau.

— Jimmie, je te présente Pocket, dit Arthur.

— On s'est rencontrés ce matin, acquiesça Jimmie qui observait la jeune fille avec un mélange d'amusement et de perplexité.

— Ah ! d'accord. Et voici…

— Irene. Irene Eagle, se présenta elle-même l'intéressée.

Elle tendit la main à Jimmie.

— Tu es américaine, constata-t-il.

— À moitié seulement, précisa Irene en le fixant d'un regard pénétrant. Ma mère est américaine. Mon père est gallois.

— Tu n'as pas l'accent gallois.

— Probablement parce que je n'ai jamais mis les pieds au pays de Galles. Tu as d'autres remarques à faire ?

Tous deux se turent, mais continuèrent à s'observer avec méfiance. Arthur se racla la gorge, désireux de dissiper la tension entre ses deux nouveaux amis.

— Jimmie et moi devons nous changer avant le souper. Si nous sommes en retard, Mme Hudson risque d'envoyer Toby nous chercher. Et je préférerais ne pas me faire un ennemi d'une créature munie de crocs…

— … aussi impressionnants ? suggéra Irene.

— Exactement.

Arthur et les autres rejoignirent Ahmad et Grover au moment où ils sortaient de leur chambre. Arthur se présenta à Ahmad et passa le trajet jusqu'au manoir à écouter le récit de son voyage entre l'Afghanistan et Baskerville Hall – depuis le navire qui avait failli chavirer jusqu'à une halte en Italie pour visiter les fouilles de Pompéi, en passant par un long périple dangereux à dos de chameau et de cheval.

Fasciné mais aussi de plus en plus jaloux, Arthur écouta son camarade lui parler de tous les pays qu'il avait visités et de toutes les aventures qu'il avait vécues. Quelques pas derrière eux, Jimmie et Irene semblaient se livrer un concours pour déterminer lequel des deux avait voyagé dans les endroits les plus lointains. Chicago, Varsovie, Istanbul : des villes dont Arthur avait seulement lu le nom dans des livres, voire jamais entendu parler. La tension entre eux s'évapora instantanément quand ils découvrirent qu'ils avaient dîné dans le même restaurant à Paris, où ils avaient eu le même serveur qui se curait les oreilles quand il pensait que personne ne le regardait.

Jimmie avait traité Arthur d'étranger, et il se sentit précisément comme tel en entendant Jimmie et Irene rire ensemble. Contrairement à ses camarades, il n'avait pas d'histoires intéressantes à raconter. Jusqu'à ce matin-là, il n'avait même jamais quitté l'Écosse.

Il fut soulagé quand ils atteignirent les marches du manoir. Arrivé en haut, il s'arrêta : il venait de comprendre ce qui le turlupinait au sujet du verre cassé de la porte d'entrée.

Arthur n'avait jamais rien volé, même s'il lui était arrivé de l'envisager dans des moments de désespoir. En revanche, il connaissait beaucoup de voleurs. Et qu'ils fassent les poches des passants ou qu'ils crochètent des serrures, tous savaient que la partie la plus importante du boulot, c'était de ne pas attirer l'attention.

Irene et Jimmie s'arrêtèrent près de lui.

— Qu'y a-t-il, Arthur ? demanda Irene.

— Juste après mon arrivée, le brigadier est venu chercher le principal, expliqua Arthur à voix basse. Il a dit qu'il y avait eu un nouvel « incident ». Ils sont partis en courant et, un peu après, je les ai vus discuter sur ces marches en désignant cette vitre. Puis, après la visite guidée, j'ai entendu certains professeurs parler de renforcer les mesures de sécurité et demander si quelque chose avait été volé.

— Une effraction, dirent Jimmie et Irene en même temps.

Arthur hocha la tête.

— C'est ce qu'on dirait. Mais… quel genre de voleur s'introduit dans une maison par la porte d'entrée ?

QUATORZE

Le réfectoire

LE RÉFECTOIRE RÉSONNAIT de bavardages. Des odeurs délicieuses y flottaient dans l'air. C'était une grande pièce au plafond voûté et aux murs lambrissés de chêne. Des poutres apparentes surplombaient les tables autour desquelles des élèves faisaient circuler des plats chauds. Dans le fond, une fresque représentait Prométhée volant le feu aux dieux.

— Les première année s'assoient à l'autre bout, aboya une femme au visage rougeaud qui portait un tablier – sûrement la cuisinière – et qui venait d'apparaître à côté d'eux. Pendant que vous y êtes, emportez ça.

Elle poussa plusieurs plats couverts vers Arthur et Jimmie.

Les autres première année avaient pris place à l'autre extrémité d'une table qui courait sur toute la longueur de la pièce. Des tables plus petites occupaient le reste de l'espace. Certaines étaient décorées de bocaux à confiture contenant des bouquets de fleurs sauvages, tandis que des piles de livres et d'étranges instruments brillants avaient élu domicile sur d'autres. Le comportement des élèves changeait aussi selon les tables. Certains étaient assis en silence, l'air concentré, pendant que d'autres jouaient aux cartes. Les occupants d'une table dans le fond de la pièce, sous laquelle on avait répandu de la paille, s'esclaffaient à cause de quelque chose que le brigadier venait de dire.

— Je parie que les membres d'un même cercle mangent ensemble, dit Irene.

Arthur hocha la tête et désigna les cinq grands étendards suspendus autour de la pièce près de chaque groupe de tables. Chacun portait un symbole différent et une phrase en latin, brodés en blanc sur du velours violet foncé. Les plus proches d'eux représentaient un demi-cercle dont jaillissaient des rayons de lumière, un triangle traversé par un éclair et une tour surmontée d'une étoile.

— Regardez, dit Arthur. Ce sont sans doute les symboles du cercle de l'Aube, du cercle de la Foudre et du cercle de la Citadelle. Les élèves ont un écusson avec le symbole de leur cercle cousu sur l'épaule de leur uniforme.

Sebastian appela Jimmie alors que le petit groupe passait devant lui et les deux garçons avec qui il discutait. Ils étaient assis à côté des deuxième année qui occupaient l'autre moitié de la longue table.

— Il y a de la place ici, lança Sebastian. (Il jeta un coup d'œil à Arthur et à Irene avant de reporter son attention sur Jimmie.) Pour toi, du moins. Roland était en train de me raconter les chasses au renard légendaires de Ragsby Hall. Mais je suis sûr que ce sujet n'intéresserait pas tes compagnons.

— Non, en effet, confirma Irene.

Jimmie cligna des yeux. Il ne répondit pas tout de suite. L'espace d'un instant, Arthur crut qu'il allait accepter l'invitation.

— Merci, fit-il enfin avant de lever le plat que la cuisinière lui avait remis. Mais il faut que j'apporte ça à l'autre bout. À plus tard, Sebastian.

Sebastian lui adressa un sourire crispé, et Arthur réprima un sourire victorieux. Irene, Jimmie et lui allèrent s'asseoir à l'extrémité de la longue table.

Arthur souleva le couvercle de son plat, révélant un tas de petits pains. Il en prit un avant de faire circuler les autres, qui atterrirent près des assiettes de ses camarades avec un bruit sec peu appétissant.

— J'aimerais bien qu'ils nous laissent choisir nos cercles dès maintenant, lança Pocket.

Elle observait d'un regard envieux la table où la femme en blouse blanche, qu'Arthur avait aperçue pendant la visite guidée, était assise avec un groupe d'élèves. Ils semblaient échanger des répliques à toute vitesse, comme s'ils se passaient verbalement un ballon en fer chauffé à blanc. Sur l'épaule de leur uniforme, le badge représentait un marteau croisé avec une fiole en verre.

Ce doit être la table du cercle de Fer, songea Arthur.

— C'est la professeure Dinah Grey, expliqua Pocket. J'ai lu des tas d'articles sur son travail. Elle essaie de créer des lumières électriques. Et pas seulement ! Des voitures électriques, des vélos électriques, des fours électriques…

Arthur tenta d'assimiler cette idée en se servant de la purée de pois cassés. Mais il avait du mal à se concentrer sur autre chose que la nourriture. Il ne se souvenait même pas de la dernière fois où il avait eu autant à manger.

— Et toi, Grover ? demanda Irene. Tu sais ce que tu veux étudier ?

— Je veux devenir nécrologue, répondit-il.

— Qu'est-ce que c'est ? s'enquit Ahmad.

— Quelqu'un qui rédige des avis de décès.

Jimmie fronça les sourcils.

— Donc, tu veux étudier… les gens morts ?

Grover cligna des yeux.

— Qu'y a-t-il de plus fascinant ?

Il jeta un coup d'œil plein d'envie à une table voisine, plus petite que les autres, couverte d'une nappe en dentelle et éclairée par de grandes bougies fines. Parmi les convives, Arthur reconnut les deux élèves qu'il avait vus chanter ensemble dans la pièce embrumée durant la visite guidée du manoir. Les sièges voisins étaient vides, et ils chuchotaient. Le garçon de gauche était grand mais se tenait voûté ; il avait un teint très pâle et des traits sévères. L'autre avait des cheveux bruns coupés court et semblait plus jeune, mais c'était peut-être dû à ses joues roses et à son petit nez retroussé.

— Le cercle de l'Esprit, lâcha Grover en voyant qu'Arthur les observait aussi.

— On a vu ces deux garçons tout à l'heure, dit Arthur en les désignant. Ils se livraient à une sorte de… rituel ?

Contrairement aux autres élèves, ces deux-là étaient tout de blanc vêtus, et le badge sur leur épaule représentait une main ouverte avec un œil dans la paume.

— D'après ce que m'a dit un deuxième année, ils s'appellent Thomas Hood et Ollie Griffin, révéla Grover. Ils restent toujours entre eux, mais de nombreuses rumeurs circulent à leur sujet. On raconte qu'ils ont des pouvoirs. Qu'ils sont capables de voir au-delà du voile.

Arthur sentit un frisson lui parcourir l'échine. Il détourna les yeux.

— Eh bien, lança Jimmie, l'air sceptique. On dirait qu'on peut vraiment étudier ce qu'on veut ici.

— Ton père est un ancien élève de Baskerville Hall, n'est-ce pas ? demanda Arthur. Que fait-il à présent ?

— Il est dans les affaires, répondit Jimmie sur un ton vague. Et le tien, il fait quoi ?

— C'est un artiste, répondit Arthur.

— Quel genre ? voulut savoir Irene.

— Un illustrateur. En ce moment, il travaille à une nouvelle édition de *La Belle et la Bête*.

En fait, il y était depuis des mois, sans avoir beaucoup avancé.

— Très excitant, commenta Pocket. Moi, mon père est berger. Il n'est ni riche ni célèbre, mais nos moutons produisent la laine la plus chaude d'Irlande !

Par-dessus la table, le regard d'Arthur croisa celui de Jimmie. Il y avait dans l'expression de son nouvel ami quelque chose de sombre qu'Arthur sentait se refléter sur son propre visage. Un accord tacite passa entre eux. Arthur évitait peut-être de dire la vérité sur son père, de révéler à quel point sa famille était pauvre. Mais Jimmie aussi cachait des choses au sujet de la sienne.

— Ça n'a aucune importance à Baskerville Hall, non ? lança Ahmad. Ici, nous pouvons être ce que nous voulons.

Arthur se surprit à acquiescer. Ahmad avait raison. Qu'est-ce que ça pouvait faire s'il ne venait pas d'une famille riche, et si sa maison n'était pas luxueuse ? Il avait tout autant d'idées et de rêves que les autres. Peut-être n'avait-il pas voyagé à travers le monde, mais cela changerait un jour. Il en était certain. Il ferait en sorte que cela change.

Son histoire commençait ici et maintenant, à Baskerville Hall, et personne d'autre que lui ne l'écrirait.

QUINZE

Le docteur Watson joue un tour

LA JOURNÉE DU LENDEMAIN commença en fanfare – du moins, par une note de musique explosive.

Arthur et Jimmie se réveillèrent en sursaut, les yeux encore pleins de sommeil dans la lumière matinale.

— Qu'est-ce qui se passe ? marmonna Jimmie.

Arthur repoussa ses couvertures et s'approcha de la fenêtre. Au loin, il aperçut une silhouette en uniforme militaire qui galopait à travers le domaine en soufflant dans un cor. Le brigadier Gérard tentait peut-être de jouer un air, mais le son discordant de son instrument donnait envie à Arthur de se boucher les oreilles. Il referma la fenêtre.

— Je crois que c'est notre réveil, dit-il.

Jimmie grogna et enfouit la tête sous ses couvertures.

— Lève-toi, ou on va rater le petit déjeuner, insista Arthur. Et je suis presque certain de sentir une odeur de bacon.

Ce matin-là, un courant d'excitation frémissait dans l'air. Les nouveaux élèves avaient soit dormi comme des bébés, soit pas fermé l'œil. Pocket, qui avait passé la moitié de la nuit à ajouter des poches à son uniforme, était assise sur le bord de sa chaise, prête à bondir. Sophia De Leon, la fille timorée qui partageait la chambre de Harriet, gardait la tête baissée sur son assiette.

À la fin du repas, Mme Hudson se planta au bout de la longue table, un carnet ouvert à la main.

— Votre emploi du temps pour cette année est le suivant. Dix livres de sucre, vingt litres de… Non, ce n'est pas ça du tout. (Elle se mit à feuilleter son carnet.) Ah ! voilà. Immédiatement après le petit déjeuner, vous vous présenterez dans la salle du docteur Watson pour un cours de physiologie humaine…

La suite de la journée serait occupée par des cours avec les professeurs Grey et Stone, puis par une introduction au monde naturel avec un certain M. Loring.

— Quelqu'un sait où nous devons aller ? demanda Ahmad une fois que Mme Hudson les eut chassés du réfectoire sans leur avoir donné d'autres instructions.

Arthur se souvint d'avoir aperçu un squelette dans une des salles de classe. Il s'agissait sûrement de celle du docteur Watson, non ?

— Je crois que oui.

Il entraîna ses camarades dans les couloirs, longeant d'autres salles déjà remplies d'élèves, jusqu'à ce qu'ils arrivent à celle qui contenait le squelette. La porte était grande ouverte. Assis derrière un bureau, le docteur Watson trempait une plume dans un encrier.

Arthur toussota.

— Bonjour, monsieur.

Le docteur Watson leva les yeux.

— Ah, dit-il avec un gentil sourire, vous voilà ! J'étais sur le point de charger le brigadier d'organiser une battue. Il adore ça. Entrez, entrez !

Il fit reculer son fauteuil roulant et se dirigea vers le centre de la pièce. Arthur et les autres s'assirent en regardant les bocaux remplis d'un liquide trouble qui s'alignaient sur les étagères. L'un d'eux contenait une main humaine.

— Mieux vaut nous tenir à carreau, lança Ahmad. On nous observe !

D'un geste, il désigna une série de bocaux remplis de globes oculaires, au fond de la pièce.

Arthur sentit ses propres yeux s'écarquiller, et fut soudain très reconnaissant qu'ils soient bien en sécurité dans sa tête.

— Vous vous habituerez avec le temps, affirma joyeusement le docteur Watson. Cela peut vous paraître répugnant pour le moment, toutefois l'étude de ces spécimens nous permet de comprendre comment le corps humain fonctionne et de quels exploits il est capable.

Arthur dévisagea ses camarades, qui semblaient à la fois horrifiés et fascinés. Mais… ne manquait-il pas quelqu'un ?

— De quel genre d'exploits parlez-vous, monsieur ? interrogea Sebastian.

— J'ai rencontré des femmes qui avaient déployé une force extraordinaire dans des moments de crise, répondit le docteur. Des hommes ayant survécu à des blessures qui auraient dû leur être fatales. Chacun de nous possède une capacité stupéfiante de percevoir un danger imminent. Pensez aux poils qui se hérissent sur vos bras quand vous sentez qu'on vous observe. Mon propre genou peut prédire avec une grande précision qu'une tempête se prépare. Tout cela, c'est grâce à la connexion incroyable entre l'esprit et le corps.

Au même moment, la porte s'ouvrit, livrant passage à une Sophia De Leon pâle et essoufflée. Une sorte d'écharpe écrue était enroulée autour de son cou.

— Je suis vraiment désolée, monsieur, couina-t-elle. Je me suis… un peu perdue.

— En vérité, vous arrivez juste à temps, répliqua le docteur Watson, le regard rivé à son écharpe. J'étais sur le point d'expliquer à vos camarades les théories de Franz Mesmer. L'un de vous a-t-il entendu parler de lui ?

Arthur leva la main. Il avait lu quelque chose sur Mesmer dans un livre emprunté à la bibliothèque de son ancienne école.

— Franz Mesmer a inventé le concept de magnétisme animal. Il pensait qu'il existe une force en chaque créature vivante, et que cette force peut être canalisée pour soigner les maladies, récita-t-il. Mais…

— En effet, acquiesça le docteur Watson. Ce qui nous ramène à… Quel est votre nom ?

Arthur fronça les sourcils. Pourquoi son professeur l'avait-il interrompu ?

— Sophia de Leon, répondit la jeune fille.

— Parfait. Mademoiselle De Leon, puis-je vous demander d'ôter votre écharpe afin que j'examine cette irritation ?

Surprise, Sophia leva les yeux vers lui, puis hocha lentement la tête.

Arthur se pencha en avant. *Comment Watson a-t-il deviné qu'elle avait une irritation ?*

Sophia déroula son écharpe, révélant des plaques rouges sur son cou.

— Vous en avez régulièrement ? interrogea le docteur Watson. Quand vous êtes anxieuse ? Par exemple, le jour de la rentrée dans une nouvelle école ?

De nouveau, Sophia hocha la tête.

Ses camarades gardèrent le silence tandis que le docteur Watson désignait, sous le tableau noir, une sorte de chaudron duquel dépassaient des baguettes métalliques en désordre.

— Un problème très courant, affirma-t-il. Si vous m'y autorisez, j'aimerais vous faire une démonstration des méthodes de Mesmer et vous débarrasser de cette irritation. Il vous suffit de prendre une baguette.

Sophia s'avança prudemment et tendit la main. Le docteur Watson plongea brièvement une des siennes dans le chaudron avant d'en sortir une autre baguette.

— Parfait. Maintenant, baissez les yeux et prenez une grande inspiration. Fixez bien ce récipient métallique pendant que j'utilise les aimants qu'il contient pour canaliser l'énergie entre nous.

Le docteur Watson se racla la gorge. Quand il reprit la parole, ce fut d'une voix plus basse et plus grave.

— Vous êtes bienvenue et en sécurité à Baskerville Hall, murmura-t-il. Vous vous apprêtez à vivre les années les plus merveilleuses de votre jeune existence. N'est-ce pas ?

Tandis qu'il parlait, les paupières de Sophia commencèrent à se fermer.

— Oui, acquiesça-t-elle sur un ton rêveur.

— Vous n'avez nul besoin de ressentir de l'anxiété, n'est-ce pas ?

— Non.

Près d'Arthur, Irene sursauta. Il suivit la direction de son regard jusqu'au cou de Sophia, dont les rougeurs pâlissaient.

— Donc, vous vous sentez tout à fait détendue ? insista Watson.

— Oui, répéta Sophia.

La peau devenue rose vira à l'olive. Des murmures parcoururent la classe.

— Très bien, mademoiselle De Leon. Je pense que cela suffit. Vous pouvez lâcher cette baguette.

La main de Sophia retomba mollement. Le docteur Watson fit claquer ses doigts. Sophia cligna des yeux deux ou trois fois en regardant autour d'elle, comme si elle ne se souvenait pas d'où elle était. Elle se toucha le cou.

— C'est parti ?

— Absolument, répondit Watson.

— Vous… vous m'avez guérie ! s'écria Sophia, dont la voix ne tremblait plus.

— Vous pouvez vous asseoir, dit le docteur Watson sur un ton chaleureux.

Arthur fronça les sourcils. Le professeur l'avait interrompu alors qu'il s'apprêtait à dire que la théorie du magnétisme animal avait été infirmée au cours des décennies écoulées depuis que Mesmer l'avait mise au point. Watson le savait forcément !

Pourtant, chacun d'eux avait vu disparaître les rougeurs de Sophia de ses propres yeux. En arrivant, la jeune fille avait été anxieuse et effrayée. À présent, elle observait les rangées de bocaux aux contenus répugnants avec une expression sereine.

— Quelqu'un a-t-il des questions sur ma petite démonstration ?

— Il y a un truc, n'est-ce pas ? demanda Ahmad.

Il ôtait les mots de la bouche d'Arthur.

Un sourire flotta sur le visage du docteur Watson, qui fit signe à Ahmad de se lever.

— Venez donc voir par vous-même.

Avec un sourire grimaçant, Ahmad s'avança et saisit une des baguettes qui dépassaient du récipient.

— Maintenant, baissez les yeux, s'il vous plaît, et concentrez-vous sur ma voix.

Arthur observa attentivement la scène tandis que la voix du professeur se faisait plus lente et plus grave, et que les yeux d'Ahmad se voilaient. De nouveau, il vit le professeur plonger la main dans le récipient un instant avant de saisir de nouveau la baguette.

— Maintenant, monsieur Sayyid, vous souvenez-vous du jour de notre première rencontre ?

Ahmad acquiesça. Arthur avait entendu dire que son père avait connu le docteur Watson en Afghanistan.

— Je vous ai chanté une chanson. La première que vous avez entendue en anglais, me semble-t-il. Pourriez-vous nous dire de quoi il s'agissait ?

Il y eut un instant de silence, puis Ahmad entonna d'une voix forte :

— BRILLE, BRILLE PETITE ÉTOILE ! DANS LA NUIT QUI SE DÉVOILE !

Tout le monde éclata de rire. Même Watson gloussa.

— Cela suffira, dit-il comme Ahmad arrivait à la fin du premier couplet.

Il claqua des doigts et Ahmad se figea, la bouche grande ouverte. Le docteur Watson applaudit poliment. Quelques élèves l'imitèrent, et Ahmad s'inclina devant la classe.

Arthur avait toujours les yeux rivés sur le baquet.

— Monsieur, dit-il quand Ahmad eut regagné sa place, vous pourriez nous montrer l'intérieur de ce récipient ?

Le docteur Watson le dévisagea d'un air intéressé. Les coins de sa bouche frémirent tandis qu'il plongeait la main dans le chaudron et y saisissait quelque chose.

Il en sortit un grand moulin à vent noir et blanc. Il lui donna une légère pichenette pour qu'il tourne plus vite, les couleurs se confondant d'une manière envoûtante.

— Du mesmérisme, lâcha Arthur. C'est bien ce que vous venez de faire ?

— Absolument, opina le professeur avec un large sourire. Comment as-tu deviné ?

— Je vous ai vu tripoter quelque chose à l'intérieur du baquet. Et puis, je sais que les théories de Franz Mesmer ont été réfutées il y a longtemps. Mais certaines de ses techniques fonctionnaient bel et bien… notamment l'hypnose, qu'on appelle aussi mesmérisme.

Tous les regards étaient à présent braqués sur Arthur, qui sentit une rougeur monter à l'assaut de son cou.

— Donc, résuma Pocket, le docteur Watson les a hypnotisés ?

— Oui, répondit Arthur. Il nous a fait croire que le baquet avait des pouvoirs de guérison mystique, mais ce sont ses mots qui ont agi. Qui ont poussé Ahmad à chanter devant toute la classe, et le corps de Sophia à éliminer son irritation.

— Donc, ce n'était pas un truc, mais bien la connexion entre le corps et l'esprit, comme le docteur Watson l'avait dit, fit remarquer Jimmie.

Tout le monde se tourna vers Sophia, qui semblait surprise mais pas mécontente.

— Oh ! bravo, docteur Watson, dit-elle en battant des mains.

Le professeur inclina la tête.

— M. Doyle a raison. Les théories de Franz Mesmer sur le magnétisme animal ont été réfutées il y a longtemps. Néanmoins, personne ne peut nier qu'il aidait ses patients. Les scientifiques ont fini par découvrir que son pouvoir provenait, non pas de ses instruments étranges, mais de sa capacité à plonger les gens dans une transe qui rendait leur esprit plus ouvert aux suggestions. Il utilisait un ton grave, apaisant, et des supports visuels pour leur fatiguer les yeux. Une fois qu'ils étaient dans cet état, il leur suggérait de guérir, et ils obéissaient sans même s'en rendre compte.

— Et Ahmad ? intervint Pocket. Il n'était pas malade !

— Non, convint Watson en jetant un coup d'œil affectueux à Ahmad. Mais je sais à quel point il aime divertir son entourage, et je me doutais qu'il ne faudrait pas le pousser beaucoup pour qu'il nous fasse un petit numéro.

Ahmad eut un large sourire.

— Vous qui venez d'entrer à Baskerville Hall, il est important que vous vous souveniez de ceci. L'esprit est plus puissant que nous ne le pensons. Ses seules limites sont celles que nous lui imposons. Maintenant, si vous voulez bien tourner votre attention vers mon ami Napoléon ici présent…

Le docteur Watson poussa son fauteuil roulant jusqu'au squelette qui se dressait dans un coin et se lança dans un exposé sur le système locomoteur pendant que ses élèves prenaient des notes.

À la fin du cours, il fit signe à Arthur de le rejoindre près de son bureau.

— Félicitations pour avoir compris ma petite mise en scène, monsieur Doyle. Trop souvent, nous nous laissons distraire par les accessoires sur la scène de la vie, dit-il en montrant le baquet, et nous restons aveugles aux vérités qu'ils dissimulent.

— Merci, monsieur. C'était une excellente démonstration, dit Arthur.

— Vous me flattez. (Le docteur hésita.) Vous savez… vous me rappelez un ami très cher.

— Qui ça, monsieur ? Et comment…

Arthur voulait lui demander comment le docteur Watson connaissait son nom alors qu'il avait dû demander le sien à Sophia.

Mais, au même moment, cette dernière s'approcha d'eux pour remercier le professeur, laissant Arthur en proie à ses interrogations.

SEIZE

Magie expliquée

QUAND LES ÉLÈVES pénétrèrent dans le laboratoire de Mme Grey, Pocket semblait sur le point de piquer une crise de nerfs.

— Respire, lui conseilla Irene. Ce n'est pas comme si c'était une déesse.

— Mais si, répliqua Pocket en soufflant très fort. Elle maîtrise l'électricité, qui est une sorte de magie.

— Les dieux ne font pas de magie, répliqua Jimmie. C'est plutôt le domaine des sorcières.

— Je suppose qu'on m'a traitée de noms bien pires autrefois, lança une voix grave et veloutée.

Jimmie pâlit comme ils pivotaient tous les yeux vers Mme Grey, assise sur un tabouret près de la porte. Elle était mince, se tenait bien droite et semblait encore très vive malgré son visage ridé. Ses yeux bleus brillèrent en dévisageant les nouveaux venus.

— Je suis vraiment désolé, madame, dit Jimmie. Je ne voulais pas…

— Veuillez excuser mon ami, l'interrompit Pocket. Bon, ce n'est pas vraiment mon ami. On ne se connaît que depuis hier. En fait, je ne suis même pas certaine de l'apprécier. Au fait, je suis Mary. Mary Morstan. La plupart des gens me surnomment Pocket. Vous pouvez m'appeler comme vous voulez.

Elle acheva son étrange présentation par une révérence maladroite.

— Je suis sûre que Pocket conviendra très bien, dit la professeure. Et il n'y a pas lieu d'en vouloir à ton ami. La science n'est jamais que de la magie expliquée. D'une certaine façon, on peut dire que les sorcières ont compté parmi les premières scientifiques. Asseyez-vous, je vous prie.

Si la salle de classe du docteur Watson était remplie de spécimens en bocaux, le laboratoire du Dr Grey abritait des instruments étincelants dont Arthur ne pouvait pas même deviner la fonction. Sur chaque pupitre se trouvait un flacon en verre partiellement rempli d'eau et fermé par un bouchon en liège à travers lequel passait un fil de fer.

— Que voyez-vous ? demanda Mme Grey en se dirigeant vers le tableau.

— Juste une bouteille avec de l'eau à l'intérieur, répondit Irene.

— Autre chose ?

— Il y a un fil de fer planté dans le bouchon, décrivit Harriet.

— Je vais compter jusqu'à trois. À trois, vous saisirez doucement l'extrémité du fil de fer, ordonna la professeure. Un… deux… trois.

Dès qu'Arthur pinça le fil métallique entre ses doigts, une vive douleur explosa dans sa main, qu'il retira aussitôt. D'après les cris que poussaient ses camarades, il avait dû leur arriver la même chose. Mme Grey ne broncha pas.

— Maintenant, qui peut me dire ce que ce flacon contient d'autre ?

Pocket leva une main tremblante.

— De l'électricité, répondit-elle. Ce sont des bouteilles de Leyde.

— Tout à fait. Et peux-tu nous expliquer en quoi ça consiste ?

Pocket avança le menton.

— Une bouteille de Leyde est un récipient qui stocke de l'électricité statique. Le fil de fer conduit cette électricité dans le flacon en verre où elle reste prisonnière, prête à ressortir à travers nos doigts dès qu'ils entrent en contact avec le fil de fer.

— Excellent, la félicita la professeure. (Pocket rayonnait.) L'électricité est l'une des nombreuses forces invisibles qui existent tout autour de nous, et qui modèlent notre vie de bien des façons. Nous commençons juste à réfléchir aux manières dont nous pourrions les modeler. Dans cette classe, nous étudierons les forces en question. Nous nous pencherons sur le processus alchimique, c'est-à-dire, la transformation de quelque chose d'ordinaire et d'invisible, comme la friction, en quelque chose d'extraordinaire, comme un éclair jailli de nulle part. Dans cette classe, vous apprendrez à rêver, parce que aucun esprit purement rationnel ne saurait concevoir le futur dans lequel nous vivrons peut-être un jour, et où nos connaissances nous permettront de plier le monde à notre volonté. Cet avenir approche, et j'espère que nous aurons tous la chance de le contempler.

Arthur était suspendu aux lèvres de la professeure. Il se souvint de ce que Pocket avait dit au sujet des lumières et des voitures électriques. Il s'imagina rentrer à Édimbourg et la trouver bourdonnante de machines fantastiques. Il se représenta un ciel rempli de dirigeables tels que celui du professeur Challenger, et des rues grouillantes de gens qui n'étaient plus affligés par aucune maladie parce que leur esprit les avait guéris.

C'était un rêve spectaculaire.

Plus tard, alors que les autres élèves allaient déjeuner, Pocket resta pour demander à Mme Grey de lui signer son exemplaire d'une brochure qu'elle avait publiée des années auparavant sur le travail des femmes scientifiques, et que la jeune fille avait lue plusieurs dizaines de fois. Elle arriva au réfectoire alors qu'Arthur soufflait sur la vapeur qui montait de sa première bouchée de tourte aux rognons.

— Vous n'allez pas me croire, lança Pocket en se laissant tomber entre Irene et Grover. Mme Grey va partir ! Elle prend sa retraite à la fin du trimestre !

— Elle est très vieille, répondit Irene. Donc, je te crois.

— Ce n'est vraiment pas de chance, gémit Pocket. Je rêvais de la rencontrer depuis des années, et maintenant que je suis là, elle s'en va ! Il reste de la tourte ?

Irene fit glisser son assiette vers elle.

— Tu peux prendre ma part. Des rognons… Je donnerais mon bras gauche pour un sandwich au jambon.

— Au moins, elle m'a invitée à faire partie de son groupe de recherche, annonça Pocket en attaquant la part de tourte d'Irene. Je l'assisterai dans ses expériences après les cours. Je me débrouillerai pour en apprendre le plus possible avant son départ.

— Excellent état d'esprit, la félicita Arthur.

— En parlant d'esprit, intervint Grover, dites-moi, quand est-ce qu'on aura cours de sciences psychiques ? J'ai hâte de commencer à communiquer avec les morts. J'ai préparé une longue liste de questions pour Shakespeare et Catherine la Grande.

Le regard d'Arthur croisa celui de Jimmie par-dessus la table. Les deux garçons détournèrent très vite les yeux de crainte d'éclater de rire.

— Bienvenue au jardin d'hiver, lança M. Loring une demi-heure plus tard, à l'arrivée des élèves.

C'était un petit homme maigre, avec un début de calvitie, des cheveux en bataille et de la terre sous les ongles.

— Spectaculaire, murmura Irene en balayant du regard la serre caverneuse.

Face à eux, un énorme arbre au tronc noueux jaillissait des carreaux couleur de jade qui recouvraient le sol et culminait au-dessus du dôme de verre que ses branches avaient crevé. Le reste de l'espace était occupé par des touffes de fougères aussi hautes que des adultes, et des enchevêtrements de plantes grimpantes à l'aspect inquiétant.

— Comme vous pouvez le voir, poursuivit Loring, Baskerville Hall abrite des centaines d'espèces de plantes, d'arbres, de champignons et d'animaux, dont certains sont uniques au monde.

Arthur se souvint de Didi le quasi-dodo, dont M. Challenger avait dit qu'elle était la dernière représentante de son espèce.

Loring parlait très vite, comme si sa langue n'arrivait pas à suivre le rythme de ses pensées.

— Tous les animaux – du moins, les plus dangereux – sont enfermés dans nos vivariums. Donc, pas de risque qu'un crocodile vous prenne pour son goûter.

Il émit un grand « HAHA ! » qu'Arthur supposa être un rire.

— Toutefois, beaucoup de nos plantes sont vénéneuses, voire mortelles. La plupart d'entre elles poussent dans notre jardin des poisons, mais certaines doivent être cultivées à l'extérieur. Et elles peuvent avoir une apparence tout à fait innocente. Même les plus virulentes, comme la ciguë, peuvent être prises pour des fanes de navet ou de carotte.

— C'est… ennuyeux, commenta Pocket.

— Sauf si tu as un ennemi dont tu voudrais te débarrasser, marmonna une voix.

Arthur se retourna. Sebastian l'observait.

Jimmie leva les yeux au ciel.

— Ne fais pas attention à lui. Il t'en veut toujours de l'avoir battu hier à la boxe.

— Je ne suis pas inquiet, répondit Arthur.

En fait, il était surpris que Sebastian ait mis aussi longtemps à reprendre les hostilités. Il guettait une attaque de sa part depuis le matin, mais jusqu'à présent, son camarade avait semblé entièrement concentré sur les cours.

— Mais… s'il m'invite à prendre le thé, je refuserai.

Le professeur fit signe aux élèves de le suivre dans un passage étroit qui reliait le jardin d'hiver aux autres serres. Il portait des bottes en caoutchouc qui couinaient à chaque pas et laissaient de légères empreintes boueuses dans son sillage.

Quand ils émergèrent de l'obscur tunnel, Arthur eut l'impression d'avoir atterri sur un autre continent. L'air était lourd, humide et chargé d'une odeur de verdure. Ils se tenaient toujours dans un couloir, mais celui-ci avait des parois tout en verre. À intervalles réguliers, des portes de chaque côté donnaient sur une série de serres.

— Chacune des serres reproduit un environnement particulier ou est consacrée à un type de plantes spécifique, expliqua le professeur. Il y a des serres tropicales et subtropicales, des serres du désert ou des marais, des serres d'orchidées ou de plantes carnivores… Trente en tout.

— Des plantes carnivores, monsieur ? répéta Ahmad. Vous voulez dire, des plantes qui mangent… de la viande ?

— Essentiellement des insectes. Mais certaines peuvent consommer des souris et même des musaraignes. Et je ne parle que des espèces que nous avons découvertes !

Arthur faisait de son mieux pour écouter, mais il était distrait par toutes les serres qu'il apercevait au passage. L'une d'elles était presque entièrement occupée par une énorme cuve d'eau à la surface couverte de nénuphars de toutes les teintes imaginables. Une autre abritait des plantes filiformes hérissées de piquants. Certaines ressemblaient à des explosions de couleurs. Dans une autre voletaient des centaines de papillons translucides aux ailes semblables à de minuscules vitraux.

— Et voici nos vivariums, annonça Loring. Vous y trouverez des animaux plutôt que des végétaux. Ici, vous pouvez admirer un de nos pensionnaires les plus intéressants.

Il s'arrêta devant une serre particulièrement grande. Arthur jeta un coup d'œil à l'intérieur et sursauta. Une fille costaude aux cheveux frisés était assise au milieu de palmiers. En face d'elle, une créature imposante aux grands yeux ambrés, au nez aplati et au corps recouvert de poils brun-roux.

— Je vous présente Chance, dit fièrement Loring en bombant le torse. Notre chimpanzé. Nous l'avons baptisé ainsi parce que nous l'avons sauvé des griffes d'un cirque, où son dresseur le battait quasiment à mort.

Le pauvre animal aurait été bien plus chanceux s'il n'avait jamais eu besoin d'être secouru, songea tristement Arthur.

Quelque chose était posé sur le sol entre Chance et la fille.

— Monsieur, dit Arthur, qui n'en croyait pas ses yeux. Sont-ils vraiment en train de jouer aux cartes ?

Loring acquiesça.

— Sinead est la compagne la plus proche de Chance depuis son arrivée. Il n'était encore qu'un bébé à l'époque. Elle étudie ses capacités intellectuelles. Chance est exceptionnellement doué au Memory ; en revanche, il ne maîtrise pas encore tout à fait le whist.

— On peut s'approcher de lui ? demanda Irene.

— Certainement pas, répondit Loring en désignant une pancarte marquée « ENTRÉE INTERDITE » sur la porte. Les chimpanzés sont très intelligents, et cinq fois plus forts qu'un homme adulte. Quand on les provoque, ils peuvent devenir très agressifs. C'est pourquoi l'enclos de Chance est toujours fermé à clé, sauf quand Sinead est avec lui. Maintenant, si vous voulez bien regarder par ici…

Arthur se détournait à contrecœur pour rejoindre Grover à l'arrière du groupe quand il entendit un cri derrière lui.

— Chance, NON !

Tout le monde fit volte-face. La porte de Chance était ouverte, et le chimpanzé se tenait sur le seuil, scrutant le passage des deux côtés.

— Qui lui a ouvert ? siffla le professeur en se frayant un chemin au milieu de ses élèves.

— Tss tss, Arthur, murmura une voix à l'oreille du jeune garçon. Comment as-tu pu faire quelque chose d'aussi imprudent ?

Sebastian se tenait là. Il était l'image même de l'innocence inquiète. Près de lui, Roland arborait un sourire narquois.

— Je n'ai…, bredouilla Arthur. Attends. C'est toi qui as ouvert la porte, hein ?

— On t'a vu, lança Roland. Ce sera notre parole contre la tienne, or, nous sommes deux.

Arthur sentit la colère monter en lui. Il fit un pas vers Sebastian, bousculant Grover sans le vouloir. Celui-ci lâcha son carnet.

— Mes gravures de pierres tombales ! s'écria-t-il, tandis que des papiers volaient partout.

Irene tenta de lui attraper le bras.

— Laisse-les par terre.

Mais avant qu'elle ne puisse l'arrêter, Grover avait bondi en avant.

Chance découvrit ses dents en fixant le garçon qui, agenouillé à un mètre de lui, tentait désespérément de ramasser ses papiers. Grover leva les yeux vers lui et gémit en serrant ses feuilles contre sa poitrine.

Si personne n'intervenait, et vite, c'était Grover qui aurait bientôt besoin d'une nécrologie.

DIX-SEPT

Un coup de Chance

— SOUVENT, LES GENS décédés de mort subite ne parviennent pas à passer complètement dans le monde des esprits, vous savez, chuchota Grover, la lèvre tremblante.

Puis il émit un bruit à mi-chemin entre un couinement et un sanglot.

— Chance, reviens ici, appela Sinead.

Toute couleur avait disparu de son visage.

Mais le chimpanzé ne parut pas l'entendre. Montrant les dents, il fit un pas en avant.

Irene haleta. Grover gémit. Même Sebastian semblait un peu effrayé.

Réfléchis, Arthur, réfléchis.

Il ne pensait pas que le chimpanzé veuille vraiment attaquer Grover. Mais en s'élançant dans sa direction, Grover avait dû faire peur à l'animal, lequel avait d'excellentes raisons de se méfier des humains. Si seulement il existait un moyen de calmer Chance et de lui faire comprendre qu'il n'avait rien à craindre…

Mais oui !

Arthur tenta de se souvenir de ce que le docteur Watson avait dit au sujet de Mesmer. « *Il utilisait un ton grave, apaisant, et des supports visuels pour leur fatiguer les yeux.* »

— Passe-moi ta montre, dit-il à Irene.

— Hein ? Pour quoi faire ?

— Fais-moi confiance.

Irène décrocha sa montre de gousset et la tendit à Arthur. Si les chimpanzés pouvaient jouer aux cartes comme des humains, peut-être était-il possible de les hypnotiser aussi.

En tout cas, Arthur allait essayer.

— Chance ! appela-t-il en s'efforçant de prendre une voix grave, ferme et calme.

Les dents à découvert, le chimpanzé se tourna vers lui.

— C'est ça, dit Arthur lentement. Tu es en sécurité. Tu ne risques rien.

Tout en parlant, il souleva la montre de gousset et la laissa se balancer au bout de sa chaîne.

Chance n'eut pas l'air convaincu. L'instant d'après, il fonçait sur Arthur.

Cours ! cria une voix dans la tête du garçon.

Mais il n'avait nulle part où aller. Chance bloquait le passage qu'ils avaient emprunté, et le reste du groupe se tenait derrière lui. Il devait faire face.

Il continua à balancer la montre.

— Personne ne va te faire de mal, reprit-il en imitant le docteur Watson de son mieux. Aucun humain ne te frappera plus jamais.

Comme le chimpanzé s'approchait de lui, il se raidit. C'était maintenant ou jamais.

— Doucement, murmura Arthur. Arrête-toi, Chance.

Entendant son nom, le chimpanzé s'immobilisa. Arthur sentit le souffle chaud de l'animal sur sa joue. Chance s'intéressait enfin à l'objet. Curieux, il plissa les yeux. Arthur continua à balancer la montre que le chimpanzé suivait du regard.

— C'est bien, Chance, le félicita-t-il sur un ton apaisant. Regarde la montre. C'est ça.

Les traits de l'animal se détendirent, et ses prunelles commencèrent à se voiler. *Ça marche !* Pendant ce temps, Sinead s'approchait lentement par-derrière.

— Viens, Chance, roucoula-t-elle. Finissons notre partie. Je suis certaine que tu étais sur le point de me battre.

— Va avec Sinead, dit Arthur. Tu as envie de la suivre.

Le chimpanzé cligna des yeux. Petit à petit, il se détourna et revint vers la porte. Sinead lui caressa gentiment le bras.

Dès que Chance eut regagné son enclos, M. Loring referma la porte à clé.

Grover se redressa, puis ses genoux flanchèrent. Ahmad se précipita pour le retenir.

Enfin, Arthur s'autorisa à pousser un soupir de soulagement.

Loring se tourna vers ses élèves. Il était rouge comme une tomate. Son regard se posa sur Arthur.

— Tu…, commença-t-il. C'était… c'était vraiment…

— BRILLANT ! s'écria Pocket.

— Mais, monsieur, intervint Sebastian, un tic nerveux agitant sa mâchoire. C'est Arthur qui…

— … a sauvé la vie de Grover, intervint Irene en reprenant sa montre un peu plus brutalement qu'Arthur ne s'y attendait.

Puis il se souvint qu'elle la tenait de son père. Et à en juger par son poids, elle devait valoir cher.

Chance et Sinead étaient de nouveau assis face à face comme s'il ne s'était rien passé. Sinead leva les yeux et adressa un léger sourire à Arthur.

— Tu… tu m'as sauvé, bredouilla Grover, les yeux écarquillés. Sans toi, je ne serais plus qu'une ombre condamnée à errer pour l'éternité.

— De rien, répliqua Arthur en rougissant.

— Hourra pour Arthur ! s'écria Ahmad.

— Sûrement pas, aboya Loring. Nous avons suffisamment dérangé Chance. Le cours est terminé. Vous pouvez y aller.

— Mais, monsieur…, tenta Roland.

Déjà, le reste du groupe les entraînait dans le passage, Sebastian et lui.

Derrière lui, Arthur entendit Loring marmonner entre ses dents.

— Les première année… Il y a toujours quelque chose avec eux.

DIX-HUIT

Les affaires non élucidées du *Clairon de Baskerville*

LA NOUVELLE DE L'INTRÉPIDE intervention d'Arthur se propagea rapidement. Le lendemain matin, tout le monde semblait en avoir entendu parler. Au petit déjeuner, les deuxième année firent asseoir Arthur au milieu de la longue table pour pouvoir l'entendre répéter toute l'histoire. Arthur, qui était déjà embarrassé quand il devait faire un exposé devant toute la classe dans son ancienne école, fut soulagé que le principal l'interrompe pour demander à lui parler. Il laissa volontiers Ahmad prendre le relais. De nombreuses paires d'yeux le suivirent, tandis que Challenger l'entraînait hors de la pièce. Relevant brièvement la tête, Arthur fut surpris de voir que même les deux garçons bizarres du cercle de l'Esprit – Thomas et Ollie, qui d'ordinaire semblaient perdus dans leur propre monde – le fixaient.

— Doyle ! tonna le principal une fois qu'ils furent dans le couloir. J'ai entendu dire que tu avais hypnotisé le chimpanzé de Loring juste avant qu'il ne taille Kumar en pièces ?

— En effet, monsieur.

— J'espère bien ne jamais te reprendre à faire quelque chose d'aussi stupide. (Il baissa le ton.) Du moins, c'est ce que Loring et Hudson m'ont demandé de te dire. Mais tu m'épargnes la peine d'écrire une lettre d'excuse très embarrassante aux parents de ce garçon. Je regrette de ne pas avoir été là pour voir ça.

Il s'éloignait déjà à grandes enjambées quand une fille très grande, avec des cheveux noirs, bouclés et coupés court, s'approcha d'Arthur.

— Je peux te réquisitionner quelques minutes ? demanda-t-elle. C'est pour une interview. Tu ne manqueras que le début du premier cours.

— Une interview ?

— Je suis Afia, du cercle de la Citadelle. Je travaille pour le journal de l'école, expliqua-t-elle. Sinead m'a dit que c'était toi qui avais hypnotisé le chimpanzé. Je voudrais écrire un article sur toi.

Arthur hésita. Puis il imagina la tête de Sebastian quand celui-ci découvrirait un papier consacré à l'héroïsme d'Arthur. Mieux encore : il pensa à son père, qui l'épinglerait sans doute sur le mur de son bureau avec ses autres coupures de journaux. Peut-être cela lui rappellerait-il sa promesse de veiller sur leur famille en l'absence d'Arthur.

— D'accord, pourvu que ça ne dure pas trop longtemps.

Afia eut un grand sourire.

— Suis-moi.

Elle entraîna Arthur au premier étage, où il n'était pas encore monté. Ils passèrent devant les portes des bureaux de quelques professeurs. Au-dessus de l'une d'elles étaient suspendus des bouquets d'herbes séchées. La plaque portait le nom « Agatha Fox ». Dessous, une pancarte annonçait : « Mme Fox est partie avec les fées. »

— C'est sérieux ? demanda Arthur en la désignant.

— Oh ! oui, répondit Afia. Mme Fox enseigne les sciences psychiques, et elle dirige le cercle de l'Esprit. Elle s'absente souvent plusieurs semaines d'affilée, et revient en affirmant avoir voyagé « au-delà du voile ». Une fois, j'ai tenté d'utiliser cette excuse pour sécher un cours avec M. Loring. Pour me punir, il m'a chargée de donner un bain aux porcs-épics. Pourtant, le cercle de Mme Fox grandit chaque année, même s'il reste minuscule comparé aux quatre autres. Tu croiseras sûrement ses membres. Certains d'entre eux aiment s'habiller en blanc.

Arthur était sur le point de répondre quand un chœur de « CLANG » et de « BONG » le fit sursauter. Afia rit.

— C'est la salle du club d'Horlogerie, expliqua-t-elle, ouvrant une porte sur sa gauche pour dévoiler une pièce remplie de pendules qui sonnaient l'heure.

— D'Horlogerie ? répéta Arthur.

— La science des instruments qui servent à mesurer le temps, expliqua Afia. Apparemment, une obsession de lord Baker, le premier propriétaire de Baskerville Hall. Il a imposé que sa collection reste ici. Donc, il existe un club d'Horlogerie. Mais je pense qu'il ne compte aucun membre depuis au moins trente ans.

Arthur examina les rangées de cadrans qui l'entouraient. Il y avait là des coucous en bois sculpté et des horloges de bateau, des pendules dorées comme on en posait sur les cheminées, des horloges à balancier en argent, et même un cadran solaire au centre de la pièce. Ils occupaient tout l'espace, à l'exception d'un large trou au milieu du mur du fond.

Alors que la dernière horloge cessait de sonner, Arthur entendit un sifflement. Il se retourna. Plus loin dans le couloir, Afia lui faisait signe. Elle s'impatientait.

Il la rejoignit alors qu'elle pénétrait dans une grande pièce. À l'intérieur, son regard fut immédiatement attiré par une énorme machine noire posée dans un coin. On aurait vaguement dit une statue de cheval sculptée par quelqu'un qui n'avait jamais vu de cheval. Il y avait un plateau avec un levier sur un côté, et une sorte de roue dessous. Un aigle doré y était perché.

— C'est notre presse, annonça Afia. Conçue par des Américains. Comme tu le vois, ils adorent les aigles. On va s'asseoir là-bas.

Du menton, elle désigna l'autre bout de la pièce. Là, étaient installés plusieurs longs bureaux en bois, chacun muni d'une lampe à gaz. La plupart d'entre eux étaient jonchés de papiers. Les pieds posés sur le sien, un garçon costaud aux cheveux bouclés lisait un magazine intitulé *Le spectateur*.

Afia prit place derrière le bureau du bout et se mit à fouiller dans les tiroirs.

— Laisse-moi le temps de trouver ma plume préférée. Je suis perdue sans elle.

Tandis qu'elle la cherchait, Arthur détailla le mur du fond, où d'anciennes éditions du *Clairon de Baskerville* avaient été affichées sur un tableau en liège. Au-dessus, quelqu'un avait punaisé une feuille sur laquelle était inscrit : « AFFAIRES NON ÉLUCIDÉES ».

Arthur s'approcha pour parcourir les articles. L'un d'eux parlait d'un feu follet qui aurait été aperçu à de multiples reprises dans les bois autour de l'école. Un autre évoquait la mystérieuse explosion survenue dans le massif de pivoines de M. Loring : « PLAISANTERIE JARDINIÈRE QUI A MAL TOURNÉ, OU SINISTRE COMPLOT VÉGÉTAL ? » Deux des articles étaient attachés ensemble. Même si l'un avait été écrit en 1789 et l'autre en 1825, leurs gros titres se ressemblaient fortement. « UN DEUXIÈME ANNÉE CONTRAINT AU REPOS APRÈS AVOIR ÉTÉ ASSOMMÉ PAR LA CHUTE D'UN PORTRAIT », sur le premier. « DÉPART D'UN PROFESSEUR “AHURI” : UN TABLEAU ÉTAIT PASSÉ À UN CHEVEU DE LE TUER », sur le second.

— Fascinant, n'est-ce pas ? lança une voix.

Arthur se tourna vers le garçon au magazine, qui l'observait. Il s'était exprimé avec un accent irlandais et affichait un sourire amusé.

— Quelles étaient les chances que le même tableau tombe non pas sur une, mais sur deux personnes qui passaient par là à plus de trente ans d'écart ?

— C'était le même tableau les deux fois ?

Le garçon opina.

— Un énorme portrait de lord Baker. Apparemment, il le détestait. Et je comprends pourquoi : il n'est pas flatteur du tout.

Afia rit.

— Oscar a raison. Ses yeux semblent regarder dans deux directions différentes, et il grimace comme si quelqu'un venait de lui marcher sur le pied. Mais d'après la légende, si tu critiques le tableau en passant devant, son fantôme te le fait tomber dessus pour se venger.

— C'est tout ? demanda Arthur. C'est comme ça que vous expliquez que deux personnes ont failli être tuées par le même portrait à plusieurs décennies d'écart ?

Oscar leva un sourcil.

— Si sa seigneurie t'entend faire aussi peu de cas de son esprit, tu risques d'avoir des ennuis.

Arthur avait toujours été intrigué par la possibilité que des fantômes puissent se mêler aux vivants. Mais que l'un d'eux puisse grièvement blesser quiconque insultait son portrait lui semblait assez peu probable.

— Aucune des victimes n'est revenue à Baskerville Hall par la suite, déclara Afia. Elles n'ont pas eu autant de chance que ton ami Grover. Personne n'était là pour les sauver. En parlant de ça…

Elle avait enfin trouvé sa plume préférée. Elle la trempa dans son encrier et se mit à prendre des notes tandis qu'Arthur racontait une nouvelle fois toute l'histoire.

Après qu'il eut répondu à ses questions, Afia posa sa plume et se radossa à sa chaise.

— Je crois que j'ai tout ce qu'il me faut, dit-elle. À moins que tu ne veuilles ajouter quelque chose ?

Arthur hésita. Une chose le turlupinait, qui aurait pris plus de place dans ses pensées s'il n'avait pas été si occupé à prendre ses marques à Baskerville Hall. Parmi tout ce qui le fascinait dans cette école, le détail qui surpassait tous les autres était un mystère non élucidé.

— En fait… j'ai une question à te poser.

— Ah bon ?

— Tu as entendu parler d'un cambriolage ? Qui serait arrivé il y a deux jours ?

Afia et Oscar échangèrent un regard.

— Comment es-tu au courant ? demanda la jeune fille.

— Eh bien, pour commencer, un carreau de la porte d'entrée du manoir est brisé.

— Ça pourrait être autre chose qu'une effraction, fit remarquer Oscar. Une balle de cricket. Un rouge-gorge qui a du mal à s'orienter.

— J'ai entendu certains professeurs en parler, admit Arthur.

Le visage d'Afia s'éclaircit.

— Oh ! Garde ça pour toi, veux-tu ? J'enquête sur cette affaire, et je ne veux pas que ça s'ébruite avant que mon article soit publié.

Arthur avait vu juste.

— Est-ce que quelque chose a été dérobé ? demanda-t-il.

Afia se rapprocha de lui.

— Justement, c'est ça qui est bizarre. Aucun larcin n'a été signalé. Pourquoi se donner la peine de forcer la porte d'un manoir si c'est pour en ressortir ensuite sans avoir rien volé ?

Arthur fronça les sourcils et réfléchit.

— La personne n'a peut-être pas trouvé ce qu'elle cherchait, suggéra-t-il.

Afia haussa les épaules.

— C'est possible. Quoi qu'il en soit, la direction prend quand même ça très au sérieux.

— Que veux-tu dire ?

Elle désigna les fenêtres munies de deux barreaux métalliques.

— Quelqu'un a installé ça hier soir, sur toutes les fenêtres du manoir.

Arthur fixa les barreaux en se demandant comment il avait pu ne pas les remarquer plus tôt.

Au même moment, la porte s'ouvrit d'un coup, et un visage familier apparut dans l'encadrement.

— Grover !

— Oh ! bonjour, Arthur, lança son camarade.

— Grover Kumar ? interrogea Afia. Donc, c'est toi qu'Arthur a sauvé hier ! Je voulais te chercher plus tard, mais c'est encore mieux que tu sois là. Je peux t'interviewer maintenant.

— M'interviewer ? Mais je n'ai pas encore postulé.

Afia fronça les sourcils.

— Postulé à quoi ?

— Je venais vous demander si *Le clairon de Baskerville* avait besoin d'un nécrologue, répondit Grover.

Afia se rembrunit.

— C'est quelqu'un qui écrit des avis de décès, expliqua Arthur.

— Oh… Eh bien, nous sommes déjà au complet, répliqua Afia. Tess s'occupe du courrier des lecteurs,

Winnie de la rubrique points de vue, et Oscar ici présent, des pages arts et culture.

Grover baissa la tête en soupirant. Arthur jeta un regard implorant à Afia.

« S'il te plaît », articula-t-il en silence.

— D'accord. Tu peux nous apporter un exemple d'article, dit-elle à contrecœur.

Grover se redressa.

— Merci ! s'exclama-t-il. Je vais rédiger le meilleur avis de décès que vous ayez jamais lu !

Puis il quitta la pièce en courant, avec ce qu'Arthur interpréta comme un cri de joie. Arthur le regarda foncer dans le couloir et percuter un grand garçon tout en blanc qui sortait du bureau de Mme Fox. Le garçon foudroya Grover du regard. Il semblait sur le point de l'enguirlander quand Oscar intervint.

— Fiche la paix aux petits, Thomas, lança-t-il. De toute façon, tu ne peux t'en prendre qu'à toi-même. Tu aurais dû voir ça dans ta boule de cristal.

Le garçon ricana pendant que Grover balbutiait des excuses avant de détaler.

— Attends ! s'écria Afia. Et mon interview ? Oh ! zut, il est parti. (Elle se tourna vers Arthur.) Il est un peu bizarre, non ? De qui veut-il écrire l'avis de décès ? Personne n'est mort pour le moment.

Elle rit de sa propre plaisanterie, mais un frisson parcourut l'échine d'Arthur comme il jetait un coup d'œil aux barreaux de la fenêtre. Ceux-ci étaient censés protéger les occupants de l'école contre les intrus. Mais que voulait la personne qui s'était introduite dans le manoir ? Et jusqu'où était-elle prête à aller pour l'obtenir ? Arthur pensa au cavalier en vert sur un cheval noir qu'il avait aperçu dans la forêt à son arrivée. Avait-il un rapport avec cette énigme ?

Les mots d'Afia résonnèrent dans la tête d'Arthur. « *Personne n'est mort… pour le moment.* »

DIX-NEUF

Le Trèfle

QUELQUE CHOSE CLOCHAIT.

Quand Arthur ouvrit les yeux à l'aube le lendemain matin, il eut une drôle d'impression, comme si quelqu'un venait juste de sortir de sa chambre. Qu'est-ce qui l'avait réveillé ? Le brigadier n'avait pas encore sonné du cor.

En s'asseyant dans son lit, Arthur entendit un bruit de papier froissé. Il souleva son oreiller, et à sa plus grande stupéfaction, il y découvrit quelque chose qui n'était pas là la veille au soir.

Un message.

Arthur plissa les yeux pour déchiffrer les mots dans la lumière grisâtre. La lettre était rédigée à l'encre vert émeraude, sur du parchemin.

Pour la deuxième fois en moins d'une semaine, il venait de recevoir une invitation des plus inattendues.

Vous êtes cordialement invité à vous présenter devant les membres du Trèfle ce soir à minuit. Apportez un trèfle à trois feuilles pour qu'on vous laisse entrer. N'en parlez à personne.

— Toi aussi, tu en as reçu une ?

Arthur leva les yeux. Jimmie s'était réveillé, lui aussi, et il observait une feuille de parchemin identique.

— Qu'est-ce que c'est, le Trèfle ? demanda Arthur.

— Une société secrète, répondit Jimmie. Une sorte de raccourci vers la réussite et le pouvoir. Mon père en était membre, donc je savais que je recevrais une invitation. Mais je ne m'attendais pas à ce qu'elle arrive aussi vite.

Tout en parlant, il se mordillait un ongle comme s'il était anxieux.

— Une société secrète ? répéta Arthur. Avec des mots de passe et des rituels ? Et ça veut dire quoi, « une sorte de raccourci vers la réussite » ?

— Eh bien, après avoir fini leurs études, de nombreux membres deviennent politiciens, généraux ou juges, ce genre de chose. Puis ils aident ceux des promotions suivantes à le devenir aussi, et ainsi de suite.

Ça ne semblait pas une manière très juste de sélectionner les membres les plus puissants de la société, songea Arthur. Cependant… un raccourci vers le succès lui serait bien utile pour aider sa famille.

— Et moi ? Pourquoi m'ont-ils envoyé une invitation ?

— Ils ont peut-être entendu dire que tu avais sauvé Grover, répondit Jimmie en se glissant hors des couvertures et en s'étirant. Mais ne te réjouis pas trop vite. Ils n'ont pas encore décidé s'ils allaient nous admettre dans leurs rangs.

— Mais cette invitation…

— C'est un test. Et ça ne sera que le premier d'une longue série. Tu as remarqué qu'on ne nous donne pas de lieu de rendez-vous ?

Arthur fronça les sourcils. Dans son excitation, il n'avait pas relevé ce détail.

— Dans ce cas, on ferait bien de chercher. Et de cueillir un trèfle en allant petit-déjeuner.

Mais quelqu'un les prit de vitesse. Quand Arthur et Jimmie sortirent de la tour quelques minutes plus tard, ils aperçurent une silhouette familière accroupie dans l'herbe.

— Irene ! s'exclama Arthur. Toi aussi, tu as reçu…

Elle leva brusquement la tête.

— Arrête de crier ! siffla-t-elle.

— Tu cherches un trèfle, c'est ça ? murmura Arthur lorsqu'ils l'eurent rejointe.

Irene jeta un coup d'œil par-dessus son épaule. Il était encore tôt, donc, il n'y avait personne d'autre qu'eux sur la pelouse.

— Nous ne sommes pas censés en parler.

Arthur eut un large sourire.

— Donc, tu as bien reçu une invitation.

Il était soulagé de ne pas devoir dissimuler quelque chose à sa nouvelle amie.

— Tu en as trouvé un ? demanda Jimmie, passant sa botte sur l'herbe et scrutant le sol.

— Pas un seul, répondit Irene, agacée. Les trèfles ne peuvent pas pousser dans de l'herbe aussi haute. Ça fait un moment que je cherche.

— Il doit bien y en avoir quelque part, dit Arthur. On finira par en trouver.

— Ce sera la partie la plus facile, déclara Jimmie. Le plus difficile, ce sera de deviner le lieu de rendez-vous.

— Je te parie qu'ils ont un repaire secret, murmura Arthur. Ton père ne t'en a pas parlé ?

— Il a refusé de me dire quoi que ce soit, marmonna Jimmie, à part que j'avais intérêt à être pris.

Arthur comprit soudain pourquoi son camarade semblait aussi anxieux.

— On va trouver. Ne t'en fais pas. Moi aussi, je veux en faire partie. Bientôt, je devrai subvenir aux besoins de ma famille, et il me faudra toute l'aide possible.

Jimmie et Irene levèrent un regard surpris vers lui.

— Mais… et ton père, il ne gagne pas sa vie ? demanda Jimmie.

Arthur ne répondit pas tout de suite. Jusque-là, il avait pris garde de ne pas trop parler de sa famille à ses nouveaux amis. Pouvait-il vraiment leur faire confiance ?

Il repensa à la façon dont Irene lui avait serré l'épaule avant qu'il monte sur le ring avec Sebastian. Puis à Jimmie qui avait refusé de s'asseoir avec Sebastian et Roland au réfectoire.

— Mon père est malade, lâcha-t-il enfin. Il… boit beaucoup. Ça l'empêche de travailler. Donc, ma famille manque d'argent. Et elle continuera à en manquer à moins que je ne trouve un moyen d'en gagner. C'est pour ça que je suis ici. Pour m'assurer qu'un jour j'aurai un travail qui me permettra de faire vivre ma famille.

Irene prit doucement le bras d'Arthur.

— Je suis désolée. Je ne savais pas, pour ton père.

— Et c'est très noble de ta part, de vouloir prendre en charge toute ta famille, ajouta Jimmie.

— Tout à fait, acquiesça Irene. Mais tu te trompes sur un point. Ce n'est pas pour ça que tu es ici.

— Que veux-tu dire ?

— Tu es ici parce que tu possèdes un don qui te permettra de faire quelque chose de merveilleux, un jour. Quelqu'un s'en est aperçu, et il a décidé que ce don ne devait pas se gaspiller. C'est pourquoi il t'a envoyé une invitation.

Arthur sentit un sourire mélancolique flotter sur ses lèvres. Irene venait de lui rappeler les paroles de sa mère. « *Arthur, tu es destiné à faire quelque chose de grand.* »

— Tu trouveras un moyen de nourrir ta famille et de faire quelque chose de merveilleux, poursuivit Irene. Franchement, tu n'es là que depuis quelques jours, et tu as déjà sauvé la vie de Grover.

— Et, au moins, personne ne te force à reprendre l'entreprise familiale, ajouta Jimmie en donnant un coup de pied dans un caillou.

Arthur aurait voulu lui demander de quelle entreprise il s'agissait, mais avant qu'il puisse ouvrir la bouche, Jimmie enchaîna :

— Et toi, Irene ? Tes parents veulent-ils que tu fasses la même chose qu'eux ?

— Non, répondit la jeune fille en s'accroupissant de nouveau dans l'herbe. Ce qui est une bonne chose, parce que je ne chante pas exactement comme un rossignol. Ils veulent que je fasse ce qui me rendra heureuse.

— Où sont-ils en ce moment ? demanda Jimmie.

— À Paris. Ils ont promis de m'écrire toutes les semaines. AHA !

Irene écarta les herbes, révélant une touffe de trèfles à trois feuilles.

Elle venait d'en tendre un à Arthur et un autre à Jimmie quand Arthur aperçut un mouvement entre les arbres non loin d'eux.

— Vous avez vu ça ? demanda-t-il aux autres.

L'instant d'après, quelque chose jaillit de la forêt en courant.

COIIIIIIIIIIIN !

Didi le quasi-dodo battit de ses moignons d'ailes et tendit son cou d'un air courroucé. Arthur rit.

— J'ai cru qu'il y avait quelqu'un. Mais ce n'est que Didi.

Il expliqua à ses amis ce que Challenger lui avait dit au sujet de l'oiseau.

Irene secoua la tête.

— C'est assez triste, à bien y réfléchir. On doit se sentir tellement seul quand on est le dernier représentant de son espèce ! À quoi bon un nid sans œuf dedans ?

Jusque-là, Arthur ne s'était pas rendu compte à quel point il se sentait seul avec le secret de son père. Maintenant qu'Irene et Jimmie étaient au courant, il lui semblait qu'un voile s'était levé entre eux.

— En parlant d'œufs, lança Jimmie, je meurs de faim.

Sur ce, le trèfle soigneusement rangé dans sa poche, Arthur se dirigea vers le réfectoire, épaule contre épaule avec ses nouveaux meilleurs amis.

Ils passèrent la première moitié du petit déjeuner à discuter tout bas de l'endroit où pouvait se trouver le quartier général du Trèfle. Dans le vieux hangar à bateaux ? Les écuries ? Un grenier ou une cave, quelque part ? Pendant ce temps, Pocket tentait d'expliquer à Grover un schéma électrique compliqué de son invention, tandis que le jeune garçon suivait des yeux une mouche qui volait autour de la table. Tous deux se comportaient de façon tout à fait normale. Arthur en déduisit qu'ils n'avaient pas reçu d'invitation.

Donc, songea-t-il, malheureux, *je vais quand même devoir cacher un secret à mes amis.* Mais il ne pouvait rien y faire : sa famille passait en premier.

Leur conversation à voix basse fut interrompue quand les portes s'ouvrirent avec fracas, livrant passage à M. Challenger. Tout le monde se tut et tourna la tête vers lui. Son visage était maculé de suie. Quand il ouvrit la bouche, il commença par lâcher un énorme bâillement.

— Je ne vous interromprai pas longtemps, lança-t-il. Je n'ai aucune envie de me mettre Popote à dos.

La cuisinière, postée dans un coin, eut un sourire crispé.

— Je suis venu vous annoncer l'arrivée de Valencia Fernandez.

Quelques personnes, dont Irene, poussèrent des hoquets de stupeur. Arthur, lui, ne savait absolument pas de qui parlait le principal.

— Le Dr Fernandez est une célèbre paléontologue, poursuivit Challenger, ce qui signifie qu'elle étudie les dinosaures. Elle a dirigé des fouilles à travers le monde entier, et rentre juste d'une expédition dans les îles au large de son Argentine natale. Je lui ai proposé de s'installer ici et d'utiliser nos équipements pour examiner les artefacts qu'elle a découverts. En échange, elle vous donnera quelques cours et vous fera une présentation plus tard dans le trimestre.

Le principal ouvrit la bouche comme pour ajouter quelque chose, mais parut se raviser.

— C'est tout. Finissez votre porridge avant qu'il refroidisse.

Un brouhaha d'excitation emplit le réfectoire. Même Irene et Jimmie échangeaient des informations glanées sur Mme Fernandez dans différents articles de journaux et des brochures. Arthur aussi se réjouissait de cette visite, mais s'il voulait découvrir où le Trèfle se réunirait cette nuit-là, il ne pouvait pas perdre de temps à penser à l'exploratrice qu'il rencontrerait bientôt. Il toussota.

— Nous avons du pain sur la planche, affirma-t-il, et pas une minute à perdre.

VINGT

Le Chevalier vert

PENDANT LE COURS du docteur Watson, alors qu'ils se prenaient mutuellement le pouls et écoutaient le cœur de leurs camarades à l'aide de stéthoscopes, Jimmie eut une idée.

— Ce qu'il nous faut, murmura-t-il, c'est une carte de l'école. Ou mieux, les plans originels. Comme ça, on pourrait voir s'il y a quelque chose sur les plans qui n'est pas repris sur la carte. Une sorte de pièce secrète.

— Bonne idée, approuva Irene. Mais où pourrait-on trouver ce genre de chose ?

— Quel genre de chose ? lança une voix.

Ils se retournèrent. Le docteur Watson était assis juste derrière eux, un sourire aimable aux lèvres.

— Désolé, docteur, répliqua aussitôt Arthur. Nous nous demandions juste si… euh… s'il existe des raccourcis dans l'école que nous ne connaissons pas. Pour pouvoir nous rendre plus vite en cours.

— Vraiment ? demanda Watson en levant un sourcil. Comme vous êtes sérieux !

Arthur s'efforça de ne pas rougir.

— Sauriez-vous où nous pourrions trouver un plan de l'école ? demanda Irene avec une incroyable assurance.

Mais Arthur remarqua qu'elle tripotait nerveusement la chaîne de sa montre de gousset.

— Probablement au rayon cartographie de la bibliothèque, répondit Watson. Qui se trouve au dernier étage, me semble-t-il. Bien. Vous vous en sortez, avec vos stéthoscopes ? Tout le monde a trouvé son pouls ? Montrez-moi.

Avant qu'Arthur ne puisse réagir, le médecin lui avait pris la main pour poser un doigt à l'intérieur de son poignet.

— Bonté divine ! Votre pouls est drôlement rapide, monsieur Doyle. Si vous voulez mentir à vos professeurs, vous devrez apprendre à contrôler votre rythme cardiaque. Le pouvoir de l'esprit sur la matière, vous vous souvenez ? Je vous suggère de reprendre vos expériences. Avez-vous déjà écouté des intestins ? C'est un organe étonnamment musical.

La bibliothèque était presque vide lorsqu'ils s'y rendirent à l'heure du déjeuner. On accédait aux étages supérieurs par un escalier en colimaçon vermoulu comme celui de la tour, mais encore plus raide et plus étroit. Plus on montait, plus ça sentait le renfermé. Arthur inspira l'odeur d'un millier de vieux livres reliés de cuir. C'était très agréable.

Ils avaient presque atteint le haut quand Irene s'arrêta.

— Qu'est-ce qui ne va pas ? demanda Arthur.

— J'ai un peu le vertige, c'est tout. Ces gens n'ont jamais vu un escalier normal ? Laisse-moi juste…

Elle fut interrompue par un bruit de pas au dernier étage, qui venait dans leur direction.

— Je te dis que j'ai déjà consulté ces cartes des centaines de fois ! s'écria une voix agitée.

— Et moi, je te dis que le Chevalier vert a beaucoup insisté sur le fait qu'on devait la trouver rapidement et la mettre en sécurité, répliqua une voix plus grave. Si on n'y arrive pas avant le retour de qui tu sais…

— Pas la peine de me le rappeler, murmura la première voix – celle d'une fille. Mais je ne peux pas trouver quelque chose qui n'existe pas. Il faut continuer à chercher.

La première marche de l'escalier craqua sous le poids de deux personnes. Jimmie, Irene et Arthur rebroussèrent chemin aussi discrètement que possible, puis se dissimulèrent sur le palier du dessous. Arthur brûlait de voir les gens qui parlaient, mais il ne voulait pas se montrer. Ses amis et lui foncèrent vers le bout de la rangée d'étagères la plus proche, tête baissée pour ne pas se cogner contre le plafond bas, et s'accroupirent au moment où les deux personnes passaient sur le palier. Arthur sortit la tête de leur cachette juste à temps pour voir une tête brune disparaître dans l'escalier.

Jimmie, Irene et lui se regardèrent. Lorsque le bruit de pas s'estompa, Arthur jeta un coup d'œil par-dessus la rambarde, espérant apercevoir les deux personnes dont ils venaient d'entendre la conversation. Mais l'escalier était vide.

— Il doit y avoir une autre sortie, suggéra Irene en se penchant à côté de lui. De quoi crois-tu qu'ils parlaient ? Peut-être essaient-ils eux aussi de trouver le quartier général du Trèfle ?

Arthur secoua la tête.

— Je ne crois pas. Ils ont parlé de mettre quelque chose en sécurité pour le Chevalier vert avant le retour de quelqu'un d'autre.

— Et qui est le Chevalier vert ?

— Tu n'as pas lu *Sire Gauvain et le Chevalier vert* ? demanda Jimmie.

Irene le fixa sans comprendre.

— Sire qui ?

— C'est un poème, expliqua Arthur. Le Chevalier vert est un personnage des légendes arthuriennes.

— J'imagine que tu connais au moins le roi Arthur ? lança Jimmie.

Irene leva les yeux au ciel.

— J'ai entendu parler de lui, oui. Mais comme tu dois le savoir, nous ne sommes pas fans de rois et de chevaliers de mon côté de l'Atlantique.

— Oh ! mais les histoires sont merveilleuses, déclara Arthur. Pleines d'aventures et de nobles exploits. Ma mère me les lisait le soir quand j'étais petit. Je rêvais de devenir chevalier plus tard.

— Mais les chevaliers n'existent plus, objecta Jimmie.

— En effet. Donc, le Chevalier vert doit être une sorte de nom de code, murmura Irene.

— Mais pour qui ? demanda Arthur, l'esprit en ébullition.

Il repensa au cavalier dans la forêt.

La cape qu'il portait était verte.

Il raconta ce qu'il avait vu à ses amis.

— Vous pensez que ça pourrait être lui, le Chevalier vert ?

— Possible, répondit Irene. Mais si c'est lui, que veut-il ? Que cherche-t-il à mettre en sécurité, et pour le protéger de qui ?

Arthur hoqueta.

— Le cambriolage ! s'exclama-t-il. Peut-être que la personne qui s'est introduite dans le manoir voulait voler la chose que protège le Chevalier vert ?

— C'est une possibilité, convint Jimmie. Mais il pourrait s'agir de n'importe quoi. Et nous avons notre propre mystère à résoudre, tu t'en souviens ?

— Oui, acquiesça Irene. Nous devons trouver ces cartes.

Arthur savait qu'ils avaient raison.

Mais il était également certain que l'intrusion et le Chevalier vert étaient liés. Et il était bien décidé à découvrir de quelle façon.

Arthur, Jimmie et Irene passèrent le reste de l'heure du déjeuner à examiner toutes les cartes de l'école et du domaine qu'ils purent trouver. Les plans de construction du manoir étaient si anciens que le papier se recourbait sur les bords, et Arthur craignait que ceux-ci ne s'effritent entre leurs mains. Ils révélèrent l'existence d'un trou du prêtre dans le mur du couloir du premier étage, côté est. Pendant le règne de la reine Elizabeth Ire, qui était protestante, cette alcôve secrète était destinée à cacher un prêtre catholique. Mais elle était bien trop petite pour abriter les réunions d'une société secrète. Même un homme seul n'y aurait pas été à l'aise très longtemps.

Il y avait une cave à légumes sous le réfectoire, or Popote devait y descendre tout le temps. Et les membres d'une société secrète préféraient sans doute se réunir dans un endroit où ils ne risquaient pas d'être couverts d'épluchures de pommes de terre.

— Ils ont besoin d'un lieu discret et spacieux, murmura Arthur.

— Un endroit où personne d'autre ne voudrait aller, ajouta Irene.

— Regardez ça, dit Jimmie.

Il déroula un grand parchemin à l'encre pâlie sur la table qu'ils utilisaient pour leurs recherches. Au premier abord, on aurait dit une carte.

En y regardant de plus près, on se rendait compte qu'il s'agissait de deux cartes.

La première représentait le domaine, comme en attestaient la présence de la mare et la forme de la clairière dans la forêt. Mais elle ne comportait aucun bâtiment. Une seconde carte, dessinée sur du papier pelure translucide, se superposait à la première. Une série de tunnels et de puits convergeait vers un vaste espace central.

— Une mine ! s'écria Arthur. Baskerville Hall a été construit au-dessus d'une mine !

— Je me demande ce qu'on y extrayait autrefois. Visiblement, elle est à l'abandon de nos jours, dit Jimmie.

— Donc, c'est un endroit privé et spacieux, où personne ne descend jamais, raisonna Arthur. Le quartier général du Trèfle pourrait bien se trouver là, non ?

— Je ne pense pas, intervint Irene. En fait, je suis à peu près certaine qu'il est ici.

Elle venait de lisser soigneusement un coin de la carte de l'école qui s'enroulait sur elle-même, et désignait le croquis d'une hutte à la lisière de la forêt. Sous le dessin, quelqu'un avait écrit en petites lettres à l'encre verte :

Domum Trifolium incarnatum.

— C'est du latin, dit-elle.

— Qu'est-ce que ça signifie ? demanda Arthur.

Jimmie leva les yeux, et pour la première fois de la journée, il eut un sourire détendu. Irene aussi semblait ravie.

— Ça signifie « Maison du trèfle », traduisit-elle.

VINGT ET UN

Domum Trifolium incarnatum

PAS QUESTION DE DORMIR ce soir-là. Quand Arthur et Jimmie regagnèrent leur chambre après le dîner, ils ne prirent même pas la peine de se déshabiller. Au bout d'un moment, on frappa doucement à leur porte. Ils allèrent ouvrir. C'était Irene. Sa montre de gousset indiquait minuit moins le quart.

Arthur la rejoignit sur le palier, mais Irene secoua la tête.

— Toby dort en bas, chuchota-t-elle. Il nous empêchera de sortir. Il faut passer par la fenêtre.

Elle entra dans la chambre des garçons, empoigna l'extrémité de la corde fixée au plancher et fit signe à Jimmie d'ouvrir la fenêtre avant de la lancer dehors. Puis elle disparut à sa suite.

Lorsque vint son tour d'enjamber l'appui de fenêtre, Arthur vérifia que son trèfle était toujours dans sa poche et prit une grande inspiration avant de se lancer.

Ainsi le trio descendit-il accroché à la corde, frôlant le lierre qui recouvrait le mur et dépassant les unes après les autres les fenêtres des chambres de leurs camarades endormis.

Après avoir atteint le sol, ils se faufilèrent dans la nuit noire. Le ciel était nuageux, et ils n'avaient pas osé emporter des bougies, aussi avançaient-ils prudemment, se guidant grâce aux ombres des bâtiments. À un moment, Arthur fut certain d'entendre des pas derrière eux. Mais quand il se retourna, il ne distingua personne.

Néanmoins, sa nuque continua à le picoter comme s'ils étaient suivis.

Enfin, ils atteignirent l'angle nord-est du domaine. Devant eux, des branches squelettiques griffaient le ciel. Arthur plissa les yeux, tentant d'apercevoir la silhouette d'une hutte.

— Et maintenant ? demanda Irene.

— Chut, siffla Jimmie. Écoutez.

Le chant étouffé aurait pu passer pour une brise soufflant à travers les arbres. Mais en tendant l'oreille, Arthur capta vaguement quelques syllabes.

— Ça vient de là-bas, chuchota-t-il en désignant une partie de la forêt où le sous-bois était plus dense.

Alors qu'ils s'enfonçaient entre les arbres en écrasant des feuilles mouillées, Irene heurta quelque chose.

— Aïe ! s'écria-t-elle. Qu'est-ce que c'est ?

Il y avait juste assez de lumière pour qu'Arthur distingue des formes arrondies qui sortaient du sol selon des angles bizarres tout autour d'eux.

— Je crois que nous sommes dans un cimetière, murmura-t-il.

Qui pouvait bien être enterré ici ? se demanda-t-il en frissonnant.

— Donc, on n'est pas au bon endroit ? interrogea Jimmie.

— Je crois que si, répondit Arthur. Quel meilleur lieu de réunion si tu ne veux pas être vu ou dérangé ? Et regarde !

Il était certain d'avoir aperçu la flamme d'une bougie à l'intérieur d'une forme sombre qu'il avait d'abord prise pour un bosquet. Contournant les pierres tombales, il entraîna les autres dans cette direction.

Comme ils approchaient, la forme se révéla tout à fait compacte. Elle était couverte de lierre. Quand Arthur tendit la main, il sentit de la pierre sous les feuilles. Son pouls s'accéléra lorsqu'il aperçut une lueur du coin de l'œil. *Une poignée de porte.*

— C'est ici ! dit-il en se tournant vers ses amis avec un large sourire. On a réussi !

— On aurait facilement pu prendre ça pour un mausolée, murmura Irene. Grover adorerait.

Le sourire d'Arthur s'évanouit. Il n'aimait pas se rappeler que certains de ses amis n'avaient pas été invités.

— Alors ? s'impatienta Jimmie. Qu'est-ce qu'on attend ?

Arthur saisit la poignée et poussa. La porte céda facilement. Il eut juste le temps d'apercevoir plusieurs silhouettes dans la faible lumière. L'instant d'après, quelqu'un fit tomber quelque chose sur sa tête, et tout devint noir.

— Bienvenue à la Maison du Trèfle, tonna une voix.

— Donnez-nous vos trèfles, exigea une fille.

Arthur fouilla dans sa poche et brandit le sien. Il sentit quelqu'un le lui prendre.

— Félicitations, lança la première voix, qui était celle d'un garçon. Vous avez tous les trois été jugés dignes de…

Il s'arrêta en entendant la porte grincer derrière le trio.

— Ah ! Je vois que nous avons encore un visiteur.

Sa voix avait quelque chose de familier, mais Arthur ne parvenait pas à la replacer.

— Bonsoir, fit quelqu'un d'autre.

En revanche, Arthur reconnut immédiatement le nouvel arrivant… à sa plus grande consternation.

— Sebastian, siffla Jimmie sur sa gauche.

Était-ce une coïncidence si leur camarade arrivait juste après eux, ou les avait-il suivis ? Peut-être ne s'était-il même pas donné la peine de chercher la Maison du Trèfle. Peut-être était-ce son plan depuis le début : suivre quelqu'un qui trouverait le chemin. Arthur serra les poings. Il ne supportait pas les tricheurs.

— Il est plus de minuit, lança le premier garçon. Fermez la porte.

Arthur entendit qu'on tirait un gros verrou.

— Bien, reprit le garçon. Chacun de vous a été jugé digne d'être possiblement admis au Trèfle. Et chacun de vous a réussi la première épreuve. Félicitations. Un de nos invités a déjà échoué à relever le défi.

Qui ? se demanda Arthur. *Et où ai-je déjà entendu cette voix ?*

— Certains d'entre vous ne nous connaissaient peut-être pas avant de recevoir leur invitation. D'autres ont peut-être seulement entendu des rumeurs. D'autres encore ont des parents qui ont été membres du Trèfle, autrefois. Mais je puis vous assurer qu'aucun de vous ne mesure notre véritable grandeur. Aucun de vous ne peut imaginer le pouvoir et l'influence dont nous jouissons. Vous ne le pourrez que lorsque vous serez des nôtres. Sauf que, pour intégrer le Trèfle, vous devez prouver que vous le méritez.

Arthur crut sentir la chaleur d'une flamme passer devant son visage.

— Contrairement à d'autres organisations d'élite, nous ne choisissons pas nos membres en fonction de leur classe sociale ou de leurs croyances. La seule chose qui nous intéresse, c'est leur force de caractère. Voilà pourquoi chacun de vous subira une série de trois épreuves, une pour chaque feuille du trèfle. Nous testerons votre courage, votre honneur et votre loyauté. Si vous échouez à une seule de ces épreuves, vous ne serez pas admis dans nos rangs. Si en revanche vous réussissez les trois, vous serez initiés au Trèfle. Lorsque vous serez des nôtres, vous n'aurez plus qu'à tendre la main pour vous emparer de vos rêves les plus fous. Ceux qui, sans nous, demeureraient à jamais hors de portée.

Soudain, Arthur brûla d'envie de devenir membre du Trèfle. Cette perspective le faisait saliver autant que les tartelettes à l'ananas de Mme Hudson. Depuis des années, il s'interdisait de rêver. À quoi bon, pour un garçon comme lui ? Mais à présent, il pouvait se permettre d'avoir de grands rêves.

— Je vais passer notre calice sacré à chacun de vous. Si vous acceptez les épreuves qui vous attendent, buvez. Sinon, vous quitterez ce lieu pour ne jamais y revenir.

Arthur s'humecta les lèvres. Il attendit un moment, puis entendit quelqu'un se placer en face de lui.

— As-tu décidé de boire ? chuchota une voix.

— Oui, répondit Arthur.

Alors que du métal froid touchait ses lèvres, il se rappela enfin où il avait déjà entendu ce garçon. C'était celui qui avait parlé à voix basse du Chevalier vert, un peu plus tôt à la bibliothèque.

Fut-ce la surprise ou le fait que le liquide dans sa bouche avait le goût du vinaigre ? Arthur se mit à tousser. Le bruit résonna dans la pièce. Jimmie donna à son ami un coup de coude qui le fit tousser de plus belle.

— Vous avez tous choisi d'accepter le défi, reprit le garçon. Il ne vous reste plus qu'à attendre d'être convoqués à la première épreuve. Elle pourra se présenter à n'importe quel moment et sous n'importe quelle forme. Gardez les yeux et les oreilles grands ouverts. Soyez prêts.

Arthur attendit la suite des instructions. Mais tout était silencieux et calme. Il sentit qu'on le poussait dehors et entendit des piétinements autour de lui. Au bout de quelques minutes, le silence revint.

— Vous êtes toujours là ? demanda-t-il.

Pas de réponse.

Arthur souleva le capuchon qu'on lui avait enfoncé sur la tête et se retrouva seul dans l'obscurité.

VINGT-DEUX

Le conte de deux lettres

Chère Maman,

Je suis désolé d'avoir mis si longtemps à t'écrire.

Merci pour ta lettre, que j'ai reçue vendredi. Je n'arrive pas à croire que je suis ici depuis presque un mois.

Je suis content que tout le monde aille bien et que Papa avance dans son travail. La première dent de Constance a-t-elle déjà percé ? Si oui, j'espère qu'elle ne va pas se mettre à mordre comme Caroline.

Quant à moi, je me plais beaucoup à Baskerville Hall. J'ai plein d'amis, et je m'entends bien avec tout le monde, à part...

Assis à son bureau, Arthur s'interrompit, la plume au-dessus du papier. Il était tard. Jimmie ronflait dans son lit bruyamment. La lumière d'une bougie dansait sur l'écriture légèrement penchée d'Arthur. Il avait failli écrire « à part avec un garçon prénommé Sebastian », mais il avait changé d'avis. Il ne voulait pas que sa mère s'inquiète. Et il n'avait aucune intention de lui raconter ce qui s'était passé au petit déjeuner ce lundi, quand Sebastian avait échangé l'eau dans son gobelet contre de la saumure. Arthur avait tout recraché sur Irene et Pocket, qui avaient dû assister au cours du docteur Watson en dégageant la même odeur que deux de ses spécimens. Les doigts d'Arthur se crispèrent sur sa plume tandis qu'il y repensait.

... à part que mes études me tiennent très occupé. Mon camarade de chambre s'appelle Jimmie, et il vient d'Angleterre. Son père lui a envoyé un jeu d'échecs, auquel nous jouons ensemble le soir. Jimmie a des années de pratique, donc, en général, il me bat. Mais je m'améliore constamment. Je suis également ami avec Irene, une Américaine dont les parents sont chanteurs d'opéra, et Pocket...

Ici, Arthur s'interrompit de nouveau. *Comment décrire Pocket ?* se demanda-t-il, amusé. Il doutait que sa mère approuve son habitude de transporter de petits animaux dans ses poches. Et des bâtons de dynamite miniatures, aussi. En fait, Arthur n'avait pas beaucoup vu Pocket récemment. Elle passait de plus en plus de temps à assister Mme Grey dans ses expérimentations électriques. Quand ils se voyaient en dehors des cours, la jeune fille était généralement tout excitée par leurs progrès, qu'elle s'empressait de raconter à ses amis. Elle leur promettait qu'ils verraient des machines électriques voler dans le ciel avant la fin de leur vie.

... Pocket, qui est passionnée par ses études. Oh ! et j'ai failli oublier Grover, un garçon un peu bizarre mais gentil.

Arthur sourit en repensant à ce qui s'était passé le matin précédent, quand Grover s'était assis à côté de lui au petit déjeuner.

« J'ai quelque chose pour toi, avait-il dit en poussant un bout de papier vers Arthur. Enfin, pas pour toi. C'est mon essai pour le journal, mais je me suis dit que tu aimerais peut-être le lire. »

Arthur avait baissé les yeux et sursauté en découvrant l'annonce de son décès.

« Hier matin, Arthur Doyle a perdu la vie entre les murs de notre vénérable école, Baskerville Hall. Il s'est étranglé avec un bonbon au citron en riant d'une de ses propres plaisanteries (qui n'était pas très drôle), et n'a pas pu être ranimé. »

Arthur avait continué à lire en ouvrant de grands yeux incrédules.

« Mais… je ne suis pas mort ! avait-il protesté. Et la plupart des trucs que tu as écrits ne sont même pas vrais ! Je n'ai pas de tante Gertrude, ni de blaireau domestique, et je ne suis absolument pas amateur de musique de chambre ! »

Grover avait froncé les sourcils.

« Il fallait bien que j'ajoute quelques détails. Sinon, ça n'aurait pas été très intéressant.

— C'est moi qui lui ai donné l'idée du blaireau », était intervenue Pocket.

Irene et Jimmie avaient commencé à lire la nécrologie, puis un rire silencieux avait secoué leurs épaules.

« Frank était un compagnon merveilleux, avait soupiré Pocket. Si seulement il s'était moins frotté contre les chevilles de Papa !

— C'est assez divertissant, avait déclaré Irene, une fois sa lecture achevée. Mais je ne suis pas sûre que ça convienne pour ton essai. Il te faudrait un sujet plus intéressant.

— Merci beaucoup ! s'était indigné Arthur.

— Tu vois ce que je veux dire, avait poursuivi Irene. Grover doit choisir un sujet sur lequel il n'aura pas besoin d'inventer grand-chose. Quelqu'un qui a déjà vécu des expériences incroyables et accompli des exploits.

— Mme Grey, par exemple ! s'était écriée Pocket. Dix vies ne suffiraient pas à la plupart des gens pour accomplir ce qu'elle a déjà fait dans la sienne. Et elle nous quitte à la fin du trimestre, ce qui revient presque à mourir. Le journal pourrait même publier ton article en tant qu'hommage. »

Le visage de Grover s'était illuminé.

« Mais bien sûr ! C'est parfait. Je vais aller lui demander si je peux l'interviewer. Tout de suite. Mon haleine est assez fraîche ? »

Il avait sorti de sa poche la petite boîte en métal qui contenait ses bonbons au citron et en avait mis un dans sa bouche.

« Voilà, c'est mieux. Quelqu'un en veut un ? »

Il avait présenté la boîte à Arthur qui, se souvenant de son avis de décès, avait refusé poliment.

J'apprends beaucoup dans tous les cours que je suis. J'aime beaucoup la boxe, mais ma matière préférée, c'est l'anatomie avec le docteur Watson. C'est un homme très gentil, dont les cours ne sont jamais ennuyeux. Peut-être deviendrai-je médecin un jour, moi aussi. Nous sommes censés nous spécialiser dans un domaine d'étude – ici, on appelle ça des cercles – pendant notre deuxième année, mais pour l'instant, je ne sais pas du tout lequel choisir. Ils sont tous fascinants ! Mais je finirai par trouver, j'en suis sûr. Je fais tout mon possible pour que vous soyez fiers de moi.

Ton fils qui t'aime,

Arthur

Il mit sa lettre de côté en soupirant. Il était sur le point de se coucher quand il entendit des pas dans l'escalier de la tour. Une seconde plus tard, quelqu'un glissa une enveloppe couleur crème sous sa porte.

Le cœur d'Arthur fit un bond dans sa poitrine. Enfin, une autre lettre du Trèfle ! Près de trois semaines s'étaient écoulées depuis la réunion à la Maison du Trèfle. S'il n'avait pas été rassuré par le fait que ni Jimmie ni Irene n'avaient eu de nouvelles, eux non plus,

Arthur aurait été convaincu que le Trèfle avait changé d'avis à son sujet.

Il traversa la pièce en deux enjambées. Il était sur le point d'appeler Jimmie pour le réveiller quand il vit le nom écrit sur l'enveloppe. Il la ramassa pour l'examiner de plus près.

La lettre ne lui était pas adressée. Elle était pour Irene, et avait été postée de France.

Arthur ouvrit la porte, mais il n'y avait personne sur le palier.

Ça n'avait pas de sens. Qui lui avait laissé une lettre visiblement destinée à Irene ? Et surtout, pourquoi ?

VINGT-TROIS

Valencia Fernandez

LE LENDEMAIN MATIN, Arthur parla de la lettre à Jimmie pendant qu'ils se lavaient et s'habillaient.

— Tu l'as ouverte ? demanda Jimmie.

— Bien sûr que non, répondit Arthur, vexé que son ami le croie capable d'une telle indiscrétion.

Il faisait frais quand ils se dirigèrent vers le manoir. Le ciel était d'un gris de plomb qui annonçait l'approche du mois de novembre. Arthur se réjouit de la chaleur qui les accueillit dans le hall d'entrée.

Alors qu'ils passaient devant le jardin d'hiver, M. Loring en sortit et tint la porte à une femme qui le suivait. Elle portait une robe kaki doublée de tweed vert olive et des bottes maculées de boue, ainsi qu'un chapeau à large bord orné de plumes de paon. Ses cheveux noirs attachés en un chignon tout simple dégageaient son visage à la peau brun clair.

— Qui est-ce ? demanda Jimmie, les yeux rivés sur l'inconnue.

Arthur ne put s'empêcher de l'observer lui aussi. En partie à cause de sa tenue étrange, et en partie parce qu'elle était… euh… vraiment très belle.

— C'est Valencia Fernandez, répondit une voix.

Ils se retournèrent à contrecœur. Mme Grey les dévisagea l'un après l'autre de son regard bleu perçant.

— L'exploratrice en visite ? demanda Arthur.

— Celle-là même, acquiesça Grey. Maintenant, pourriez-vous vous écarter ? Vous bloquez le couloir alors qu'une expérience très délicate m'attend.

— Désolé, madame, dirent en chœur les deux garçons.

Ils s'écartèrent pour la laisser passer.

La vieille dame leur jeta un coup d'œil entendu.

— Je ne vous en veux pas. Elle a beaucoup d'allure, n'est-ce pas ? Mais vous ne tarderez pas à vous apercevoir que son esprit est encore plus remarquable que son apparence.

Jimmie et Arthur échangèrent un regard embarrassé.

Mme Grey s'en fut vers l'aile est pendant que les deux garçons emboîtaient le pas à M. Loring et à Valencia Fernandez. Le premier bavardait sans discontinuer tandis que la seconde examinait avec intérêt les tableaux et les objets exposés le long du couloir. Arthur se souvint qu'il n'avait toujours pas vu le mystérieux portrait de lord Baker qui, en tombant, avait failli tuer deux anciens de Baskerville Hall.

Irene était déjà assise à leur place habituelle, soufflant sur sa tasse de thé bouillante, quand Jimmie et Arthur arrivèrent au réfectoire.

— Vous avez vu ? demanda-t-elle en désignant du menton la table où Loring continuait à casser les oreilles de Valencia Fernandez. Elle est fabuleuse, non ?

— Si, acquiesça Arthur. Irene… Il faut que je te parle.

Il poussa la lettre vers elle. Irene s'en saisit en fronçant les sourcils.

— Pourquoi est-elle en ta possession ?

— Quelqu'un l'a glissée sous notre porte hier soir, expliqua Arthur. Il s'est peut-être trompé de chambre…

— Mais nos noms sont écrits sur les portes, lui rappela Irene. Et le courrier arrive dans nos casiers.

Du menton, elle désigna la porte du réfectoire, de l'autre côté de laquelle se dressait une grande étagère branlante divisée en plus d'une centaine de compartiments. Chaque élève avait son casier attitré, et c'était là qu'on déposait habituellement le courrier.

Irene sortit la lettre de l'enveloppe et commença à lire. Quand elle eut terminé, elle leva les yeux vers Arthur et haussa les épaules.

— C'est juste une lettre de ma mère. Rien qui sorte de l'ordinaire. Regarde.

Arthur baissa les yeux vers la missive. Mme Eagle écrivait que son mari et elle allaient bien, mais que leur spectacle à Paris avait été annulé, et qu'ils se rendraient bientôt à Vienne pour y commencer les répétitions d'un autre opéra. Ils lui écriraient dès leur arrivée pour lui donner leur nouvelle adresse.

Alors qu'il s'apprêtait à rendre le papier à Irene, Arthur remarqua de légers reliefs sur le revers de la feuille.

Il observa son amie. Celle-ci riait avec Pocket, qui venait de sortir un petit pot de confiture de rhubarbe d'une de ses poches et l'étalait sur une tartine. Arthur réexamina la lettre et, les yeux plissés, la tourna dans tous les sens pour mieux capter la lumière. Les sillons correspondaient à des mots qui avaient dû être écrits sur une autre feuille de papier, probablement posée juste au-dessus de la lettre d'Irene.

Secrétaire d'État à la Guerre
Bureau de la Guerre, Whitehall, Londres

Arthur fronça les sourcils. *Étrange*, songea-t-il. *Pourquoi un couple de chanteurs d'opéra écrivait-il au secrétaire d'État à la Guerre ?*

Il baissa la lettre pour poser la question à Irene et faillit se lever de sa chaise. Là où il n'y avait auparavant qu'un siège vide, un visage étroit le fixait à quelques centimètres.

— Grover ! s'écria Arthur.

— Bonjour, Arthur, répondit son camarade. Tu as bien dormi ? Aucun esprit ne t'a rendu visite pendant la nuit ?

Arthur secoua la tête.

— Moi non plus, répondit Grover sur un ton abattu.

Trop occupé par les cours, Arthur n'eut pas d'autre occasion de parler à Irene durant la matinée. Puis, dans l'après-midi, il se passa quelque chose qui lui fit complètement oublier la lettre.

Lorsqu'ils pénétrèrent dans le jardin d'hiver, Valencia Fernandez était assise près de M. Loring sous le grand arbre au tronc noueux, à côté de plusieurs malles de voyage. Les élèves prirent place sur les bancs et les tapis installés sous les énormes branches.

M. Loring commença à présenter l'exploratrice, qui l'interrompit d'un geste.

— Ils ne sont pas là pour entendre parler de moi, Loring.

Sa voix était plus rocailleuse qu'Arthur ne s'y attendait – plus proche de celle d'une aventurière que de celle d'une dame de la haute société. Et, à bien y réfléchir, cela lui correspondait.

— Ils veulent voir mes découvertes.

Elle se mit à sortir des artefacts de ses malles. Des fossiles emprisonnés dans de la roche, des dents aussi grosses que le poing d'Arthur, d'antiques mâchoires et de minuscules crânes, une phalange qui ressemblait étrangement à l'une de celles de Napoléon, le squelette du docteur Watson.

Mais le plus étrange et le plus merveilleux, c'était un œuf.

Mme Fernandez l'extirpa d'une de ses malles avec la même tendresse qu'une mère saisit dans son berceau son bébé qui vient de naître.

— Ceci est un trésor d'une valeur inestimable. Un œuf de dinosaure parfaitement conservé, déclara-t-elle.

Tout le monde sursauta. L'œuf se trouvait dans un bocal en verre, posé sur un lit de coton. Si la paléontologue ne leur avait pas dit qu'il s'agissait d'un œuf de dinosaure, Arthur aurait pu le confondre avec un des petits pains de Popote : ils avaient l'un comme l'autre l'aspect dur et marbré d'un caillou !

— Mais comment est-ce possible ? demanda Sophia.

— Je n'en suis pas encore certaine, concéda Mme Fernandez. Il a été trouvé profondément enfoui dans une poche d'argile bleue que nous nous efforçons toujours d'identifier. Ma théorie, c'est que cette argile possédait des propriétés conservatrices. La question réclame des recherches plus poussées, bien sûr.

Ahmad brûlait tant de voir l'œuf de plus près qu'il bascula en avant. Alarmée, Mme Fernandez fit un bond en arrière. M. Loring réprimanda Ahmad, lui demandant de faire plus attention avant de présenter ses excuses à l'exploratrice.

— Qu'allez-vous faire de cet œuf ? demanda Irene une fois que le calme fut revenu.

— Bonne question, répondit Mme Fernandez. Avec un peu de chance, son contenu a été aussi bien préservé que sa coquille.

— Vous voulez dire…, commença Arthur.

— Que j'espère trouver un embryon de dinosaure fossilisé, oui, confirma l'exploratrice. Si c'est le cas, ce sera le premier jamais découvert.

M. Loring se leva et se mit à applaudir.

Ce fut seulement en se couchant ce soir-là qu'Arthur se souvint de la lettre d'Irene. Mais il était fatigué d'avoir mal dormi la nuit précédente, et avant de pouvoir poursuivre sa réflexion, il s'assoupit.

Un instant plus tard – du moins, lui sembla-t-il –, quelqu'un le secouait pour le réveiller.

— Lève-toi et habille-toi, ordonna une voix bourrue. Il est l'heure.

— L'heure de quoi ? demanda Arthur, l'esprit encore embrumé par le sommeil.

Il cligna des yeux, attendant que sa vision s'ajuste pour voir qui l'avait réveillé. Mais la personne se fondait déjà dans l'obscurité.

— Ta première épreuve commence maintenant, répondit-elle.

VINGT-QUATRE

Un saut dans le vide

QUAND ARTHUR ET JIMMIE sortirent de leur chambre, on leur banda immédiatement les yeux, comme lors de leur première rencontre avec les membres du Trèfle. Puis on les guida dans l'escalier en colimaçon de la tour. Arthur se tenait à la rampe de toutes ses forces, mais malgré le froid, il avait les mains moites. Une partie de lui avait hâte de découvrir la première épreuve. L'autre était malade d'anxiété.

Souviens-toi de ce qu'a dit le docteur Watson. Le pouvoir de l'esprit sur la matière. Garde ton calme et observe.

Il se demanda comment la personne qui était venue les chercher avait fait pour passer devant Toby, et comment ils sortiraient sans que le loup les arrête. Quand ils atteignirent le rez-de-chaussée, une odeur de viande crue – qu'Arthur connaissait bien grâce à ses nombreuses visites à la boucherie de M. Fraser – lui chatouilla les narines, et il entendit un bruit de mastication féroce. Toby était un gardien fiable, mais jusqu'à un certain point seulement.

Après qu'on les eut entraînés à l'écart de la tour et fait tourner sur eux-mêmes plusieurs fois, Jimmie reçut l'ordre de poser ses mains sur les épaules d'Arthur, et Arthur de poser ses mains sur les épaules de la personne qui se tenait devant lui. Puis ils se mirent en marche.

— Irene ? C'est toi ? chuchota Arthur.

— Oui, répondit son amie tout bas. À ton avis, qu'est-ce qu'ils vont nous faire ?

Ils marchèrent longtemps. Par moments, il leur sembla qu'on les faisait revenir sur leurs pas pour qu'ils ne puissent pas deviner où ils allaient. De temps en temps, le cœur d'Arthur se serrait douloureusement, comme si le mélange d'excitation et d'appréhension qu'il ressentait allait le faire exploser. À la Maison du Trèfle, on leur avait dit qu'il y aurait trois épreuves : une de courage, une d'honneur et une de loyauté. De laquelle allait-il s'agir cette nuit-là ?

Sous leurs pieds, l'herbe céda la place à un terrain dur et inégal. Des ronces s'accrochèrent au bas du pantalon d'Arthur. Au-dessus de lui, il entendit un hibou hululer. *Nous devons être dans la forêt.*

Il sursauta en repensant au cavalier qu'il avait aperçu parmi les arbres. Se pouvait-il qu'on les conduise à l'homme qui se faisait appeler le Chevalier vert ?

— Aïe ! s'écria Irene, arrachant Arthur à ses pensées.

— Attention où vous mettez les pieds. Ça va monter, lança une autre voix.

Ils continuèrent d'avancer jusqu'à ce qu'Arthur sente une surface plate et solide sous ses bottes. De la pierre.

— Pas encore, les prévint la voix.

Une main poussa Arthur en arrière, lui faisant lâcher Irene.

— Un à la fois. Les autres, vous attendez ici jusqu'à ce qu'on vous appelle.

Bonne chance, Irene, souhaita silencieusement Arthur à son amie en entendant qu'on l'emmenait.

— Où sommes-nous ? chuchota Jimmie derrière lui.

Mais un autre membre du Trèfle, qui avait dû rester près d'eux pour les surveiller, le fit taire.

Les minutes suivantes leur parurent durer une éternité. Arthur avait l'estomac noué et le cœur qui battait fort. Enfin, il entendit des pas descendre un escalier. Une seule personne.

— À toi, annonça leur guide en prenant Arthur par le bras et en le tirant vers l'avant.

— Où est Irene ?

— Ça ne te regarde pas.

— Elle va bien ? Elle a réussi le test ?

— Tais-toi et avance.

Ils montèrent des marches. L'air était moite et sentait le renfermé. Ils devaient se trouver à l'intérieur d'un bâtiment, sans doute très ancien. *Mais quel genre de bâtiment peut-il bien y avoir au fin fond de la forêt ?*

Dans tous les cas, il devait comporter une autre issue : sans ça, où Irene aurait-elle bien pu passer ? À moins qu'elle soit toujours en haut ?

Peut-être était-ce l'imagination d'Arthur, mais l'escalier lui sembla raide. Il compta les marches au fur et à mesure. *Une, deux, trois…*

Dix…

Vingt…

Trente…

Lorsqu'il atteignit quarante-sept, la nature de l'air changea encore. Le parfum piquant de la forêt réapparut, mêlé à une odeur familière qu'Arthur était trop nerveux pour identifier, mais qui lui rappela sa sœur Mary.

Avant qu'il puisse y réfléchir, une voix tonna :

— Initié ! Tu as accepté le défi du Trèfle. Tu vas donc être mis à l'épreuve. Si tu échoues, tu ne seras jamais des nôtres. Mais si tu réussis, tu auras une chance de devenir l'un des maillons d'une chaîne aussi immense que puissante. C'est compris ?

Arthur avait la bouche sèche. Il se passa la langue sur les lèvres.

— Oui.

On lui arracha son bandeau. Arthur cligna des yeux. Au début, il ne vit pas grand-chose, mais au bout d'un moment, il commença à distinguer des formes. Il se tenait sur une sorte de toit rond, éclairé par une chandelle. La flamme vacillante illuminait le visage masqué de deux individus qui se tenaient côte à côte devant Arthur.

— Bonsoir, Arthur, lança le plus grand des deux.

Arthur eut la certitude que c'était le garçon qu'il avait entendu à la bibliothèque, celui qui avait dirigé la première réunion du Trèfle. Sa voix avait quelque chose de doucereux. Elle lui rappelait celle d'un magicien qu'il était allé voir un jour avec Catherine, et dont les paroles enjôleuses avaient tenté (en vain, selon Arthur) de les distraire pour masquer le fait que ses tours n'étaient pas très bons.

— Ce soir, nous testons ton courage, lança l'autre personne, une fille.

Le cœur d'Arthur fit un bond dans sa poitrine lorsqu'il reconnut cette voix chantante et flûtée, pareille au chant d'un rossignol. C'était la fille qu'il avait entendue parler avec le Magicien à la bibliothèque.

Elle désigna le bord du toit, à l'endroit où le parapet était effrité. Arthur s'en approcha. En plissant les yeux, il parvint à distinguer la forme d'un tronc d'arbre posé au-dessus du vide tel un pont improvisé. Plus bas, on ne voyait rien. Mais pour avoir compté les marches, il savait à quelle hauteur il se trouvait. Quarante-sept marches, ça faisait un peu haut en cas de chute.

— Au milieu de ce tronc est posé un trèfle en bois, reprit le Rossignol. Tu dois traverser, ramasser le trèfle et continuer jusqu'à la tour d'en face. Mais prends garde. Si tu perds l'équilibre et que tu tombes… Ce sera peut-être la dernière chose que tu feras. Si tu décides de rebrousser chemin avant d'avoir atteint le trèfle, ou si tu atteins l'autre côté sans l'avoir avec toi, tu échoueras. C'est compris ?

Arthur hocha la tête et serra les poings pour empêcher ses mains de trembler.

Ce sera peut-être la dernière chose que tu feras. Sérieusement ?

— Alors, prends ça, ordonna le Rossignol en lui tendant une bougie allumée, et vas-y.

Arthur se tourna vers le vide. La chandelle lui fournissait juste assez de lumière pour voir le tronc devant lui. Il avança un pied, puis l'autre, utilisant son bras libre pour s'équilibrer. Une fois stable, il fit un pas en avant.

Le tronc oscilla.

Les jambes d'Arthur flageolèrent.

Il serra les dents et fit un deuxième pas, puis un troisième.

Son cœur, qui battait à tout rompre, lui ordonnait de faire marche arrière, mais Arthur se força à continuer. À chaque pas, il pensait à l'une de ses sœurs et à ce qu'il pourrait faire pour elle s'il était admis au Trèfle.

Arthur garda les yeux rivés sur ses pieds jusqu'à ce qu'il aperçoive un petit objet : un trèfle en bois poli, posé au milieu du tronc, si près de lui qu'il avait failli le faire tomber avec le bout de sa botte.

Il ne lui restait plus qu'à se pencher pour le ramasser.

Doucement… Doucement…

Il éprouva un élan de triomphe quand sa main se referma sur le trèfle.

Oui !

Le plus dur était fait. Il ne lui restait plus qu'à se relever et à parcourir l'autre moitié du parcours.

Mais, alors qu'il se redressait, le tronc oscilla plus fort que précédemment. Plus il vacillait, moins Arthur était stable sur ses jambes. Au milieu de son mouvement, il se sentit basculer. Il allait tomber, à moins que…

Très vite, il tendit les mains devant lui pour se retenir au tronc. Mais ce faisant, il lâcha à la fois la bougie et le trèfle, qui dégringolèrent dans l'obscurité.

— Non ! cria-t-il.

Trop tard. Le trèfle avait disparu.

C'était fini. Il avait échoué.

Il repensa à ses sœurs en scrutant la nuit en contrebas.

Catherine, Anne, Charlotte, Mary...

Mary !

Alors qu'un souvenir jaillissait de sa mémoire, trois choses lui apparurent simultanément.

— Doyle ! appela le Magicien. Le trèfle est tombé. C'est fini pour toi.

— Pas encore, répliqua Arthur.

Puis il prit une grande inspiration... et sauta.

VINGT-CINQ

Arthur fait sensation

ALORS QU'IL CHUTAIT dans l'obscurité, Arthur n'eut qu'une fraction de seconde pour se demander si ses trois observations se révéleraient exactes.

D'abord, l'odeur qui flottait dans l'air lui avait fait penser à Mary, parce qu'elle lui rappelait la mare dans le parc à côté de chez eux, à Édimbourg. Mary adorait qu'il l'y emmène pour nourrir les canards.

Ensuite, immédiatement après avoir lâché le trèfle, il avait entendu un léger bruit, pareil à celui que fait un canard en se posant à la surface de l'eau.

Enfin, le Magicien lui avait dit qu'il devait revenir avec le trèfle, sans quoi il échouerait. Et Arthur avait bien l'intention de réussir – mais pas de la manière dont ses examinateurs le pensaient. Sauf, évidemment, s'il avait tort et qu'il s'apprêtât à s'écraser sur le sol.

Il eut juste le temps de se demander si ses sœurs auraient préféré avoir un frère qui avait échoué à une épreuve plutôt qu'un frère mort, avant de toucher l'eau glacée et de couler.

Il émergea une seconde plus tard, crachant et haletant. *Oui !* Bon, il n'était pas mort, mais il devait quand même retrouver le trèfle. Frissonnant, il passa la main sur la surface de l'eau. Rien. Puis, miraculeusement, sa paume sentit un petit objet dur. Le trèfle. Il l'avait !

Arthur poussa un cri de joie et se mit à nager vers le rivage.

Il aperçut une lanterne allumée au pied de la tour qu'il était censé atteindre. Trempé, gelé et dégoûté par les choses visqueuses qui lui frôlaient les chevilles, il se hissa sur la berge et monta l'escalier de la tour en courant. Quand il fit irruption sur le toit, les deux membres du Trèfle qui attendaient en haut sursautèrent et l'un dut retenir l'autre pour l'empêcher de passer par-dessus le parapet.

— Tu étais censé marcher sur le tronc ! s'écria une fille à travers son masque.

Arthur reconnut aussitôt sa voix forte et indignée : c'était celle d'Afia, la journaliste qui l'avait interviewé pour le journal de l'école.

— J'étais censé me rendre ici et vous apporter le trèfle, répliqua Arthur en brandissant son trophée. Et je l'ai fait à ma manière.

— Mais comment as-tu su que tu ne risquais rien en sautant ? demanda l'autre personne.

— Je sentais qu'on était près d'une mare, expliqua Arthur. Et j'ai entendu un léger bruit d'éclaboussure quand le trèfle est tombé. Ça aurait pu n'être qu'une flaque ou un ruisseau, mais je me suis dit qu'une société secrète ne voulait pas attirer l'attention sur elle en provoquant la mort de première année lors d'une épreuve d'initiation. Donc… j'ai sauté.

Afia secoua la tête, mais quand elle reprit la parole, Arthur entendit au ton de sa voix qu'elle souriait.

— Eh bien, on ne nous l'avait encore jamais faite. Félicitations, Doyle, tu as réussi la première épreuve.

— Tu as fait *quoi* ? s'exclama Irene alors qu'ils se rendaient au réfectoire le lendemain matin.

Jimmie lui fit signe de parler moins fort : Sophia, Harriet et Ahmad marchaient derrière eux.

Arthur répéta toute l'histoire pour leur amie.

— Comment pouvais-tu être sûr que tu retrouverais le trèfle après l'avoir fait tomber dans la mare ? demanda Irene quand il eut terminé. Comment as-tu su qu'il ne coulerait pas ?

— Ils m'ont dit qu'il était en bois, et il fallait qu'ils puissent le récupérer si quelqu'un le lâchait. Sans ça, comment tester les autres candidats ?

— Ils auraient pu avoir un trèfle pour chacun, fit remarquer Irene.

Arthur fronça les sourcils.

— Je n'avais pas pensé à ça.

— Et il aurait pu y avoir des anguilles dans la mare.

— Oh ! tu peux me croire, il y en avait.

— Et toi, Irene ? Tu as eu peur ? demanda Jimmie.

Lui-même avait avancé si lentement qu'il lui avait fallu presque une demi-heure pour traverser le tronc, qui remplaçait un pont de corde tombé en morceaux longtemps auparavant. Apparemment, ce pont n'avait pas eu d'autre utilité que de divertir les enfants de lord Baker.

— Disons que… j'avais une assurance, répondit Irene.

— Qu'est-ce que ça veut dire ? voulut savoir Arthur.

— Eh bien, quand un membre du Trèfle est venu me dire de m'habiller hier soir, j'ai obéi, mais… j'ai enfilé l'uniforme de Pocket à la place du mien. Je me disais qu'elle aurait peut-être quelque chose d'utile là-dedans. J'ai fouillé dans ses poches pendant qu'on marchait, et j'ai trouvé une corde. Elle était juste assez longue pour que j'en attache un bout autour du tronc et l'autre à ma taille. Je savais qu'en cas de chute, elle me retiendrait. Mais au final, je n'en ai pas eu besoin. Ce n'est pas difficile de garder son équilibre sur un tronc d'arbre quand on sait qu'on ne risque rien.

— C'était très malin, la complimenta Arthur.

— Oui, et je n'ai eu affaire à aucune anguille. (Irene fronça les sourcils.) Tout de même… C'est un exercice difficile pour les candidats.

— Comment tester notre courage sans nous faire un peu peur ? répliqua Jimmie. Et puis, Arthur a déjoué leur ruse. Nous n'avons jamais réellement été en danger.

Irene semblait tout de même troublée.

— Et si l'un de nous ne savait pas nager et qu'il fût tombé dans la mare ?

— Je suis certain que quelqu'un se tenait prêt à sauter à l'eau pour nous sauver en cas de besoin, affirma Jimmie.

— Peut-être. J'espère tout de même qu'ils seront plus honnêtes la prochaine fois.

— C'est difficile d'être complètement honnête quand on appartient à une société secrète, fit remarquer Arthur.

— Oui, je suppose que tu as raison.

Arthur espérait rassurer Irene, mais son amie se mit à tripoter nerveusement sa montre.

Ils avaient fini par atteindre les marches du manoir et s'étaient mêlés à la foule des autres élèves.

— En parlant de la prochaine fois, en quoi consistera la deuxième épreuve, à votre avis ? chuchota Arthur. Et quand aura-t-elle lieu ?

Irene et Jimmie se tournèrent vers lui et lui intimèrent le silence, mettant une fin abrupte à leur discussion.

Pendant le petit déjeuner, Arthur détailla les autres élèves qui l'entouraient, cherchant à deviner lesquels pouvaient bien appartenir à la Maison du Trèfle. Alors qu'il cherchait des visages fatigués et des bouches qui réprimaient un bâillement, son regard croisa celui d'Afia par-dessus sa tasse de thé. La jeune fille détourna aussitôt les yeux pour poursuivre sa conversation.

Le problème, c'est qu'Arthur n'avait pas beaucoup d'éléments à sa disposition. Il ne connaissait pas les élèves des classes au-dessus, hormis Oscar, du *Clairon de Baskerville*, et Bruno, qui les avait accompagnés à la tour le jour de leur arrivée. Sinead, qui prenait soin de Chance. Thomas et Ollie, les deux spiritualistes qui, à leur habitude, faisaient bande à part. Mais c'était à peu près tout.

Pour ce qu'Arthur en savait, n'importe qui aurait pu faire partie du Trèfle. Bon, peut-être pas Bruno avec son obsession pour les coléoptères, mais presque n'importe qui.

Sebastian arriva au réfectoire alors que le petit déjeuner était déjà bien entamé. Il était pâle mais avait l'air satisfait. Arthur l'entendit lancer un « bonjour » joyeux à Harriet et à Roland. Il en déduisit que lui aussi avait réussi la première épreuve. Ce qui était bien dommage.

Alors qu'Arthur finissait son bacon, Mme Hudson s'avança pour rappeler aux élèves qu'il y aurait un banquet suivi d'une présentation de Valencia Fernandez, ce soir-là.

— Si vous avez une tenue de soirée, vous pouvez la porter. Sinon, votre uniforme conviendra. Le dîner sera servi à six heures et demie précises. Voyons, y avait-il autre chose ?

L'air renfrogné, Popote agita les bras pour attirer l'attention de Mme Hudson. Mais celle-ci consultait ses notes, et elle ne parut pas s'en apercevoir.

— Vous m'avez dit sept heures et demie ! finit par beugler la cuisinière. Sept, pas six ! Ça ne sera pas prêt avant !

Mme Hudson leva la tête et plissa les yeux.

— C'est vrai, j'ai dit ça ? Alors, je suppose que c'était ce que je voulais dire. (Elle se racla la gorge.) Vous serez donc là à sept heures et demie pile. J'attends que chacun soit à sa place quand la demie sonnera, et j'entends par là, la demie de… la demie de…

— Six heures ? lança quelqu'un.

En se penchant, Arthur vit Oscar qui fixait Mme Hudson avec de grands yeux innocents et une bouche frémissante de rire mal contenu.

— Exactement, acquiesça Mme Hudson. Bien, maintenant…

Ne voulant pas être en reste, Toby leva la tête et poussa un long hurlement. La pièce s'emplit d'un bruit de chaises quand les élèves se levèrent.

— La demie de sept heures ! rugit vainement Popote. Venez à SEPT heures et demie, ou vos assiettes seront vides !

Ce jour-là, Arthur réprima de nombreux bâillements au fur et à mesure que l'excitation s'estompait et que le manque de sommeil le rattrapait. Quand les cours s'achevèrent, il ne voulait rien tant que rentrer à la tour et faire une sieste d'une heure ou deux avant le dîner. Au lieu de ça, il se força à retourner à la bibliothèque, au rayon histoire. Il y avait là quelques ouvrages sur les légendes arthuriennes qu'il voulait feuilleter.

Le Magicien et le Rossignol cherchaient quelque chose à la demande de quelqu'un qui se faisait appeler le Chevalier vert. Ça ne pouvait pas être une coïncidence. Lire l'histoire du personnage du Chevalier vert lui fournirait peut-être des indices sur la véritable identité de cet être mystérieux, ainsi que sur ses objectifs.

En arrivant au dernier étage, Arthur fut surpris d'y trouver Grover, penché sur une pile de livres si haute que seul le sommet de sa tête en dépassait.

— Ça va, tu as suffisamment à lire ? plaisanta-t-il.

Grover lui lança un coup d'œil.

— Je fais des recherches, expliqua-t-il. Pour la nécrologie. J'ai demandé une interview à Mme Grey, mais elle est si occupée avec ses expériences qu'elle n'arrête pas de repousser. Il faut bien que je commence par quelque chose. La professeure est mentionnée dans tous ces livres : tu arrives à y croire, toi ? Elle en a écrit trois elle-même. Comment vais-je tout résumer en quelques lignes ?

Sans attendre la réponse d'Arthur, il replongea le nez dans les ouvrages poussiéreux.

Arthur sortit deux gros volumes des étagères avant de se laisser tomber dans un fauteuil usé jusqu'à la trame. Il avait proposé à Irene et à Jimmie de l'accompagner, mais ni l'un ni l'autre n'avaient paru très intéressés, pas plus qu'ils n'avaient compris pourquoi Arthur faisait une telle fixation sur le Chevalier vert. À vrai dire, Arthur lui-même ne pouvait pas l'expliquer. Mais il avait le sentiment que sa présence était importante, et qu'il avait un rapport avec les effractions répétées. Que cherchait-il à Baskerville Hall, et qui d'autre convoitait la même chose que lui ?

D'après les légendes racontées par sa mère, le Chevalier vert était un personnage mystérieux, presque surnaturel, qui recourait à la ruse pour mettre à l'épreuve le courage des autres chevaliers.

Dans le plus célèbre des récits, il mettait sire Gauvain, un chevalier de la Table ronde du roi Arthur, au défi de lui donner un coup de hache et d'en encaisser un à son tour. Mais quand sire Gauvain le décapitait, il se contentait de se pencher, de ramasser sa tête et de la reposer sur son cou. Puis venait son tour de frapper. Mais comme Gauvain avait donné la preuve de son courage en se laissant faire, le Chevalier vert décidait de l'épargner.

Arthur détailla l'illustration qui accompagnait l'histoire dans le livre ouvert devant lui. Du doigt, il caressa l'étrange étoile qui ornait le bouclier de sire Gauvain.

Le Chevalier vert des légendes était-il un protecteur ou une menace surnaturelle ? Arthur ne savait plus quoi penser.

Le professeur Niles D. Nilrem, auteur des *Secrets de la Table : une étude approfondie des légendes arthuriennes*, semblait tout aussi indécis au sujet du Chevalier vert qu'Arthur au sujet de celui qui rôdait autour de Baskerville Hall.

Le personnage le plus mystérieux de toutes ces légendes reste sans doute le Chevalier vert. Certains le considèrent comme une apparition redoutable, disposant de pouvoirs surnaturels mal acquis ; d'autres, comme le défenseur de la vertu et de la chevalerie. Même son apparence demeure floue. Dans certains récits, elle n'a rien d'exceptionnel ; dans d'autres, son nom s'explique par le fait qu'il a la peau verte, comme couverte de mousse. L'associe-t-on à cette couleur parce que c'est celle de la nature et du printemps ? Ou parce que c'est celle du poison et même de la mort ?

Arthur n'était pas tranquille quand il quitta la bibliothèque ce soir-là. Il n'avait trouvé de réponse à aucune de ses questions. Mais il savait que le soi-disant Chevalier vert avait un lien avec le Trèfle. Le Magicien et le Rossignol, à tout le moins, semblaient travailler pour lui. Ce qui signifiait peut-être qu'il devrait se poser les mêmes questions que Nilrem au sujet du Trèfle lui-même. Comme le Chevalier vert, cette société secrète disposait de grands pouvoirs et valorisait de nombreuses vertus : le courage, l'honneur et la loyauté. Mais comme le Chevalier vert, elle demeurait mystérieuse, enveloppée par un épais brouillard.

Et Arthur avait la désagréable impression d'avancer à l'aveugle.

VINGT-SIX

Un malentendu

ARTHUR PENSAIT TOUJOURS au Chevalier vert et au Trèfle quand Jimmie et lui arrivèrent au manoir ce soir-là. Après un seul coup d'œil à l'intérieur du réfectoire, sa perplexité fut remplacée par un vif embarras.

La longue pièce rectangulaire était drapée de soie, de crêpe, de popeline et de velours ; elle flamboyait de teintes émeraude, orange et écarlates. Les filles portaient presque toutes une robe de soirée, et la plupart des garçons une redingote.

Arthur baissa un regard gêné sur son uniforme. Mme Hudson avait dit que la tenue de soirée était facultative, mais il regrettait soudain de n'avoir rien de plus chic à se mettre que son costume violet de tous les jours.

— Je ne pensais pas que tout le monde s'habillerait ainsi, murmura-t-il.

— Tu exagères, répliqua Jimmie. Tu n'es pas le seul en uniforme. Regarde Bruno. Et Grover. Les membres du cercle de l'Esprit ont gardé leurs étranges vêtements blancs. Et Pocket porte… Elle porte quoi, d'ailleurs ?

Pocket et Irene venaient d'entrer. Irene resplendissait dans une robe de soirée bleu foncé. Pocket avait elle aussi une tenue remarquable, mais pour une tout autre raison. Elle portait une large tunique qui semblait constituée d'échantillons de cent robes différentes cousus les uns à la suite des autres, comme une guirlande. Et chacun de ces morceaux était une poche, observa Arthur. Évidemment.

Arthur et Jimmie n'étaient pas les seuls à fixer leur amie. Harriet Russell, en longue robe couleur rubis, digne d'une fille de duchesse, montra du doigt Pocket et gloussa. Sophia De Leon, qui se tenait près d'Ahmad, agita son bel éventail en bois devant sa bouche et murmura que la mode anglaise était décidément curieuse. Si Pocket s'en aperçut, elle ne parut pas s'en offusquer.

— Bonsoiiir, messieurs, claironna-t-elle en s'approchant d'Arthur et de Jimmie.

Elle fit une profonde révérence. Une petite paire de ciseaux tomba d'une de ses poches.

— Oups !

Arthur se pencha pour la ramasser.

— Madame, dit-il en les lui rendant.

Irene les observait, un sourcil levé. Elle secoua légèrement la tête.

Mieux vaut que les gens regardent Pocket plutôt que moi, songea Arthur.

— Tu es magnifique, dit-il à Irene.

Ce qui était vrai. Sa robe bleue lui allait à ravir, et elle avait relevé ses cheveux bruns en un chignon compliqué.

La jeune fille sourit.

— Merci. Un des avantages d'avoir des parents chanteurs d'opéra, c'est que je connais beaucoup de costumières.

— Je meurs de faim, déclara Pocket. Je croyais que le dîner devait être servi à sept heures et demie précises. Et il ne faut pas que je tarde à retourner au laboratoire.

Partout autour d'eux, de petits groupes d'élèves parlaient et riaient. Une odeur merveilleuse s'échappait de la cuisine, mais aucune nourriture n'était encore visible. Arthur remarqua qu'une table de banquet avait été dressée à une extrémité de la pièce. Valencia Fernandez était assise au milieu, encadrée par le principal et par M. Loring. La vue de Challenger engoncé dans un costume fripé, trop petit d'au moins deux tailles et vieux d'un demi-siècle environ, rasséréna quelque peu Arthur. Loring avait enfilé un élégant costume trois pièces, mais portait toujours ses bottes en caoutchouc qu'il avait dû renfiler sans y prêter attention.

Une série de coups résonna à travers le réfectoire tandis que Challenger tapait sur la table avec le manche d'un grand couteau.

— Asseyez-vous ! ordonna-t-il une fois que les élèves se furent tus.

Les première année se glissèrent à leur place habituelle autour de la table centrale. Arthur ne fut pas très content de voir Sebastian s'installer en face de lui.

— Bonsoir, chers élèves, lança le principal quand tout le monde fut assis. Nous sommes ici pour fêter la réussite de la longue et importante expédition entreprise par Valencia Fernandez, qui incarne à la perfection l'esprit de Baskerville Hall. Dans un petit moment, elle va nous régaler avec le récit de ses aventures. Mais avant… dînons.

Comme obéissant à un signal, Popote fit irruption dans le réfectoire, suivie par des serveurs chargés de plateaux en argent. Elle leur aboya ses ordres d'une manière suggérant qu'elle aurait pu avoir une brillante carrière dans l'armée avant d'arriver là. Le brigadier Gérard devait être de cet avis lui aussi, car il l'observait avec admiration.

— Mme Grey n'est pas là, remarqua Pocket en détaillant la table du bout à laquelle les autres enseignants avaient pris place. Elle doit être restée au laboratoire. Je devrais peut-être aller voir si elle a besoin d'aide.

Au même moment, un serveur posa un plat de rosbif fumant devant eux. Pocket se lécha les babines.

— Je suppose que manger avant ne pourra pas me faire de mal. On réfléchit beaucoup mieux l'estomac plein.

Il y eut ensuite des pommes de terre à l'eau, de la salade d'asperges et, bien évidemment, les fameux petits pains de Popote. Pocket se servit un peu de tout et se mit à manger comme si elle faisait la course avec quelqu'un. Jimmie et Irene se livraient à un concours pour savoir lequel des deux avait goûté le plat le moins appétissant au cours de leurs nombreux voyages (saucisse de langue allemande pour le premier, hareng en saumure danois pour la seconde).

Aussi Arthur fut-il le seul à voir Sebastian lui jeter un coup d'œil avant de marmonner à Roland.

— Franchement, ma mère mourrait de honte si je venais à un banquet habillé comme tous les jours.

Roland répondit quelque chose qui fit rire Sebastian. Arthur agrippa sa fourchette.

— Oh ! je sais, acquiesça Sebastian. C'est toujours mieux que le tas de chiffons de cette fille. Je suis sûre qu'ils sentent mauvais. Tu sais que son père élève des moutons ? Il y a de quoi te couper l'appétit, non ?

Pocket s'interrompit et leva les yeux vers Sebastian. Ne s'était-il pas rendu compte que sa voix portait jusqu'à elle ? Arthur se dit qu'au contraire il voulait sans doute que Pocket entende ses paroles cruelles. La jeune fille le fixa, les yeux écarquillés.

Arthur se leva.

— Espèce de… de… de malotru ! s'écria-t-il. Retire ce que tu as dit. Présente-lui tes excuses.

Jimmie lui saisit le bras.

— Arthur, que…

Sebastian pencha la tête sur le côté.

— Je ne sais pas de quoi tu parles, Arthur. Il s'agit sûrement d'un malentendu.

— Malentendu, mon œil, aboya Arthur. Si tu refuses de t'excuser, il va falloir régler ça autrement.

À travers le réfectoire, les gens levaient les yeux de leur assiette pour les regarder.

— Mon grand-père disait toujours que les Écossais n'ont aucune maîtrise d'eux-mêmes, lança Sebastian sur un ton égal. De fait, il n'en invitait jamais à dîner. Je suppose qu'il avait raison.

Arthur abattit sa main sur la table et tendit l'autre vers Sebastian pour le saisir par le col. Soudain, il était de retour dans les rues d'Édimbourg, en train d'affronter les brutes qui se faisaient mousser en s'attaquant aux garçons plus pauvres.

— Arthur, non ! protesta Jimmie.

Mais ce fut à peine si Arthur l'entendit.

Il ne pensait qu'à une chose : mettre son poing dans le nez de Sebastian.

Il était en train de tirer ce dernier le long de la table quand de gros bras le ceinturèrent par-derrière.

— Doyle ! aboya Stone. Calme-toi, mon garçon ! Ce n'est ni le lieu ni le moment !

Arthur finit par lâcher le col de Sebastian et laisser Stone le ramener à sa place.

— C'est ça, Doyle. Tu te calmes, ordonna Stone. Ta passion pour l'art du pugilat est admirable, mais elle ne doit pas te faire oublier les convenances.

Arthur prit une grande inspiration. Les autres le regardaient, chuchotant entre eux. M. Challenger et le docteur Watson l'observaient de la table du bout, l'air déçus et contrariés. À cette vue, la rage d'Arthur s'évapora, et il eut soudain envie de disparaître dans un trou de souris.

La place à côté de lui était vide. Pocket avait profité de l'agitation pour s'éclipser.

— Je… Il faut que je sorte, bredouilla Arthur. J'ai besoin de prendre l'air.

— J'allais justement te le suggérer, acquiesça Stone. Ressaisis-toi, et je dirai au principal que c'était un malentendu. N'est-ce pas, Moran ?

— Je suppose, monsieur, répondit Sebastian, qui respirait fort.

Un rictus retroussa sa lèvre supérieure.

— Très bien, messieurs, dit Stone en donnant une claque dans le dos d'Arthur. Vous réglerez vos comptes plus tard, sur le ring.

VINGT-SEPT

Daguerréotypes et dynamite

JIMMIE PROPOSA d'accompagner Arthur, mais celui-ci refusa. Il traversa le réfectoire aussi dignement que possible sous les yeux de tous ses camarades. Sa mère serait tellement déçue si elle le voyait ! À présent qu'il était trop tard, Arthur comprenait qu'il s'était jeté tout droit dans le piège tendu par Sebastian. Cette brute avait sans doute fait exprès de parler assez fort pour qu'il l'entende, dans l'espoir de le provoquer. Et maintenant, Arthur passait pour un imbécile tandis que Sebastian préservait l'illusion du parfait gentleman.

Les dents serrées, Arthur longea des couloirs vides jusqu'au laboratoire de Mme Grey, où il espérait trouver Pocket. Il voulait s'assurer qu'elle allait bien.

Mais quand il atteignit la salle, celle-ci était déserte. Aucun signe de Pocket ni de la professeure. Peut-être étaient-elles dans le bureau de l'enseignante ? Arthur se souvint que celui-ci se trouvait au premier étage, aussi s'enfonça-t-il dans les entrailles du manoir en direction de l'escalier de derrière.

Il marchait lentement, se repassant en boucle l'incident du réfectoire comme dans une transe horrible. Challenger allait-il le punir ? Envoyer une lettre à ses parents pour les prévenir… ou pire ?

Alors qu'Arthur ruminait cette funeste pensée, il leva les yeux vers le portrait le plus laid qu'il avait jamais vu. Un homme grimaçant, avec des bajoues, le fixait. Du moins, il le fixait d'un œil, car l'autre semblait regarder le plafond. La plaque au bas du cadre indiquait : *Lord Hugh Baker*.

C'était le fameux portrait dont lui avaient parlé Oscar et Afia. Celui qui, en tombant, avait failli tuer deux personnes. Arthur, qui se sentait toujours d'humeur belliqueuse, se demandait s'il allait tenter sa chance et dire à ce bonhomme ce qu'il pensait des prétentieux de son espèce, quand il entendit une explosion, un cri, puis des pas à l'étage.

Il se précipita vers l'escalier et monta les marches quatre à quatre.

Il venait d'atteindre le palier quand une grande silhouette enveloppée d'une cape fonça dans le couloir, manquant de le renverser au passage. Arthur était sur le point de la poursuivre… quand il sentit une odeur de brûlé.

De la fumée venait de la direction opposée. Arthur hésita. Que valait-il mieux faire ? Puis il se souvint de la raison pour laquelle il était monté à l'étage : pour chercher Pocket. Et si c'était elle qui venait de crier ?

— Pocket ! appela-t-il. Pocket, tu vas bien ?

Se détournant de la silhouette en fuite, Arthur franchit l'angle du couloir en courant. Deux personnes étaient en train de piétiner un départ de feu sur la moquette du couloir : Pocket et Mme Grey. La jeune fille soutenait la vieille dame, qui était livide.

— Que s'est-il passé ? s'écria Arthur.

Ensemble, Pocket et lui guidèrent la professeure dans une pièce et l'aidèrent à s'asseoir dans un fauteuil. C'était l'un des seuls meubles qui n'avait pas été renversé. Un beau bureau gisait sur le flanc. Le sol était jonché de livres et d'instruments en argent.

— Nous étions montées pour prendre un ouvrage de référence, expliqua Pocket. Mais quelqu'un se trouvait déjà là. C'est lui qui a provoqué tout ce bazar. (Elle désigna la pièce d'un large geste de la main.) Mme Grey s'est mise en travers de son chemin, mais il a sorti un couteau. Alors, j'ai allumé un mini-bâton de dynamite, et je lui ai dit qu'il ferait mieux de détaler s'il ne voulait pas finir carbonisé.

— Excellent réflexe, la félicita Arthur. Je viens de le croiser. Il s'enfuyait.

Pocket le fixa un instant, puis s'exclama :

— Eh bien, qu'est-ce que tu attends ? Cours-lui après !

Arthur tourna les talons et s'élança dans le couloir. Quand une ombre furtive jaillit de l'obscurité, il faillit tomber dans l'escalier.

— Toby ! hurla-t-il en sautant maladroitement pour éviter de marcher sur les pattes du loup.

Celui-ci gronda, le poil hérissé.

— Ce n'est pas à moi que tu devrais montrer les crocs ! aboya Arthur. Il y a un intrus ! Aide-moi ou, au moins, écarte-toi de mon chemin !

Le loup le fixa un moment avant de faire demi-tour, de redescendre et de trottiner en direction du réfectoire.

— Je connais des chats qui feraient de meilleurs gardiens, grommela Arthur avant de reprendre sa course.

Lorsqu'il atteignit le hall, à bout de souffle, la porte d'entrée était entrouverte. Il s'arrêta sur le seuil, scrutant la nuit, en quête de l'intrus. Mais tout était immobile et silencieux. L'individu avait de l'avance ; il pouvait se trouver dans un millier de cachettes différentes. C'était comme chercher une aiguille dans une meule de foin. Arthur se demandait s'il devait tout de même essayer, lorsqu'une voix bourrue tonna derrière lui :

— Que diable se passe-t-il encore ?

Arthur fit volte-face. Le principal le fixait d'un air contrarié.

— D'abord, tu déclenches une bagarre pendant le banquet. Puis, au beau milieu du discours de Valencia, Hudson vient me prévenir que Toby gémit et gratte ses jupes.

— Parce que c'est ce qu'il était en train de faire ! s'écria Mme Hudson, indignée, qui était apparue derrière Challenger, et tenait sa jupe jaune des deux mains.

Toby la rejoignit, son regard de nouveau rivé sur Arthur.

— Il me prévenait que quelque chose clochait.

Peut-être Arthur avait-il mal jugé l'animal. Apparemment, celui-ci était assez intelligent pour aller demander de l'aide.

— Tout à fait, acquiesça Arthur. S'il vous plaît, monsieur le principal. Il y avait quelqu'un, un intrus. Il s'est introduit dans le bureau de Mme Grey et il les a menacées, Pocket et elle. Puis il s'est enfui, sans doute par cette porte.

Challenger se rembrunit davantage. Il jeta un coup d'œil à Mme Hudson et fit un signe de tête.

— Va, Toby, ordonna Mme Hudson en désignant la porte. Suis sa piste.

Le loup obéissant bondit dehors.

Déjà, Challenger se dirigeait vers l'escalier principal. Arthur lui emboîta le pas.

— Quelqu'un a été blessé ? lança le principal par-dessus son épaule.

— Je ne crois pas. Mais Pocket a jeté un bâton de dynamite sur l'intrus.

Si Challenger trouva cela surprenant, il n'en laissa rien paraître. Il s'éloigna à grandes enjambées, et Arthur fut obligé de se mettre à trottiner pour ne pas se faire distancer. Quand ils atteignirent le bureau de Mme Grey, celle-ci était toujours assise dans son fauteuil, l'air choqué et le souffle court. Pocket ramassait les livres éparpillés et les mettait en piles.

Le principal regarda longuement autour de lui.

— Ça va ? demanda-t-il en posant une main réconfortante sur l'épaule de Mme Grey.

La vieille dame acquiesça.

— Qui était-ce ? Vous avez pu le voir ?

— Il portait une cape, répondit Pocket. Noire, avec un masque noir aussi. Nous n'avons rien vu.

— Il a pris quelque chose ?

— Je l'ignore, avoua la professeure. Je ne vois pas ce que quelqu'un pourrait chercher dans mon bureau. Toutes mes expériences sont dans mon laboratoire. Ici, il n'y a que mes livres et mes… affaires personnelles.

Elle baissa les yeux vers un cadre photo en argent qui avait été jeté par terre. C'était un daguerréotype d'une jeune femme avec les mêmes yeux gris et perçants qu'elle.

— Peut-être qu'il ne voulait rien voler, marmonna Challenger comme pour lui-même. Peut-être qu'il voulait juste envoyer un message.

— Une menace ? suggéra Mme Grey en se penchant en avant. Mais pourquoi moi ? Je prends ma retraite à la fin du trimestre, et je vais passer le reste de ma vie à étudier tranquillement avec ma nièce. Qui pourrait bien m'en vouloir ?

— Je n'en sais rien, admit Challenger, même si, à en juger par ses sourcils froncés, il réfléchissait intensément.

— Monsieur le principal ? appela Arthur. Est-ce que ça pourrait avoir un rapport avec l'intrusion survenue juste avant la rentrée ? Rien n'avait été volé cette fois-là non plus, n'est-ce pas ?

— Comment es-tu au courant ? aboya Challenger en le foudroyant du regard.

— Quelqu'un du journal de l'école m'en a parlé.

— Pfff. Il ne manquait plus que la presse s'en mêle, rouspéta le principal.

— Nous ne sommes pas obligés de la prévenir, déclara la professeure, qui semblait s'être ressaisie. (Sa voix ne tremblait plus.) Je suis déjà bien assez gênée.

— Vous avez raison, acquiesça Challenger. Doyle, Pocket, vous avez entendu ? Pas un mot à quiconque. Je refuse que la panique se répande dans mon établissement. Pas tant que je ne saurai pas de quoi il retourne.

— Oui, monsieur, dirent en chœur Arthur et Pocket.

— Bien. Maintenant, je dois redescendre pour voir si Toby a trouvé quelque chose. Restez tous les deux avec Mme Grey : vous l'aiderez à ranger. Puis vous rentrerez directement à la tour. Retourner au réfectoire ne ferait qu'attirer davantage l'attention.

Ils hochèrent la tête. Challenger sortit.

La vieille dame fixait la photo par terre, les yeux voilés par un brouillard d'inquiétude ou de nostalgie, peut-être même les deux. Arthur se pencha pour ramasser le cadre et le lui apporta.

— Il n'est pas cassé.

— Merci, dit-elle. Heureusement. C'est un portrait de ma mère, le seul que j'ai.

Arthur jeta un nouveau coup d'œil au daguerréotype. La femme était plus jeune que Mme Grey, avec des joues plus rondes, mais la ressemblance avec sa fille était indéniable, au point qu'Arthur mit quelques secondes à remarquer où la photo avait été prise.

— On dirait Baskerville Hall ! s'écria-t-il en désignant le manoir en arrière-plan.

— En fait, ça s'appelait Baker Academy à l'époque, murmura-t-elle.

— Dans la famille de Mme Grey, les femmes sont enseignantes depuis trois générations, révéla Pocket en regardant par-dessus l'épaule d'Arthur. Sa grand-mère et sa mère ont travaillé ici.

— Sans elles, je ne serais pas là, affirma la vieille dame, en esquissant un sourire. Vous savez, ce n'est pas facile d'avoir des rêves quand on est une femme. Du moins, des rêves qui n'impliquent pas de trimer toute la journée devant une cuisinière. Mes ancêtres m'ont ouvert la voie et appris tout ce qu'elles savaient. Ce sont elles qui ont inspiré tout mon travail.

Elle caressa le visage sur la photo.

— Bien, ça suffit, dit-elle soudain en levant les yeux. Je suis peut-être vieille, mais pas encore infirme. Je peux finir de nettoyer seule. Vous en avez assez fait pour moi ce soir. Je ne l'oublierai pas.

Arthur et Pocket protestèrent tous les deux, mais la professeure refusa d'entendre un mot de plus. Alors qu'elle refermait la porte de son bureau derrière eux, Arthur se demanda si elle voulait rester seule avec ses pensées et le souvenir de sa mère. Il songea à sa propre mère, qui avait « trimé devant une cuisinière » presque chaque jour de sa vie. Que serait-elle devenue si elle avait pu faire autre chose ?

Elle n'avait pas pu. Mais Arthur le pouvait, lui. Il avait une chance de permettre à ses parents et à ses sœurs de faire autre chose. D'être autre chose.

— Tu m'expliques pourquoi tu traînais dans les couloirs ? demanda Pocket, arrachant Arthur à ses pensées.

— Je te cherchais. Je voulais voir si tu allais bien.

Pocket pencha la tête sur le côté.

— Pourquoi je n'irais pas bien ?

— À cause de ce que Sebastian a dit.

— Oh ! Il a dit quelque chose sur moi ? C'est pour ça que tu t'es mis à lui crier dessus ? Je me suis posé la question, mais je venais d'avoir une idée merveilleuse pour le projet de Mme Grey, et j'ai couru la lui dire.

Arthur grogna. En se bagarrant avec Sebastian, il aurait pu être renvoyé et gaspiller sa chance. Tout ça pour quoi ? Pocket ne s'était pas enfuie parce qu'elle se sentait humiliée. Elle était trop focalisée sur ses propres rêves pour remarquer ce que les gens disaient d'elle.

Peut-être devrait-il prendre exemple sur son amie.

— Bref, reprit Pocket en donnant un léger coup de coude dans les côtes d'Arthur. C'est gentil d'avoir voulu me défendre, mais… je peux me débrouiller seule.

Elle sortit un bâton de dynamite d'une de ses multiples poches et fit un clin d'œil à Arthur avant de s'éloigner d'un pas léger.

VINGT-HUIT

Déçu par *Le clairon*

ARTHUR N'AVAIT AUCUNE ENVIE d'enfreindre la promesse faite au principal, mais il devait raconter ce qui s'était passé à Jimmie.

— Je crois que l'intrus cherchait quelque chose, conclut-il plus tard ce soir-là. Et je parierais que c'est la même chose que ce que cherche le Chevalier vert.

Jimmie était assis en tailleur sur son lit. Un pli profond se creusa entre ses sourcils.

— Tu penses que c'est ce Chevalier vert qui a fait le coup ? Que c'est lui que tu as vu s'enfuir ?

— Je ne sais pas. Je ne l'ai vu que de loin la première fois – du moins, je pense que c'était lui. Je ne pourrais pas le reconnaître. Mais le Magicien et le Rossignol ont parlé de mettre quelque chose en sécurité pour lui. Donc, peut-être qu'ils aident le Chevalier vert à protéger cette chose de quelqu'un d'autre. Peut-être la personne qui a mis à sac le bureau de Mme Grey.

— Mais que cherchait-elle ? Qu'est-ce que Grey peut bien détenir de si intéressant ?

— Je ne sais pas, répéta Arthur d'un air dépité, car c'était la phrase qu'il aimait le moins dans la langue anglaise. Mais il faut qu'on le découvre.

Quand Arthur et Jimmie arrivèrent au réfectoire le lendemain matin, Irene était penchée sur la table, en train de lire. À leur approche, elle leva les yeux, puis s'empressa de fourrer un papier dans la poche de son pantalon.

— Il faut qu'on parle, dit Arthur. Il s'est passé quelque chose hier soir.

— Pocket m'a déjà raconté, répliqua Irene.

Pocket haussa les épaules en guise d'excuse, et fit un grand sourire à Arthur avant de glisser deux tranches de pain grillé dans ses poches et d'annoncer qu'elle allait voir son mentor. Penché sur son thé noir et ses gravures de tombes, Grover semblait plongé dans ses pensées. Aussi Arthur put-il s'ouvrir à Irene de ses inquiétudes au sujet du Chevalier vert.

Il fut surpris que son amie n'ait pas grand-chose à ajouter sur le sujet. Elle semblait préoccupée par autre chose, se mordillant les lèvres et tapotant nerveusement du pied sur le sol. Elle recracha son thé après y avoir versé du sel plutôt que du sucre. Oui, elle se comportait très bizarrement.

— Ça va ? lui demanda Arthur.

— Oui, oui, répondit très vite Irene en se resservant du thé.

Trop vite, songea Arthur. *Que cache-t-elle ?*

— Ah, te voilà ! s'écria une voix qui les fit sursauter tous les deux.

Ils se retournèrent. Afia se tenait derrière eux, une pile de journaux dans les bras. Elle en tendit un à Arthur.

— J'ai pensé que tu devrais être le premier à le lire, puisque c'est toi qui fais la une, dit-elle. Tu pourras le partager avec tes amis.

Elle désigna Irene et Jimmie.

— Oh ! merci, répondit Arthur.

Il regarda la première page, où quelqu'un avait dessiné Chance le chimpanzé, les dents à découvert face à un garçon terrifié qui ne ressemblait pas du tout à Grover.

— De rien. Bonne lecture. Oh ! et… à bientôt.

Afia fit un clin d'œil à Arthur, puis s'éloigna pour distribuer le reste des journaux.

Jimmie et Irene se penchèrent par-dessus les épaules d'Arthur pour mieux voir.

« UN IMPROBABLE HÉROS AFFRONTE UN CHIMPANZÉ DÉCHAÎNÉ », annonçait le gros titre.

— Pourquoi elle t'a dit « à bientôt » ? demanda Irene.

Arthur jeta un coup d'œil prudent à la ronde.

— Elle appartient à la Maison du Trèfle, chuchota-t-il à ses amis. J'ai reconnu sa voix pendant la première épreuve.

— Tu crois qu'elle parlait de la deuxième épreuve ? interrogea Jimmie. Vous avez reçu une invitation ?

— Non, répondit Irene.

— Moi non plus, ajouta Arthur. Mais… et si c'était ça, l'invitation ?

— C'est vrai qu'elle t'a dit de partager avec Jimmie et moi, se souvint Irene.

Arthur observa le journal. Sebastian lisait son propre exemplaire du *Clairon de Baskerville* avec un air contrarié qui réchauffa le cœur d'Arthur.

Il ouvrit le journal et le parcourut rapidement, mais rien ne leur sauta aux yeux.

— En même temps, ça ne peut pas être trop évident, fit remarquer Jimmie. S'il y a un message là-dedans, il sera sans doute codé.

Arthur acquiesça, mais fut distrait par un article sur une page intérieure.

UNE INTRUSION MYSTÉRIEUSE

— Regardez, dit-il en désignant le titre. C'est à propos de la première effraction, celle qui a eu lieu la veille de la rentrée.

Impatient de voir si Afia avait découvert des indices, il lut à toute vitesse.

Le matin du 10 octobre, les pensionnaires de Baskerville Hall qui se rendaient au réfectoire pour le petit déjeuner ont pu remarquer qu'un carreau de la porte d'entrée du manoir était brisé. Cela ne les a pas forcément troublés : après tout, il existe beaucoup de manières innocentes de casser une vitre. Mais grâce à des sources confidentielles, *Le clairon* a découvert qu'il s'agissait cette fois d'une tentative de cambriolage. D'après les membres

du personnel que nous avons interrogés, rien n'a été dérobé.

Un professeur, M. Loring, qui a demandé à rester anonyme, affirme qu'il n'y a pas de raison de s'inquiéter. « Ce n'est pas la première fois qu'un tel incident se produit, vous savez, nous a-t-il confié. Pour être franc, les villageois de Little Bigsby n'ont jamais été ravis de nous avoir pour voisins. Et ça n'a rien arrangé que le principal, M. Challenger, ait failli mettre le feu au Cochon Volant – le pub local – en se livrant à une expérience alchimique après avoir bu une pinte de trop. »

Selon Loring, l'explication la plus probable, c'est qu'un des villageois s'est introduit dans l'école à la suite d'un pari, ou pour faire une mauvaise plaisanterie. « Bien entendu, c'est très lâche de sa part, mais ça n'a rien d'inquiétant. Néanmoins, des mesures de sécurité ont été mises en place, comme vous n'avez sans doute pas manqué de le remarquer. Barreaux aux fenêtres, patrouille nocturne. Maintenant, si vous n'avez pas d'autre question, pourriez-vous me laisser accéder aux toilettes, je vous prie ? »

Arthur relut l'article. *C'est tout ?* On ne pouvait pas vraiment appeler ça une enquête, de son point de vue.

— Je suppose que la théorie de Loring expliquerait pourquoi l'intrus a tenté d'entrer par la porte de devant, lança Irene. Tu te souviens, Arthur ? Tu trouvais ça bizarre. Mais si quelqu'un nous jouait un mauvais tour ou tentait de nous faire peur, il voudrait qu'on se rende compte qu'il est passé par là.

— Et l'effraction de la nuit dernière ? objecta Arthur. Ça, ce n'était pas une blague.

Irene pianota sur la table.

— Non, en effet, admit-elle. Les deux incidents n'ont peut-être pas de rapport entre eux.

Soudain, Jimmie arracha le journal des mains d'Arthur.

— Hé ! Tu aurais pu me demander, protesta celui-ci.

Jimmie avait levé le journal dans la lumière du jour qui entrait à flots par les fenêtres.

— Je le savais, murmura-t-il. Vous voyez ? Quelqu'un a percé des trous sous quelques lettres.

Arthur plissa les yeux. Jimmie avait raison. De minuscules points de lumière traversaient le papier.

— Pose-le avant que quelqu'un ne remarque quelque chose, ordonna Irene.

Jimmie referma le journal et le mit sur la table.

— Ça commence par un C, dit-il. Puis E, S, O, I, R.

— Ce soir, souffla Irene. Tu avais raison, Arthur. C'est bien notre invitation !

Jimmie continua à épeler le message jusqu'à ce que celui-ci soit complet.

***Ce soir. Minuit. Bureau du* Clairon.**
Tout sera révélé.

VINGT-NEUF

La révélation

JAMAIS ARTHUR n'avait trouvé plus difficile de se concentrer sur ses leçons que ce jour-là. Son esprit était pareil au vivarium dans lequel M. Loring gardait ses papillons translucides. Le Chevalier vert, le Trèfle, les intrusions… Les pensées voletaient dans sa tête, se posant parfois un bref instant avant de repartir dans une autre direction.

Arthur n'était pas la seule personne distraite ce matin-là. Au lieu de leur faire cours, le docteur Watson leur ordonna de passer l'heure à lire un chapitre et à copier une illustration du traité d'anatomie, qu'il qualifia d'« encyclopédie et bible des médecins ». Puis il se réfugia derrière son bureau où il se mit à écrire très vite.

Mme Grey n'était pas là quand ils pénétrèrent dans son laboratoire. Le principal la remplaçait. Il expliqua aux élèves qu'elle était subitement tombée malade, tout en jetant un coup d'œil d'avertissement à Arthur et à Pocket.

En regagnant leur chambre ce soir-là, Arthur et Jimmie trépignaient d'excitation. Arthur fit les cent pas pendant que Jimmie enchaînait les parties d'échecs contre lui-même. À en juger par les grognements et les soupirs qu'il poussait, aucun des deux camps ne se distinguait particulièrement.

Ils furent très soulagés quand on frappa discrètement à leur porte. C'était Irene.

— C'est reparti, lança Jimmie en soufflant un grand coup.

— Vous êtes prêts ? demanda Irene tandis qu'Arthur ouvrait la fenêtre.

— Il faut bien, répondit le jeune garçon.

Ils jetèrent la corde à l'extérieur, descendirent le long du mur de la tour et se laissèrent tomber à terre. C'était facile à présent qu'ils avaient de l'entraînement.

Ils avaient à peine parcouru quelques mètres lorsque Irene hoqueta et chuchota aux deux autres de se baisser dans l'herbe haute. Quelqu'un marchait sur le chemin qui menait à la tour, une lanterne à la main. Comme la silhouette approchait, Arthur reconnut M. Loring, qui balançait sa lampe en plissant les yeux pour scruter l'obscurité. Atteignant la porte de la tour, il repartit en direction du manoir.

— Qu'est-ce qu'il cherche ? siffla Jimmie.

— Il monte la garde, répondit Arthur. Tu te souviens de l'article dans *Le clairon* ? Il parlait d'une patrouille nocturne. Je te parie que c'est ça.

— Je n'aurais pas choisi Loring pour s'en charger, fit remarquer Irene. Ce n'est pas quelqu'un de très impressionnant, si ?

Ils attendirent que Loring ait tourné en direction des autres dortoirs et disparu de leur vue. Alors qu'ils se relevaient, Arthur sentit quelqu'un approcher derrière eux.

— Bonsoir, lança Sebastian. Ça ne vous ennuie pas que je me joigne à vous ?

Il s'était adressé à Arthur avec un ton très calme qui eut le don de faire monter la moutarde au nez du jeune garçon.

Si Sebastian savait que la deuxième épreuve avait lieu ce soir, ça signifiait que lui aussi avait déchiffré le message dans *Le clairon*, et qu'il connaissait également le lieu de rendez-vous.

Arthur haussa les épaules.

— On va tous au même endroit, c'est ça ?

Sebastian se mit à marcher à côté de Jimmie tandis qu'Arthur allongeait le pas pour se mettre au niveau d'Irene.

— Ne le laisse pas te taper sur les nerfs, lui conseilla son amie. Tu dois rester concentré sur l'épreuve.

— Je sais.

Tous quatre grimpèrent les marches du manoir dans un silence qui perdura tandis qu'ils traversaient le hall d'entrée et montaient au premier étage. Arthur, le seul qui était déjà allé au bureau du journal, guida ses camarades. Comme lors de sa visite précédente, il sursauta en passant devant la salle du club d'Horlogerie où résonnèrent tout à coup une centaine de sonneries.

— Qu'est-ce que…, commença Jimmie.

— Je t'expliquerai plus tard, l'interrompit Arthur en pressant le pas. Il est minuit ; on va être en retard si on ne se dépêche pas.

Quand ils atteignirent le bureau du *Clairon*, la porte était fermée à clé. Arthur toqua doucement, et le battant s'ouvrit.

— Bienvenue, lança une voix douce tandis qu'un visage masqué émergeait de l'ombre. Nous vous attendions.

Arthur fut invité à entrer le premier pendant que les autres restaient dans le couloir sous la surveillance d'un membre du Trèfle.

La pièce était telle qu'il l'avait vue la dernière fois, à ceci près qu'une chaise en métal monstrueuse, munie de sangles inquiétantes et hérissée de fils électriques, se dressait désormais à côté de la presse.

— Bonsoir, Arthur, dit une silhouette en s'avançant.

C'était le Magicien.

— Bonsoir, répondit Arthur d'une voix ferme.

— Tu sais pourquoi tu es ici ce soir ?

— Pour que tout soit révélé.

L'autre garçon gloussa.

— Exactement. Je t'en prie, assieds-toi afin qu'on commence l'entretien.

Il désigna l'étrange chaise.

— Qu'est-ce que c'est ? demanda Arthur. Et quel entretien ?

— C'est nous qui posons les questions, répliqua le Magicien.

— Mais…

Arthur referma la bouche, renonçant à protester. Il aurait l'air bien naïf s'il admettait avoir cru que le Trèfle lui révélerait quoi que ce soit ce soir-là. Mais si les révélations ne devaient pas venir de ses membres, alors de qui…

— C'est une machine de vérité, annonça le Magicien. Elle va tester ta loyauté envers nous. Tu t'assois sur la chaise. Nous attachons ces fils à ton bras et à ta poitrine. La machine nous prévient si tu mens. Tes réponses nous révéleront qui tu es vraiment : un futur membre fiable… ou pas. Maintenant, prends place.

Les mains moites, Arthur obtempéra. Ça paraissait assez simple. Deux autres membres du groupe s'avancèrent pour lui passer des sangles autour des poignets et de la poitrine. Cette dernière était si serrée qu'elle lui comprimait les poumons, l'empêchant de respirer à fond.

Lorsqu'ils eurent terminé, quelqu'un actionna un interrupteur, et quelque chose se mit à bourdonner derrière Arthur, faisant vibrer la chaise. Le Magicien installa une autre chaise en face de lui. Les autres membres du groupe s'assirent à une table dans le fond de la pièce. Le jeune garçon était déstabilisé devant tous ces gens masqués qui l'observaient. La pièce était plongée dans le noir, hormis la lumière de quelques bougies : assez pour voir, mais pas assez pour attirer l'attention des adultes qui patrouillaient dehors.

— Comment t'appelles-tu ? demanda le Magicien.

— Arthur Conan Doyle.

Il entendit la chaise émettre un tic-tac.

— D'où viens-tu ?

— D'Édimbourg, en Écosse.

Les questions se poursuivirent ainsi pendant quelques minutes. Combien de frères et sœurs Arthur avait-il ? Quelle école avait-il fréquentée avant de venir à Baskerville Hall ? Rien que de très innocent. Arthur commença à se détendre.

— Maintenant, je donne la parole à mes camarades, annonça le Magicien. Quelqu'un veut interroger l'initié ?

Il y eut un instant de silence, puis la voix du Rossignol lança :

— As-tu de la famille à Londres ?

Arthur hésita. Quelle drôle de question !

— Oui, répondit-il. Du côté de mon père.

— Leur rends-tu souvent visite ?

— Non.

— Leur écris-tu souvent ?

— Non plus.

Arthur n'aimait pas le tour que prenait l'interrogatoire.

— Pourquoi ? demanda le Rossignol en se penchant en avant.

— Je… je crois que mon père est brouillé avec eux.

— Allons, Arthur, intervint le Magicien. Il faut être plus précis que ça.

Arthur sentit ses joues s'empourprer, à la fois gêné et en colère. On aurait dit que le Trèfle était déjà au courant pour son père. Mais c'était impossible, n'est-ce pas ?

— Mon père traverse… une mauvaise passe, déclara-t-il. Il n'a pas bien géré son argent.

— Parce que c'est un ivrogne ? demanda doucement le Magicien.

Derrière lui, quelques-unes des personnes masquées ricanèrent.

Arthur se redressa, tirant sur ses sangles.

— Mon père n'est *pas* un…

— Attention, Arthur. Si tu nous mens, tu seras disqualifié.

Arthur prit une grande inspiration pour se calmer. La seule raison de sa présence dans cette pièce, c'était qu'il voulait réussir là où son père avait échoué, à savoir protéger sa famille. Et si, pour cela, il devait dire la vérité… qu'il en soit ainsi.

— Il ne sait pas se contrôler en présence d'alcool, répondit-il enfin. C'est une maladie de l'esprit, contre laquelle il n'existe aucun remède. Du moins, pour le moment. Mais un jour…

— Es-tu quelqu'un de violent ?

La question provenait d'un autre membre du groupe. Bien que surpris, Arthur fut soulagé de changer de sujet.

— Si vous faites référence à ce qui s'est passé hier soir, je n'ai pas frappé Sebastian. Mais j'aurais pu, si j'en avais eu l'occasion. Il venait d'insulter une de mes amies.

— As-tu l'habitude de chercher la bagarre ? demanda la voix d'Afia.

Elle était assise à gauche du Rossignol.

Arthur repensa à toutes les fois où il s'était battu dans la rue, chez lui.

— Oui. Mais seulement pour défendre les autres.

— La loyauté est une qualité que nous prisons plus que toute autre, affirma le Magicien sur un ton encourageant.

Arthur se redressa légèrement sur sa chaise.

— Et malheureusement, nous avons été prévenus qu'un de nos candidats tentait de nous duper, ajouta le Magicien.

— Sebastian ?

— Non, pas lui.

Arthur fronça les sourcils.

— Jimmie ?

— Pas lui non plus.

— Irene ?

Arthur faillit éclater de rire, mais les membres du Trèfle n'avaient pas l'air de plaisanter du tout. Nul ne dit mot.

— Je ne vois pas ce qu'elle peut bien cacher qui aurait la moindre importance pour vous, insista Arthur.

Mais les mots avaient à peine quitté sa bouche que la réponse lui apparut. *La lettre.*

— As-tu des raisons de croire que ses parents ne sont pas réellement chanteurs d'opéra ?

L'esprit en ébullition, Arthur se souvint de la façon dont la lettre avait été glissée sous sa porte, et de sa découverte que les parents d'Irene avaient également écrit à quelqu'un d'autre. Il était bien conscient que des chanteurs d'opéra américains séjournant à Paris n'avaient aucune raison de correspondre avec le bureau de la Guerre anglais. Autrement dit, c'était sans doute… quoi ? Des agents secrets du gouvernement ? Des espions ?

Visiblement, le Trèfle les soupçonnait de cacher leur véritable activité, et ils pensaient qu'Irene était au courant de celle-ci. Comment pouvaient-ils en savoir autant ? Que feraient-ils si Arthur confirmait leur théorie ? Ils essaieraient de coincer Irene ? Et s'ils allaient plus loin que ça ? Si leur réseau d'anciens élèves compromettait la sécurité des Eagle ?

C'était une chose de révéler ses propres secrets. C'en était une autre de trahir une amie en révélant les siens. Mais si Arthur mentait et prétendait ne pas être au courant, il échouerait à l'épreuve. À moins que…

À moins qu'il puisse duper la machine de vérité. Il avait suffisamment bien écouté les cours du docteur Watson pour deviner que les sangles à ses poignets prenaient sa tension artérielle, et que celle sur sa poitrine mesurait son rythme cardiaque.

« *Le pouvoir de l'esprit sur la matière.* »

Le docteur Watson leur en avait parlé le jour où il avait pris le pouls d'Arthur et déduit que celui-ci mentait quant à la raison pour laquelle Jimmie, Irene et lui avaient besoin d'un plan de l'école. Cette machine n'était qu'une version plus sophistiquée de sa technique.

— Nous attendons ta réponse, Doyle, s'impatienta le Magicien.

— Je… je réfléchis, bredouilla Arthur pour gagner du temps.

Il ferma les yeux et s'imagina allongé sur son lit avec ses sœurs, en train de leur raconter une histoire. Ça devrait suffire. Il ne s'agissait pas de mentir, mais de raconter une autre histoire. Une chose qui lui venait naturellement. Ce serait facile.

Quand Arthur rouvrit les yeux, il se sentait beaucoup plus calme. Il planta son regard dans celui du garçon qui lui faisait face. En lui-même, il se représenta Caroline et Mary. Puis il prit une grande inspiration et expira très lentement.

— Les parents d'Irene sont à Paris en ce moment. Mais ils partiront bientôt à Vienne pour y donner un nouveau spectacle. Irene elle-même ne sait pas chanter, mais je n'ai aucune raison de croire que ses parents exercent une autre profession.

Il se força à inspirer lentement.

— C'est tout ?

Le Magicien fit un geste. Deux autres membres du Trèfle se levèrent. Ils passèrent derrière Arthur pour regarder quelque chose. L'un d'eux leva la tête et fit un signe du menton.

— Bien joué, Doyle, le félicita le Magicien. Tu as réussi la deuxième épreuve. Mais peut-être pas de la façon que tu penses.

Arthur s'affaissa de soulagement pendant qu'on détachait ses sangles.

— C'est-à-dire ?

— Tu as menti au sujet des Eagle.

Son cœur fit un bond dans sa poitrine, et il se réjouit que la machine ne mesurât plus son rythme cardiaque.

— Je… je croyais que j'avais réussi.

— En effet. La machine n'a rien détecté. Contrairement à ce que je t'ai dit plus tôt, il ne s'agissait pas d'une épreuve de loyauté, mais d'honneur. Tu as répondu sincèrement à toutes les questions qui te concernaient. Mais tu as trouvé le moyen de te maîtriser afin de protéger les secrets de ton amie et camarade initiée, faisant ainsi preuve d'un grand sens de l'honneur. Félicitations.

Arthur en resta bouche bée.

— Pour la troisième et dernière épreuve, tu te rendras à la maison du Trèfle à minuit dans deux semaines. Tu devras apporter une offrande. Si nous la jugeons adéquate, tu intégreras nos rangs.

— Une… une offrande ?

— Un objet de grande valeur, pour nous prouver ta loyauté.

— Mais…

Arthur allait dire qu'il ne possédait aucun objet de valeur.

— Ne t'en fais pas, intervint le Magicien comme s'il avait lu dans ses pensées. (Pourtant, même s'ils semblaient savoir beaucoup de choses, les membres du Trèfle ne pouvaient pas posséder un tel pouvoir.) Nous ne réclamons pas quelque chose qui t'appartient. Tu dois nous apporter quelque chose d'autre. Quelque chose de difficile à obtenir.

Arthur eut du mal à dissimuler le choc qu'il ressentait.

— Quelque chose que j'aurai volé ?

Plusieurs des membres du Trèfle assis autour de la table se dandinèrent sur leur chaise ou échangèrent des coups d'œil.

— Bien sûr que non, répliqua vivement le Magicien. Nous ne sommes pas une bande de vauriens. Nous n'avons aucun besoin de voler quoi que ce soit. Tout ce que nous te demandons, c'est d'emprunter quelque chose. Ce soir, tu as prouvé que nous pouvions te faire confiance. La prochaine fois, tu devras prouver que tu *nous* fais confiance. Nous avons besoin de savoir si tu seras capable de suivre nos instructions, même quand tu ne les comprendras pas. Acceptes-tu d'essayer ?

Arthur avait la bouche sèche, mais il parvint à hocher la tête.

— Bien. Plus l'objet que tu nous apporteras sera rare et précieux, plus nous te tiendrons haut dans notre estime.

Après ça, tu seras libre de le remettre là où tu l'auras emprunté, sans que ça ait causé de tort à personne. Maintenant, mon camarade va te raccompagner et nous amener Moran.

Une silhouette s'avança et prit fermement le bras d'Arthur pour l'entraîner dehors. Le jeune garçon ne put que jeter un regard abasourdi aux autres avant de se retrouver seul dans la nuit noire. Le froid piquant l'aida à reprendre ses esprits. Perturbé, il se dirigea vers la tour d'un pas vif.

Le Trèfle savait qu'il était au courant que les parents d'Irene correspondaient avec le bureau de la Guerre. Autrement dit, ses membres étaient au courant qu'il avait reçu et lu la lettre destinée à Irene. Et la seule façon dont ils pouvaient le savoir, c'était qu'ils aient eux-mêmes intercepté le courrier et glissé celui-ci sous la porte de sa chambre.

Ce n'était pas honorable du tout. En revanche, c'était une façon très maligne de tester l'honneur d'Arthur. De quelle autre façon le Trèfle aurait-il pu s'assurer qu'il garderait également leurs secrets à l'avenir ?

L'idée d'« emprunter » quelque chose ne lui plaisait pas beaucoup, mais s'il pouvait rapporter l'objet plus tard, Arthur estima qu'il n'y aurait pas de mal à ça. Et le Trèfle apporterait suffisamment de choses positives dans sa vie pour justifier son inconfort passager. Après tout, se dit-il, les officiers donnaient parfois des ordres qui ne plaisaient pas aux soldats. Un fantassin ne voyait que la bataille dans laquelle il était engagé, tandis qu'un général avait une vision d'ensemble de la guerre. Arthur voulait désespérément croire que le Trèfle était digne qu'on se batte pour lui.

TRENTE

Irene prend position

— TU AS RÉUSSI ?

Jimmie n'avait même pas attendu de s'être complètement hissé par la fenêtre de leur chambre pour poser la question. Arthur n'eut pas besoin de la lui retourner : son ami arborait un immense sourire. Malgré la pénombre, il pouvait voir que ses joues étaient rouges d'excitation.

Arthur hocha la tête et lui rendit son sourire.

— Je le savais ! s'écria Jimmy, radieux. En fait, j'ai été surpris. Ce n'était pas une épreuve difficile, n'est-ce pas ?

— Qu'est-ce qu'ils t'ont demandé ?

Jimmie hésita.

— En fait… Ils m'ont interrogé sur toi. Sur ta famille, et en particulier sur ton père.

L'estomac d'Arthur se noua.

— Ne t'en fais pas. Je ne leur ai rien dit, s'empressa de préciser Jimmie. C'était le but, non ?

Le Trèfle était donc déjà au courant pour l'alcoolisme du père d'Arthur. Ils avaient dû l'être avant l'interrogatoire de ce soir-là, de la même façon qu'ils l'avaient été pour le contenu de la lettre adressée à Irene.

— Et tu as réussi à duper la machine ? demanda Arthur.

— Apparemment. Mais comme je te le disais, je n'ai pas trouvé ça très difficile. Je… je dois souvent faire semblant. À cause de mon père. Je suppose que c'est plus ou moins devenu une seconde nature.

Arthur dévisagea son ami avec compassion. Visiblement, il n'était pas le seul à avoir des problèmes avec son père. Un bruissement venant de l'extérieur le fit sursauter.

— Tu as entendu ?

Il s'approcha de la fenêtre ouverte et, en baissant les yeux, vit Irene grimper le long du lierre. *Elle a fait vite,* songea-t-il en lui tendant la main pour l'aider à enjamber l'appui. Il fut surpris de sentir que la sienne tremblait.

— Irene ? Ça va ?

La jeune fille sauta à terre avec légèreté, secouant sa jupe pour en faire tomber quelques feuilles arrachées au passage.

— Moi ? Très bien.

— Que s'est-il passé ? demanda Jimmie.

Irene lui jeta un coup d'œil gêné.

— En fait… ils voulaient que je leur parle de *toi.* Plus exactement de tes parents.

Donc, Arthur avait été interrogé sur la famille d'Irene, Jimmie sur celle d'Arthur, et Irene sur celle de Jimmie.

Le sourire de Jimmie s'évanouit.

— Mais tu ne sais rien d'eux.

Irene prit une expression chagrine.

— Si. Ce matin, j'ai trouvé une coupure de journal dans mon casier. Un article publié dans un quotidien londonien il y a un peu plus d'un an. Juste quelques phrases, pour dire qu'un certain sir James Moriarty avait été acquitté des inculpations de fraude qui pesaient sur lui après la disparition d'un témoin clé.

Jimmie s'assombrit.

— Il est innocent, aboya-t-il. Mon père n'est pas un criminel.

Irene le dévisagea longuement.

— Bien sûr que non, répondit-elle enfin. Dès qu'ils ont commencé à m'interroger, je me suis doutée que c'était eux qui avaient déposé cet article dans mon casier. Nous faire peur pendant la première épreuve, c'était une chose. Mais déterrer nos secrets de famille pour nous manipuler avec, c'en est une autre. Je ne voulais pas jouer à leurs petits jeux. Alors, je leur ai dit de me détacher et de me laisser partir.

— Tu veux dire que… tu as échoué ? souffla Jimmie, estomaqué.

— Certainement pas, répliqua Irene. J'ai décliné leur invitation à intégrer leur petit groupe.

— Leur petit groupe ? répéta Jimmie. Irene, c'est la société secrète la plus puissante de ce pays. Probablement du monde entier !

Irene releva son menton, qui tremblait légèrement. Arthur eut l'impression qu'elle savait exactement ce à quoi elle venait de renoncer, et que ça n'avait pas été un choix facile.

— Justement, le problème est là. Le pouvoir ne devrait pas être réservé qu'à quelques personnes qui se réunissent en secret.

Arthur perçut la vérité de ces paroles. Il fallait pourtant bien que quelqu'un occupe les bureaux du Parlement et de Downing Street. Que quelqu'un publie les journaux et occupe les bancs des universités prestigieuses. Si le Trèfle voulait aider un pauvre garçon écossais comme lui à faire partie de ces gens… c'était une bonne chose, non ?

Irene et Jimmie se fixaient, refusant tous deux de détourner les yeux.

— Donc, lança Arthur pour tenter de faire retomber la tension, ils ont interrogé chacun de nous sur un des autres. C'est assez malin, en fait, dans le genre retors. Ils essaient de nous monter les uns contre les autres. Et s'ils n'y parviennent pas, ils savent qu'on protégera toujours nos secrets… et les leurs.

— C'est probablement eux qui t'ont fait parvenir ma lettre, ajouta Irene. Ils t'ont interrogé au sujet de l'annulation du spectacle de mes parents à Paris ?

— En fait…, marmonna Arthur. Il faut que je te dise quelque chose.

Il lui expliqua ce qu'il avait découvert, et le fait que le Trèfle semblait soupçonner les Eagle de travailler pour le bureau de la Guerre.

Son amie l'observa attentivement pendant qu'il parlait. Quand il se tut, elle hésita un instant puis rit aux éclats.

— Quoi ? Qu'y a-t-il de si drôle ? demanda Jimmie.

— Les membres du Trèfle ne sont pas aussi malins qu'ils le croient, répondit Irene. Mes parents reçoivent beaucoup de courrier de fans, et ils s'efforcent d'y répondre autant que possible. L'actuel ministre de la Guerre est un grand amateur d'opéra. Il a assisté à toutes les représentations de *Carmen* que mes parents ont données à Londres. Il leur écrit tous les trois ou quatre mois pour leur demander de revenir se produire ici.

Arthur en resta sans voix.

— C'est… logique, lâcha-t-il enfin.

— Plus logique que de penser qu'ils travaillent clandestinement pour le bureau de la Guerre, acquiesça Irene. Tu imagines ?

Arthur ne put s'empêcher de noter à quelle vitesse Irene avait changé de sujet. Certes, son explication semblait crédible, mais la façon dont elle refusait de soutenir son regard avait quelque chose d'étrange. Il envisagea de creuser le sujet, puis décida de laisser tomber pour le moment.

— Mais… comment le Trèfle a-t-il pu savoir pour ton père, Arthur ? poursuivit Irene. Tu en as discuté avec quelqu'un d'autre que nous ?

— Moi aussi, je me suis posé la question, déclara Jimmie. Et je te parie que quelqu'un nous suivait le matin où Arthur nous a parlé de sa famille.

— Tu as sans doute raison, acquiesça Irene. Arthur a eu l'impression qu'on nous observait, puis on a vu Didi et on a pensé que c'était à cause d'elle. Je me demande : au sujet de qui ont-ils bien pu interroger Sebastian ?

— S'il a réussi, ça ne devait pas être moi, répondit Arthur. Il serait ravi de révéler mes secrets à tout le monde.

— Avant même que le Trèfle ne se manifeste, il en savait déjà beaucoup sur ma famille. Donc, c'était probablement moi, supposa Jimmie.

Irene secoua la tête.

— J'aimerais savoir ce qu'ils vous réservent pour la suite.

— En fait…, commença Arthur.

Quand il lui rapporta ce que le Magicien lui avait dit au sujet de la troisième et dernière épreuve, Irene se laissa tomber sur son lit, incrédule.

— Mais vous n'allez pas le faire, s'écria-t-elle, dévisageant tour à tour ses amis. N'est-ce pas ? Vous n'allez pas voler ?

Jimmie haussa les épaules.

— Je n'ai pas vraiment le choix. Si je ne suis pas admis, mon père m'enverra probablement pourrir dans une école quelconque en Australie. Ou il me forcera à entrer dans l'armée, puis à épouser une vieille fille riche, à l'haleine épouvantable. De son point de vue, le Trèfle est le seul chemin acceptable pour moi. Sans ça, je ne lui sers à rien.

Irene tourna son regard pénétrant vers Arthur.

— Et toi ?

— On ne va rien voler : on va seulement emprunter. On remettra les objets en place après, se justifia Arthur. C'est un test de loyauté.

— Sauf si vous vous faites prendre, contra Irene.

— Je dois penser à ma famille, et agir au mieux pour elle.

— Le mieux pour ta famille, ce n'est sûrement pas que tu te fasses virer pour vol !

C'était un bon argument.

— Mais s'il intègre le Trèfle, protesta Jimmie, il pourra…

Arthur leva la main. Il commençait à avoir mal à la tête. Soudain, il n'eut qu'une envie : souffler la chandelle et rester seul avec ses pensées.

Arthur eut beaucoup de mal à trouver le sommeil cette nuit-là. Il repensa longuement aux événements de la soirée. Quand Irene avait compris que le Trèfle fouinait dans leurs secrets de famille, elle avait refusé de continuer à jouer. Peut-être était-elle réellement indignée par leur indiscrétion. Mais était-ce la seule raison pour laquelle elle avait renoncé à intégrer le Trèfle ?

Et lui ? Quel était le meilleur moyen de protéger sa famille ? Intégrer le Trèfle avec Jimmie, ou lui tourner le dos, comme Irene ?

La réponse finira par se présenter à moi, se dit Arthur. *Comme toujours.*

TRENTE ET UN

Une réponse se présente

LA RÉPONSE LUI FUT ENVOYÉE par Mary.

La semaine suivante, une lettre de sa sœur attendait Arthur dans son casier. Il fut si soulagé d'avoir des nouvelles de sa famille qu'il la serra contre sa poitrine et se hâta d'aller s'asseoir au réfectoire pour la lire.

Sauf que le contenu ne le rassura guère.

Cher Arthur,

Coucou. Comment vas-tu moi ça va. Maman dit que tu es parti à bord d'un DIRIGEABLE. Tu pourrais revenir me chercher avec ? Je veux vivre avec toi. Je te promets d'être très sage, de bien ranger et de ne pas jeter tes affaires par la fenêtre ou manger les pages de tes livres. Maman m'a demandé de te dire que tout allait bien, et surtout pas que Papa restait au lit toute la journée et que Constance pleurait toute la nuit. C'est très fatigant. Je dois aller aider Maman à préparer le dîner. S'il te plaît viens vite me chercher.

Ta sœur préférée,

Mary

Arthur relut la lettre deux fois pour mieux assimiler son contenu. À la fin, l'écriture de Mary était si épaisse et si malhabile qu'il parvenait à peine à la déchiffrer. La fillette s'était visiblement servie d'un bout de crayon qui n'avait pas été taillé depuis longtemps, et sa main devait trembler de froid.

Papa restait au lit toute la journée.

Constance pleurait toute la nuit.

Son père n'avait pas tenu sa promesse de bien s'occuper de la famille pendant qu'Arthur serait à Baskerville Hall. Arthur ne pouvait pas attendre et espérer qu'il finirait par devenir l'homme dont les Doyle avaient besoin. Il devait offrir une vie meilleure aux siens. Et le moyen le plus rapide d'y arriver, c'était d'intégrer le Trêfle.

Aussi passa-t-il tout son week-end à organiser un larcin.

Quelle ironie, songea-t-il. La semaine précédente, il tentait de démasquer l'auteur d'une effraction. À présent, l'aspirant voleur, c'était lui.

Le seul problème, c'est qu'il ne voyait pas quoi dérober. Il passa le plus clair de son temps assis devant un feu crépitant dans la bibliothèque, fixant les flammes avec les sourcils froncés, en pleine réflexion. Qu'est-ce qui serait assez rare et assez précieux pour impressionner le Trêfle ?

Un objet dont il pourrait s'emparer sans que personne le remarque ? Il songea à la taie d'oreiller qui, selon Harriet, avait appartenu à la reine Victoria. Il ne devrait pas avoir trop de mal à s'introduire dans la chambre de sa camarade pour la prendre. Mais arriver au quartier général du Trèfle avec une vieille taie qui avait peut-être appartenu à la reine ne lui disait rien. Et puis, il détestait l'idée de voler quelque chose à un autre élève.

Il envisagea de subtiliser un des spécimens en bocal sur les étagères du docteur Watson. Mais ceux-ci étaient plus grotesques que précieux. Et puis, Arthur ne supportait pas l'idée de se faire prendre par le médecin qui avait toujours été si gentil avec lui, et dont les cours abordant le pouvoir de l'esprit sur la matière l'avaient déjà aidé deux fois : pour empêcher Chance d'attaquer Grover, et pour battre la machine de vérité. Les serres et les vivariums étaient remplis de plantes et de créatures rares, mais Arthur ne voyait pas comment en dissimuler une, ni comment s'en occuper.

Parfois, Jimmie et Irene l'accompagnaient à la bibliothèque. Jimmie s'asseyait à côté d'Arthur ; tantôt il lisait, tantôt il couchait sur le papier ses propres idées. Irene s'allongeait par terre pour se réchauffer les pieds devant la cheminée. Elle ne voulait plus rien avoir à faire avec le Trèfle, ni être mêlée aux projets des deux garçons pour la dernière épreuve. Mais quand Arthur lui avait expliqué pourquoi il devait continuer, elle avait eu l'air d'accepter sa décision. En fait, elle semblait surtout intéressée par *Les quatre filles du docteur March,* le roman qu'elle était en train de lire.

Pocket était plus occupée que jamais par les expériences de Mme Grey ; c'était à peine si elle sortait du laboratoire à l'heure des repas. Et elle n'était pas la seule à s'intéresser à la scientifique.

Le samedi après-midi, un cri avait arraché Arthur à ses pensées. Il s'était levé pour voir ce qui se passait et avait trouvé Grover dans l'allée voisine, serrant contre sa poitrine un volume en piteux état.

— Grover ! Tu as un problème ?

Son camarade lui avait fait signe de le suivre jusqu'à la table sur laquelle il avait posé tous les ouvrages ayant trait à Mme Grey.

« Regarde ! Regarde ce que j'ai trouvé ! s'était-il exclamé en brandissant sa dernière découverte comme si c'était le Saint Graal.

— De quoi s'agit-il ?

— Du journal de recherche d'Elizabeth Grey. La grand-mère de notre professeure. De quoi étoffer mon article. Avec un objet aussi personnel et important, j'arriverai peut-être même à contacter son esprit. Imagine, si je pouvais l'interroger au sujet de sa petite-fille ! Tout le monde voudrait lire mon papier !

— Ça a l'air merveilleux, Grover, avait répondu Arthur, qui ne voulait pas doucher l'enthousiasme de son ami. Bonne chance pour ton interview. »

Le dimanche soir, le réfectoire résonnait des rires et des conversations des élèves qui se racontaient leurs aventures du week-end. Certains avaient participé au tournoi d'échecs que Mme Hudson avait organisé dans son salon.

D'autres avaient passé leurs après-midi à jouer au cricket sur le terrain boueux avec M. Stone, ou à se promener dans les bois à cheval avec le brigadier.

Arthur n'était pas d'humeur à se réjouir. Il se sentait seul au milieu de la foule, isolé par le fardeau invisible qui l'accablait. Alors, il fourra dans ses poches quelques petits pains de Popote et un bout de fromage, puis se dirigea vers la bibliothèque. Puisqu'il se sentait seul, autant l'être pour de bon.

Les couloirs étaient presque vides. Arthur ne croisa que l'étrange duo d'étudiants en sciences psychiques. Toujours vêtus de blanc, ils étaient en train de descendre l'escalier en conversant à voix basse. Ils s'arrêtèrent en apercevant Arthur. Thomas, le grand garçon voûté aux paupières lourdes, le foudroya du regard comme s'il les espionnait. Ollie rougit encore plus fort que d'habitude et fronça les sourcils en dépassant Arthur.

Peut-être que les rumeurs étaient vraies, et que ces deux-là possédaient des pouvoirs secrets. Mais Arthur préférait de loin être ami avec Irene et Jimmie.

La bibliothèque aussi était pratiquement déserte. Seuls les ronflements de M. Underhill troublaient le silence.

Arthur était fatigué d'avoir mal dormi les nuits précédentes. Enveloppé par la douce chaleur du feu de cheminée, il ne tarda pas à s'assoupir. C'était si bon de se détendre dans un fauteuil et de laisser ses pensées dériver doucement… Il s'autorisa à fermer les yeux un instant.

Quand il les rouvrit, il faisait noir dans la bibliothèque. Le feu s'était réduit à des braises fumantes, et l'air était glacé.

Arthur se leva. Il avait dû s'endormir. Quelle heure était-il ? Il devait regagner sa chambre avant de se faire prendre.

Il dévala l'escalier et, arrivé au niveau principal de la bibliothèque, se mit à courir. Mais en déboulant dans le couloir, il faillit percuter quelqu'un d'autre qui passait par là. Il s'arrêta, notant que la personne tenait une lanterne dans une main et un gros objet dans l'autre. Une cape ondulait autour de ses jambes.

La dernière fois qu'Arthur avait vu une silhouette enveloppée d'une cape arpenter les couloirs du manoir, elle s'enfuyait du bureau de Mme Grey.

— Vous ! s'exclama-t-il.

La personne fit volte-face.

— Qui est là ? lança une voix de femme.

Elle leva la lanterne au niveau de son visage.

C'était Valencia Fernandez.

TRENTE-DEUX

Dans l'horloge

— QU… QUE FAITES-VOUS LÀ ? bredouilla Arthur.

Mme Fernandez ricana.

— C'est plutôt moi qui devrais te poser cette question.

Elle ne réagissait pas comme une criminelle prise sur le fait. En fait, elle ne portait pas de cape, mais seulement une jupe très large.

— J'ai bien envie d'aller voir Eddie – M. Challenger – à la première heure demain matin pour l'informer qu'un de ses élèves court dans les couloirs en pleine nuit en accostant ses invités de marque.

— S'il vous plaît, ne faites pas ça, implora Arthur. Je me suis endormi à la bibliothèque, et quand je me suis réveillé, il faisait nuit. C'était un accident.

L'expression de la femme s'adoucit.

— Calme-toi, mon garçon. J'étais fâchée parce que tu m'as fait peur. Je n'en parlerai pas à Eddie. Ça ne me dérange pas qu'un enfant enfreigne les règles. J'ai moi-même passé toute ma vie à les piétiner allégrement. Mais puisque tu es là, autant te rendre utile.

Arthur poussa un soupir de soulagement.

— Bien sûr. Dites-moi ce que je peux faire pour vous.

Elle lui tendit la lanterne.

— Je transporte mes derniers artefacts dans mon laboratoire. Ils sont très fragiles, tu comprends. C'est pour ça que j'ai attendu qu'il n'y ait plus personne. Je ne voulais pas prendre le risque que des élèves me bousculent en se poursuivant dans les couloirs. Bien entendu, je n'ai pas pensé qu'il pourrait en rester encore à cette heure-ci. Mais c'est peut-être une bonne chose que tu sois là. Dans mon infinie sagesse, j'ai oublié qu'une de mes mains serait occupée à tenir la lanterne.

Arthur leva docilement cette dernière tandis que l'exploratrice en profitait pour caler contre sa poitrine la caisse qu'elle portait jusqu'ici sous un bras.

— Où va-t-on ?

— Au premier. (Valencia Fernandez le regarda de plus près dans la lumière de la lanterne et sursauta.) Hé ! je te reconnais. Tu es le garçon qui a failli déclencher une bagarre pendant mon banquet de bienvenue.

— Oui, madame, admit Arthur en montant l'escalier. Je suis vraiment désolé.

— C'était à quel sujet ? Une fille ?

— Non. Enfin, pas de la façon que vous croyez. Le garçon que j'avais envie de frapper est une brute, du genre qui se croit supérieure aux autres.

— La pire espèce, acquiesça Mme Fernandez. Dommage que tu n'aies pas pu lui donner une bonne raclée. Mais ne t'en fais pas : tôt ou tard, les brutes reçoivent ce qu'elles méritent.

Arthur sourit timidement.

— Ça vous plaît de voyager à travers le monde ? demanda-t-il.

— Beaucoup. En mer, chaque jour est une nouvelle aventure. Et c'est très excitant de partir sans jamais savoir à quoi ressemblera ta destination.

— J'aimerais prendre un bateau, un jour. Je ne l'ai encore jamais fait, avoua Arthur.

Ils arrivèrent au premier étage. Mme Fernandez s'engagea dans le couloir est. Arrivée au bout, elle désigna une porte sur la droite. Arthur l'ouvrit et entra à sa suite.

La pièce était pratiquement vide hormis deux longues tables. Sur celles-ci se trouvait un assortiment d'os, de caisses et d'instruments en argent. La scientifique posa la caisse qu'elle avait apportée avec les autres. Puis elle en sortit un bocal.

— Bonsoir, ma beauté, roucoula-t-elle, en le levant dans la lumière pour en inspecter le contenu.

Arthur sentit son pouls s'accélérer. C'était l'œuf de dinosaure.

Une idée lui traversa l'esprit. Une idée folle, impossible à réaliser.

L'œuf était un artefact unique. Quel objet plus rare et plus précieux aurait-il pu présenter au Trèfle ?

Mais comment s'en emparer sans que Mme Fernandez s'en aperçoive ? Pourrait-il revenir le chercher après le départ de l'exploratrice ? Elle fermerait sûrement la porte à clé. Et elle ne manquerait pas de remarquer l'absence de son trésor. Ses soupçons se porteraient forcément sur Arthur.

À moins que…

Arthur glissa une main dans sa poche. Il lui restait un petit pain du dîner, un petit pain qui présentait une ressemblance étonnante avec l'œuf.

Elle ne verra rien du tout.

— Allez, viens, lança-t-elle en se tournant vers la porte. Il est grand temps que tu ailles te coucher.

Sur un coin de la table, Arthur aperçut une grosse clé en cuivre.

Sans réfléchir, il s'en empara et la fourra dans sa poche.

— Oh ! j'ai oublié la clé, dit Mme Fernandez en se retournant.

Arthur se figea, certain qu'elle allait comprendre qu'il venait de la dérober. Mais l'exploratrice se contenta de tapoter ses poches avant de soupirer.

— Elle a dû tomber quelque part, marmonna-t-elle. Je vais aller chercher le double dans ma chambre. Tu arriveras à redescendre dans le hall sans lanterne ? C'est plus rapide pour moi de passer par la porte de derrière.

— Oui, ça ira très bien, répondit Arthur d'une voix trop forte et trop assurée.

Le Dr Fernandez pencha la tête.

— D'accord. Eh bien, merci pour ton aide.

Arthur hocha la tête avant de tourner les talons. Il marcha jusqu'au bout du couloir et attendit, guettant d'autres bruits que son propre pouls dans ses tympans.

Une fois qu'il fut certain qu'elle était partie, il rebroussa chemin vers le laboratoire sur la pointe des pieds, poussa la porte et se faufila à l'intérieur. Le clair de lune argenté se déversait par les fenêtres, illuminant le bocal qui contenait l'œuf. Arthur s'en approcha.

Allait-il vraiment dérober un trésor aussi inestimable ?

Emprunter, corrigea-t-il.

Il n'était pas sûr de croire au destin, mais si celui-ci existait, il l'avait conduit jusqu'à ce laboratoire.

Sortant le petit pain de sa poche, il se pencha pour l'examiner à côté de l'œuf. Les deux objets se ressemblaient vraiment.

Valencia Fernandez reviendrait bientôt. Il ne pouvait pas se permettre d'hésiter.

Arthur dévissa le couvercle du bocal, plongea la main à l'intérieur et le prit avec précaution. Quelques secondes plus tard, il installait le petit pain à la place.

Désormais, il ne pouvait plus revenir en arrière.

Il ne lui restait plus qu'à s'échapper sans se faire prendre.

Arthur laissa la clé dans l'ombre d'une sorte de balance, pour que la scientifique croie qu'elle ne l'avait pas vue. Puis il sortit du laboratoire et referma la porte derrière lui. Il rebroussa chemin dans le couloir en serrant l'œuf contre sa poitrine pour être sûr de ne pas le lâcher. Il avait envie de vomir.

Quand il entendit craquer les premières marches, il se dit qu'il devait rêver. Puis le son se répéta en s'amplifiant.

Quelqu'un montait l'escalier.

Pris de panique, Arthur se tourna vers la porte sur sa gauche. Fermée à clé. Il revint sur ses pas en courant, essayant chaque porte au passage. Enfin, l'une d'elles s'ouvrit. Il se précipita à l'intérieur de la pièce et referma le battant.

Si quelqu'un entrait, il ne devait pas être surpris avec l'œuf dans les mains. Sans quoi, il serait sûrement renvoyé. Désespéré, Arthur parcourut du regard la pièce encombrée. C'était un bureau, qui semblait inoccupé depuis un moment. La pénombre n'empêchait pas de voir l'épaisse couche de poussière qui recouvrait les meubles. Dans un coin se dressait la plus grande horloge grand-père qu'Arthur avait jamais vue. Elle montait presque jusqu'au plafond et était deux fois plus large que les autres du même style.

Parfait.

La plupart de ces horloges possédaient une porte vitrée à travers laquelle on pouvait voir un pendule égrener les secondes. Mais celle-ci comportait un panneau de bois. Néanmoins, elle devait être munie d'une porte. Arthur tâta les bords jusqu'à ce que ses doigts trouvent un petit loquet. Il le poussa, et l'avant de l'horloge s'ouvrit. Le plus prudemment possible, il déposa l'œuf sur une étagère à l'intérieur du compartiment et poussa la porte, qui se referma avec un cliquetis.

L'instant d'après, sans qu'Arthur comprenne pourquoi, l'horloge se mit à bourdonner.

Jamais il n'avait entendu une horloge émettre un bruit pareil. À sa plus grande consternation, celui-ci s'intensifia en montant dans les aigus. Arthur tenta de rouvrir la porte, qui refusa de bouger.

Puis quelque chose de pire se produisit. La poignée de la porte du bureau remua comme si quelqu'un la secouait. Le battant pivota au moment où un éclair de lumière verte jaillissait du compartiment de l'horloge. Arthur frémit en attendant de voir qui se tenait sur le seuil, mais il n'y avait personne.

Puis il baissa les yeux.

— Toby ! chuchota-t-il.

Le loup leva vers lui son regard couleur de lune. Les oreilles aplaties en arrière, il se mit à gronder tout bas.

Un autre éclair jaillit de l'horloge, suivi aussitôt par un grand « CRAC » !

Toby fit un bond, poussa un glapissement de surprise et détala dans le couloir.

L'instant d'après, l'horloge se tut.

Arthur tenta de se ressaisir. Il avait de la chance que Toby ait pris peur, cependant le loup filerait tout droit prévenir sa maîtresse. Il n'avait que très peu de temps pour récupérer l'œuf et s'enfuir.

Quand il tenta de nouveau d'actionner le loquet, la porte de l'horloge s'ouvrit facilement. Un nuage de fumée nauséabonde s'en échappa. Mais avant de pouvoir prendre l'œuf sur l'étagère, Arthur entendit des pas dans le couloir.

Arthur se saisit de l'œuf et fut soulagé de voir qu'il était intact. Puis il se glissa dans l'horloge et en tira la porte.

Un instant plus tard, le bruit de pas résonna dans la pièce.

Par une fente, Arthur aperçut une lumière oscillante ainsi que deux silhouettes. Celles-ci s'immobilisèrent sur le seuil.

— Le bruit venait d'ici, j'en suis certaine, lança une voix de fille. (Arthur la reconnut immédiatement : c'était le Rossignol.) Il y a une drôle d'odeur, ici.

— Regarde sous le bureau, ordonna une autre voix, celle du Magicien.

Le Rossignol s'exécuta.

— Non, il n'y a rien. Mais je suis sûre que ça venait d'ici.

— Possible. C'est quand même le dernier endroit où quelqu'un cacherait la machine.

Arthur n'en crut pas ses oreilles. Le Trèfle cherchait-il une machine ? Il pensa d'abord à la machine de vérité, mais ça n'avait pas de sens. Ils savaient très bien où elle se trouvait. Alors, de quoi s'agissait-il ?

Il y eut un autre bruit, comme un léger tapotement. Arthur approcha son oreille de la fente. Le tapotement se répéta.

Soudain, il comprit, horrifié, que le bruit venait de l'*intérieur* de l'horloge.

Y avait-il quelque chose d'autre dans le compartiment ?

Arthur se força à rester immobile, espérant que les deux intrus n'entendraient pas.

— On aura presque fouillé partout, lança le Rossignol. Ça devient dangereux de continuer nos recherches maintenant que tous les professeurs sont en alerte. À cause de toi.

Tap tap.

— Je sais. Mais il fallait bien envoyer un message. Ce n'est pas de chance si cette fille bizarre était dans le bureau de Mme Grey, et si Doyle se trouvait justement dans les parages.

— J'espère au moins que nous en avons fait suffisamment pour brouiller les pistes.

— C'est une bonne idée que tu as eue, déclara le Magicien. Mettre en scène une intrusion par la porte de devant. Mais tu as raison. Nos recherches ne nous ont menés nulle part, et il ne faut pas prendre plus de risques que nécessaire. Il est peut-être temps de passer à des méthodes plus… radicales.

Tap tap tap.

Le Rossignol soupira.

— Je craignais que tu ne dises ça. Tu es sûr que ça en vaut la peine ?

— Trouver cette machine est la priorité absolue du chevalier. À choisir, je préfère risquer le courroux de Challenger que le sien.

TAP !

Tout le corps d'Arthur se crispa comme s'il venait de se changer en pierre.

— C'était quoi, ça ? demanda le Rossignol.

— Peut-être que quelqu'un arrive, suggéra le Magicien. Filons.

Des piétinements, suivis par le cliquetis de la porte du bureau qui se refermait. Puis… silence.

Arthur s'affaissa, submergé par une vague de soulagement. Il se hâta de sortir de l'horloge en repensant à la conversation qu'il venait de surprendre.

On aurait dit que le Trèfle envisageait de dérober une machine importante au nez et à la barbe du principal, par tous les moyens nécessaires.

Il réfléchirait à cela plus tard. Pour le moment, il devait se dépêcher de regagner la tour avec l'œuf, avant de se faire prendre.

Il leva l'œuf pour l'inspecter au clair de lune, et il constata qu'une large fissure venait d'apparaître sur la coquille. Le cœur d'Arthur se serra.

Qu'allait-il faire ?

Alors qu'il fixait l'œuf, désespéré, quelque chose d'impossible se produisit.

TAP ! TAP ! TAP !

Le cœur d'Arthur bondit dans sa poitrine. Le bruit ne venait pas seulement de l'intérieur de l'horloge. Il venait de l'œuf lui-même !

Sous ses yeux ébahis, la fissure s'élargit peu à peu. L'œuf n'allait quand même pas…

Trop choqué pour respirer, Arthur se pencha en avant au moment où une sorte de miaulement montait de l'œuf.

Il n'en crut pas ses yeux.

La coquille se fendillait sous les coups de son occupant.

L'œuf était en train d'éclore.

TRENTE-TROIS

Un bébé rencontre sa mère

— TE VOILÀ ! S'EXCLAMA IRENE comme Arthur enjambait le rebord de la fenêtre de sa chambre.

Jimmie, Pocket et elle étaient assis par terre autour d'une bougie allumée. Voyant Arthur, ils se levèrent précipitamment.

— Qu'est-ce que vous faites tous là ? demanda Arthur.

Il ne s'était pas attendu à avoir un public, et cela ne l'arrangeait pas du tout.

— On se demandait si on devait partir à ta recherche, répondit Jimmie. Quand tu n'es pas rentré après le dîner, j'ai commencé à m'inquiéter. Alors, je suis monté voir Irene, mais elle ne savait pas non plus où tu étais.

— Tu es malade ? s'enquit la jeune fille. Tu fais la même tête que si tu avais mangé des crevettes avariées.

Arthur ne sut pas quoi répondre à ça.

— Je me suis endormi à la bibliothèque.

Pocket parut déçue.

— C'est tout ? J'espérais que ce serait quelque chose d'excitant.

Au même moment, un miaulement monta de la veste d'Arthur.

— Euh, qu'est-ce que c'est ? demanda Irene.

Arthur glissa une main tremblante à l'intérieur de sa veste.

— Je crains que ton vœu n'ait été exaucé, Pocket.

Il en sortit une petite créature grise et visqueuse qu'il posa sur la table.

Pendant une minute, personne ne dit rien. Les quatre camarades observaient le long bec bleu, la tête surmontée d'une crête, les yeux étroits et les ailes à la texture caoutchouteuse terminées par des griffes acérées.

— C'est… une chauve-souris ? demanda Irene.

— Elle ne ressemble à aucune espèce que j'ai déjà vue, répliqua Jimmie.

— On dirait plutôt un bébé dragon, fit remarquer Pocket. Je t'en supplie, Arthur, dis-moi que c'est un dragon !

— Je… je crois que c'est un dinosaure, bredouilla Arthur.

Jimmie lui jeta un regard sceptique.

— Arthur… Les dinosaures ont disparu depuis une éternité. Comment pourrait-il y en avoir un dans notre chambre ?

La gorge d'Arthur se serra. Il allait devoir s'expliquer. Et cela valait peut-être mieux : il ne parviendrait pas à se sortir seul de ce pétrin.

— Après m'être réveillé à la bibliothèque, je suis tombé sur Valencia Fernandez. Elle m'a demandé de l'aider à transporter ses affaires dans son laboratoire. Parmi celles-ci, il y avait son œuf de dinosaure. Je… euh… je me suis un peu perdu, et j'ai posé l'œuf dans un endroit où je pensais qu'il serait en sécurité. À l'intérieur d'une horloge, en fait. Mais quand j'ai refermé la porte, j'ai entendu du bruit. Puis il y a eu des éclairs de lumière et une drôle de fumée. Quand elle s'est dissipée, j'ai rouvert la porte, et l'œuf était en train d'éclore.

— Tu t'es perdu ? répéta Irene. Et tu as posé l'œuf à l'intérieur d'une horloge ?

Elle devinait qu'Arthur mentait, et il aurait parié qu'elle devinait également pourquoi.

— Restons concentrés sur le vrai problème, intervint Jimmie. À savoir, qu'allons-nous faire de ce bébé dinosaure ?

Arthur poussa un gémissement.

— Je vais être renvoyé, se lamenta-t-il. C'est sûr.

Le petit animal émit un bruit semblable à un hoquet. Il fit deux bonds maladroits vers les quatre humains et leva les yeux vers Arthur.

Irene frémit.

— Il est dangereux ?

— Ce n'est qu'un bébé, répondit Pocket.

Elle tendit prudemment la main. Vive comme l'éclair, la créature fit claquer ses longues mâchoires, manquant de peu son doigt.

Jimmie secoua la tête.

— Un bébé dinosaure reste un dinosaure.

La créature n'avait pas détaché son regard d'Arthur. Elle déplia ses petites ailes, fit un autre bond et s'envola. Les quatre camarades reculèrent précipitamment tandis qu'elle se mit à tourner en rond dans la pièce. Jimmie se rua vers la fenêtre pour la refermer avant qu'elle ne puisse s'enfuir par là. Mais la créature ne semblait pas en avoir l'intention. Au lieu de ça, elle se posa sur l'épaule d'Arthur. Le jeune garçon se figea. Il sentait l'animal respirer dans son cou, le museau collé contre le lobe de son oreille.

Il tenta de se donner du courage. Si le bébé dinosaure devait le croquer, un lobe d'oreille ne serait sans doute pas le pire.

Mais au lieu de la douleur d'une morsure, Arthur sentit la créature se frotter doucement contre son oreille. Puis elle replia ses ailes, se mit en boule au creux de son cou et poussa un soupir de contentement.

— Ça, par exemple ! lâcha Pocket.

Arthur lui jeta un coup d'œil mais n'osa pas tourner la tête vers elle, de peur d'effrayer le bébé dinosaure.

— Qu'est-ce que ça veut dire, « ça, par exemple » ?

— Je sais ce qui se passe, expliqua son amie. On voit ça tout le temps à la ferme.

— On voit tout le temps quoi, Pocket ?

— Tu es la première créature qu'il a vue. Il… il te prend pour sa mère.

TRENTE-QUATRE

Saucisse

SI ARTHUR AVAIT DÉJÀ PASSÉ une nuit plus bizarre et plus agitée que celle-là, il ne s'en souvenait pas. Jusqu'au lever du jour, le petit dinosaure dormit au creux de son bras. De temps à autre, il reniflait comme un porcelet.

Arthur, de son côté, resta allongé, raide comme une planche, s'efforçant de donner un sens aux événements de la soirée précédente. Après avoir souhaité une bonne nuit aux deux filles, il n'avait pas eu le courage de raconter à Jimmie la conversation qu'il avait surprise entre le Magicien et le Rossignol. De toute façon, il devrait tout répéter à Irene le lendemain ; ainsi, il aurait le temps de réfléchir à ce qu'il avait entendu.

Même s'il ne voyait absolument pas comment une horloge avait pu transformer un œuf fossilisé en dinosaure vivant, d'autres choses commençaient à devenir claires dans son esprit. Le Trèfle était responsable de l'effraction survenue juste avant son arrivée à Baskerville Hall, ainsi que de la mise à sac du bureau de Mme Grey.

C'était si logique qu'Arthur eut honte de ne pas l'avoir compris plus tôt. La raison pour laquelle rien n'avait été dérobé dans les deux cas, c'est que le Trèfle cherchait quelque chose de bien spécifique : une machine. Et s'ils avaient cassé un carreau de la porte d'entrée la première fois, c'était pour donner l'impression que l'effraction avait été commise par quelqu'un de l'extérieur. Après tout, pourquoi des élèves qui avaient déjà accès au manoir auraient-ils procédé ainsi ? Afia avait même écrit un article dans *Le clairon* pour renforcer cette théorie, affirmant que le crime avait été commis par des villageois mécontents.

Et… ce que le Trèfle cherchait, ça devait forcément être l'horloge. Ou du moins, la machine qu'elle renfermait.

Arthur eut l'impression qu'il venait juste de réussir à sombrer dans un sommeil agité quand le cor du brigadier Gérard le réveilla en sursaut. Le petit dinosaure l'observait avec de grands yeux qui ne clignaient pas. Quand Arthur se redressa, l'animal battit des ailes d'un air ravi, tel un chien qui remue la queue.

Dans le lit voisin, Jimmie poussa un grognement.

— Et moi qui espérais que ce n'était qu'un rêve.

— Pas de chance, grommela Arthur.

Le dinosaure refusa de le lâcher pendant qu'il s'habillait. Chaque fois qu'Arthur se déplaçait, il le rejoignait d'un bond ou d'un petit coup d'ailes, et quand Jimmie s'approchait d'eux, il criait en signe de protestation.

Au moment d'aller prendre le petit déjeuner, Arthur fit la même chose qu'avec ses sœurs quand elles étaient bébés : il mit le petit dinosaure dans son lit et le borda étroitement.

— Tu vas le laisser ici ? demanda Jimmie.

— Si les bébés dinosaures sont comme les bébés humains, il va dormir la plus grande partie de la journée, répondit Arthur en se dirigeant vers la porte pendant que la créature se débattait dans les draps. Je reviendrai le voir entre…

Dès l'instant où Arthur eut refermé la porte derrière eux, le cri se mua en hurlement.

— CAAAAAA-AAA-AAAA-WAAAA-AAA-WAAAA !

Puis quelque chose percuta la porte avec force, faisant sursauter les deux garçons.

BAM !

— CAAAA…

BAM !

— CAAA-WAAA…

La créature se jetait contre le battant de tout son poids.

Arthur rouvrit la porte juste à temps pour que le dinosaure s'écrase sur sa figure. Il lui planta ses griffes dans le nez tout en lui recouvrant le visage de ses ailes en ce qui ne peut être décrit que comme un gros câlin.

Avec un gémissement, il replia ses ailes l'une après l'autre, puis escalada la tête d'Arthur et s'enfouit dans ses cheveux.

Arthur jeta un coup d'œil désespéré à Jimmie, qui secouait la tête d'un air incrédule.

— Et maintenant, je fais quoi ?

— Je crois que tu vas être obligé de l'emmener.

— Bonjour, Arthur, lança une voix.

Les deux garçons se retournèrent vivement vers le nouveau venu.

— Tu es au courant qu'il y a un ptérodactyle perché sur ta tête ? lança Grover.

Après qu'ils eurent fait promettre à un Grover étonnamment serein (« Comment être surpris alors que je soupçonne depuis longtemps que la mort n'est une fin pour aucun de nous ? » avait-il fait remarquer.) de garder le secret, Jimmie attendit sur le palier que Pocket et Irene descendent. Puis il les poussa à l'intérieur de la chambre.

— Oh ! Grover est là aussi, constata Pocket. Ça tombe bien, je voulais lui parler de notre jeune ami au petit déjeuner.

— L'existence du dinosaure est un secret, lui dit Irene d'un ton sévère.

— Pocket, Arthur a besoin… eh bien, d'une poche, expliqua Jimmie. À l'intérieur de sa veste, là où personne ne la verra. Tu pourrais lui en coudre une maintenant ?

Bien sûr qu'elle le pouvait. Les cinq camarades arrivèrent au réfectoire juste à temps pour prendre les dernières tartines. Sentant l'odeur de la nourriture, le ptérodactyle commença à s'agiter contre la poitrine d'Arthur. Celui-ci glissa un bout de saucisse à l'intérieur de sa veste et le sentit disparaître immédiatement. Il donna une autre bouchée à la créature, et encore une autre, jusqu'à ce qu'elle émette un bruyant rot – qui leur valut quelques regards désapprobateurs autour de la table – puis s'immobilise.

— Qu'est-ce que tu comptes faire de cette… chose ? demanda Irene en se penchant vers Arthur.

— On devrait lui donner un nom, suggéra Pocket. Pour pouvoir parler d'elle sans que les autres comprennent de quoi il s'agit.

— Qu'est-ce qui te fait penser que c'est une femelle ? demanda Jimmie.

— J'ai grandi dans une ferme, répondit Pocket. Tu veux que j'entre dans les détails ?

Jimmie rougit et détourna les yeux.

— Pourquoi pas Saucisse ? proposa Irene. Puisqu'elle a l'air d'aimer ça.

— J'aime bien, approuva Arthur. Et pour répondre à ta question, Irene, je n'ai pas la moindre idée de ce que je vais faire d'elle. Je ne peux pas en parler aux professeurs, parce qu'ils me demanderaient d'où sort… euh… Saucisse.

Irene se tamponna la bouche avec sa serviette.

— Il faut également qu'on comprenne comment ça a pu arriver. Comment se fait-il que l'œuf ait éclos ? Après être resté fossilisé pendant Dieu sait combien d'années ?

— L'horloge dans laquelle je me suis caché… je veux dire, dans laquelle j'ai posé l'œuf, n'était pas une horloge ordinaire, révéla Arthur. Je crois qu'elle contenait une sorte de machine, mais je n'ai pas la moindre idée de la manière dont elle fonctionne.

— Sur ce point, je peux sans doute t'aider, dit Pocket.

Ses compagnons se tournèrent vers elle et lui lancèrent des regards interrogateurs.

— Pas tout de suite, précisa-t-elle. Mais si tu me montres cette horloge un peu plus tard, j'arriverai peut-être à comprendre comment elle marche.

Une machine capable de prendre un objet très ancien et de le rajeunir… voire de faire rejaillir une étincelle de vie dans un œuf fossilisé… C'était surnaturel.

Les gens qui posséderaient une telle machine détiendraient un pouvoir incroyable.

Et Arthur se demandait bien ce que le Trèfle comptait en faire.

TRENTE-CINQ

Saucisse l'échappe belle

ILS MIRENT AU POINT un plan.

Pendant leur heure d'étude, cet après-midi-là, Arthur emmènerait Pocket au bureau dans lequel il avait trouvé l'horloge. Les autres monteraient la garde.

Mais avant ça, ils devraient assister à plusieurs heures de cours. La leçon d'anatomie ne fut pas très pénible : une fois de plus, le docteur Watson leur demanda de lire le traité d'anatomie pendant qu'il écrivait à son bureau. Il ne releva les yeux que pour ordonner à Roland de sortir alors que celui-ci montrait des dessins d'organes génitaux à ses camarades.

À la moitié du cours de Mme Grey, Saucisse commença à s'agiter contre la poitrine d'Arthur. Elle fit claquer ses mâchoires, pinçant la peau du jeune garçon et le faisant sursauter sur sa chaise.

— Oui, Doyle ? demanda la professeure en levant les sourcils.

— Je… Il faut vraiment que j'aille aux toilettes.

— Nous nous passerons des détails. Tu peux…

La vieille dame s'interrompit, faisant descendre son regard perçant vers les revers de la veste d'Arthur. Puis elle cligna des yeux et secoua la tête.

— Il faut que j'arrête de boire autant de café le matin, murmura-t-elle pour elle-même. Ça ne remplace pas le sommeil. Tu peux y aller, Doyle.

Il sortit en courant, sans se soucier des rires qui le poursuivaient dans le couloir. Saucisse avait dû passer la tête par l'échancrure de sa veste. Dieu merci, la professeure n'en avait pas cru ses propres yeux.

— On a eu de la chance, Saucisse, marmonna Arthur, une fois en sécurité dans les toilettes. Mais à partir de maintenant, tu devras rester discrète en public.

Pour toute réponse, le petit dinosaure sortit la tête de sa poche et leva vers lui de grands yeux interrogateurs.

— Je sais, soupira Arthur, radouci. Toi non plus, tu n'as rien demandé…

Il lui tapota la tête. Pour une créature à écailles, elle était quand même très mignonne.

Saucisse lui lécha la main, puis lui mordilla de nouveau le doigt.

— Ne t'en fais pas. C'est bientôt l'heure du déjeuner.

Tout en glissant des morceaux de foie à Saucisse, Arthur raconta à Irene et à Jimmie ce qu'il avait entendu la veille. À chaque phrase, Jimmie ouvrait de grands yeux tandis qu'Irene plissait les siens. Il leur expliqua tout : sa certitude que le Trèfle était à l'origine des effractions, qu'ils cherchaient la machine qui semblait donner la vie, et qu'ils avaient l'air prêts à tout pour l'obtenir.

Irene secoua la tête, les lèvres pincées. Elle jeta un coup d'œil à Grover, qui classait ses gravures de tombes. Pocket était toujours avec Mme Grey.

— Je le savais, lâcha Irene. Je savais que cette société secrète ne mijotait rien de bon. Qui est leur chef ? Et ce fameux Chevalier vert pour lequel ils travaillent ?

— Quelqu'un qui veut vraiment la machine, répondit Arthur.

— Mais nous ne savons pas pourquoi, fit remarquer Jimmie. Irene suppose le pire. Et si le Chevalier vert voulait s'en emparer pour pouvoir la protéger de quelqu'un d'autre ? Quelqu'un qui en ferait mauvais usage. Ou peut-être pour guérir une personne malade ?

— C'est aussi ce que je me demande. Après tout, quand nous les avons entendus parler à la bibliothèque, le Magicien et le Rossignol disaient vouloir trouver la machine pour la mettre en sécurité.

Irene ouvrit la bouche comme pour protester, puis se contenta de secouer la tête.

Arthur fut reconnaissant quand Mme Hudson frappa dans ses mains pour réclamer l'attention de leur classe. Elle leur annonça qu'ils prendraient leur première leçon d'arts équestres cet après-midi-là.

Ne voulant pas répéter ce qui s'était passé avec Mme Grey, Arthur enveloppa quelques morceaux de foie dans une serviette et les emporta pour les donner à Saucisse si jamais elle se réveillait pendant le cours de M. Loring. Or la créature ne bougea pas pendant toute l'heure qu'ils passèrent dans le jardin d'hiver, ni pendant la première moitié du cours dans les écuries.

— Vous allez faire des tours de piste un par un afin que je puisse évaluer votre niveau, expliqua le brigadier Gérard quand ils arrivèrent.

Un mélange d'inquiétude et d'excitation noua le ventre d'Arthur tandis que Jimmie l'aidait à se mettre en selle. Il avait toujours voulu apprendre à monter à cheval, mais n'en avait encore jamais eu l'occasion.

— Les talons vers le bas, Doyle, ordonna le brigadier lorsque Arthur pénétra sur la piste, juché sur le dos d'une jument noisette appelée Minnie. Le menton levé. Les coudes serrés contre les flancs. Maintenant, trotte. Trotte, te dis-je !

Arthur serra les genoux et fit claquer sa langue comme il avait entendu ses camarades le faire, mais Minnie continua à avancer d'un pas traînant en rasant le bord de la piste.

— Tu dois y mettre plus d'autorité ! Regarde !

Le brigadier tapa la croupe de la jument qui s'élança soudain, faisant rebondir Arthur sur sa selle.

Arthur se rendait bien compte qu'il ne devait pas avoir l'air aussi gracieux qu'Irene ou Jimmie qui étaient passés avant lui, mais il apprécia la sensation du vent sur son visage. Il se laissa ballotter dans tous les sens, un grand sourire aux lèvres. Pour la première fois depuis des jours, il se sentait libre et léger.

— C'est donc ainsi qu'on monte en Écosse ? lança une voix. Comme c'est original !

Sebastian s'était approché derrière Arthur, au point que son cheval touchait presque la queue de Minnie. Arthur sentit la jument se raidir entre ses jambes, et vit ses oreilles se coucher en arrière sur sa tête.

— Tu es trop près, aboya Arthur. Recule, ou on va se faire éjecter, tous les deux.

— Je ne suis pas tombé de cheval depuis l'âge de six ans, répliqua Sebastian. Si tu te fais tant de souci, tu n'as qu'à accélérer. Ma grand-mère fait aller son cheval plus vite que ça.

Arthur n'avait guère le choix. Il talonna la jument. Mais quand celle-ci se mit à trotter plus vite, le cheval de Sebastian en fit autant. Minnie était de plus en plus agitée ; elle secouait la tête et soufflait.

Arthur se retourna sur sa selle.

— Écoute, tu veux bien…

Avant qu'il puisse terminer sa phrase, Sebastian écarquilla les yeux. Sa monture, quant à elle, se cabra sur ses pattes arrière en hennissant de peur. Les pieds de Sebastian sortirent des étriers, et il tomba sur les fesses dans la boue tandis que son cheval détalait au galop en direction du portail, comme s'il avait l'intention de le défoncer.

Alors qu'Arthur faisait ralentir Minnie en se demandant ce qui venait de se passer, il entendit un miaulement qui ne ressemblait pas du tout au hennissement d'un cheval. Il baissa les yeux et comprit trois choses simultanément.

La première, c'est que Saucisse s'était à moitié extraite de la poche intérieure de sa veste et qu'elle le fixait avec de grands yeux affamés.

La deuxième, c'est que la monture de Sebastian avait pris peur en la voyant.

La troisième, c'est que comme Sebastian avait écarquillé les yeux *avant* que son cheval se cabre, il avait dû voir Saucisse, lui aussi.

TRENTE-SIX

Une horloge remarquable

— TU NE PEUX PAS ÊTRE SÛR qu'il ait vu quelque chose, fit remarquer Irene alors qu'ils revenaient vers le manoir.

— Et même s'il a vu Saucisse, je doute qu'il ait compris que c'était un ptérodactyle, ajouta Pocket. Il a probablement pensé que tu avais un lézard apprivoisé dans ta poche, ou quelque chose du genre.

Après la chute de Sebastian, le brigadier Gérard avait calmé le cheval, puis emmené le garçon qui boitait consulter le docteur Watson.

— Mais s'il a vu Saucisse… et s'il en parle à quelqu'un…

— Tu seras sûrement renvoyé, déclara Grover. Peut-être même poursuivi en justice.

Jimmie marchait à côté d'Arthur.

— Mais non. Si Sebastian s'était vraiment rendu compte que Saucisse était un dinosaure et qu'il ait décidé de te dénoncer, il l'aurait déjà fait. Il ne te laisserait pas le temps de la cacher, au risque de passer pour un fou.

Arthur tenta de se raccrocher à la logique du raisonnement.

— Jimmie a raison, acquiesça Irene. Mais combien de temps tu vas pouvoir dissimuler Saucisse ? Il faut qu'on trouve une solution.

— Commençons par le commencement, dit Pocket en se frottant les mains, les yeux brillants. Nous avons une horloge à examiner.

Irene et Jimmie se postèrent chacun à une extrémité du couloir pendant que Grover montait la garde devant la porte du bureau. Si Irene ou Jimmie voyait approcher quelqu'un, ils feraient signe à Grover qui frapperait à la porte pour alerter Arthur et Pocket.

Le premier problème survint quand Arthur tenta d'entrer dans le bureau et que la poignée de la porte refusa de tourner.

— C'est fermé à clé, annonça-t-il.

— Ça l'était déjà hier soir ? demanda Pocket.

Arthur secoua la tête.

— Quelqu'un a dû passer entre-temps.

— Bon, peu importe.

Pocket fouilla dans les multiples poches de sa jupe jusqu'à ce qu'elle trouve ce qu'elle cherchait.

— Une trousse d'outils de crochetage, expliqua-t-elle en montrant un assortiment de fils de fer et de crochets.

Jamais Arthur ne lui avait été aussi reconnaissant pour ses excentricités. Pocket trafiqua brièvement la serrure avant que la porte s'ouvre.

— Après toi, dit-elle avec un grand sourire en s'inclinant devant Arthur.

Elle referma le battant et siffla tout bas en découvrant l'énorme horloge.

À présent qu'il faisait jour, Arthur la trouvait impressionnante, et pas seulement par la taille. Son bois de noisetier était veiné d'or, et ses flancs étaient gravés d'élégantes arabesques. Ses aiguilles restaient immobiles, comme si le temps s'était arrêté dans cette petite pièce poussiéreuse.

Soudain, Arthur se rappela l'emplacement libre contre le mur de la salle du club d'Horlogerie, où étaient entreposées des centaines d'autres pendules et horloges de toutes les formes et de toutes les tailles. Quelqu'un avait dû transporter celle-là ici. Mais pourquoi dans cette pièce en particulier ?

« C'est quand même le dernier endroit où quelqu'un cacherait la machine », avait marmonné le Magicien.

Pocket ouvrit le panneau de devant et hoqueta.

— Tu vois ça ? demanda-t-elle en désignant, sur une des parois intérieures, un compartiment qui ressemblait à un présentoir à épices.

À ceci près que les petits bocaux n'étaient pas en verre mais en métal, et que chacun d'eux était muni d'un câble qui le reliait à un support en cuivre.

— C'est une batterie au plomb, expliqua Pocket. Tous ces flacons emmagasinent des charges électriques. Mais ils devraient être branchés ici.

Elle désigna le haut du présentoir, au-dessus des supports en cuivre visiblement conçus pour être fixés à quelque chose.

— C'est là que le conducteur devrait se trouver. Une baguette en cuivre, ou peut-être en argent. Pour recevoir la charge de la batterie.

Pocket suivit une traînée de bois calciné qui filait vers un deuxième compartiment situé contre la paroi du fond. Celle-ci contenait une pierre grise aux bords coupants, de la taille d'un poing d'Arthur, qui avait été divisée en plusieurs morceaux. Arthur s'avança pour en saisir un.

— Wahou, souffla-t-il. Regarde ça.

L'intérieur de la pierre formait un réseau scintillant d'or, de pourpre et de vert. Pocket en prit un autre morceau pour l'examiner.

— Joli, hein ? J'aimerais bien savoir ce que c'est. (Elle fronça les sourcils.) Ahmad pourrait peut-être nous le dire. Il est très calé en géologie !

Elle glissa son morceau de pierre dans une de ses poches de poitrine.

— On dirait que le courant traverse cette pierre avant de filer vers la paroi d'en face.

Elle désigna les traces de brûlure qui menaient du deuxième compartiment à un troisième. Celui-ci était jonché de débris qu'Arthur prit d'abord pour des éclats de verre. Il tendit la main vers un des plus gros en faisant bien attention de ne pas se couper.

— On dirait une sorte de cristal brisé, fit remarquer Pocket. Comme si le courant électrique était si fort qu'il avait fendu la première pierre, puis fait éclater le cristal.

— Et… qu'est-ce que ça veut dire ? demanda Arthur. Comment ça marche ?

Pocket réfléchit en se massant les tempes.

— Je ne comprends pas tout, avoua-t-elle, mais je suis certaine qu'il s'agit d'une sorte de circuit électrique. Peut-être destiné à créer un champ électromagnétique.

Arthur cligna des yeux.

— Un quoi ?

— C'est quand un courant électrique génère une force magnétique, expliqua Pocket. Et je crois que c'est ce qui se passe à l'intérieur de cette horloge. Du moins, quand elle est allumée. La pierre et le cristal doivent… faire quelque chose au courant électrique. Quelque chose qui a…

— … donné vie à Saucisse ? acheva Arthur.

Pocket le fixa de ses yeux écarquillés, puis hocha la tête.

— Oui, mais je ne comprends pas comment. Nous devons nous renseigner sur la pierre et le cristal. (Elle regarda autour d'elle pour la première fois.) Au fait, à quoi sert cette pièce ?

— C'est bien ce que je me demande, répondit Arthur.

Sur un mur se trouvait une tapisserie représentant un vaste parc. Arthur reconnut la tour de Big Ben dans le fond, donc, ce devait être à Londres. Sur un autre mur était accroché un violon. Il y avait un bureau couvert de marques et de ce qui ressemblait à plusieurs impacts de balles. *Non, pas des balles, quand même ?* Arthur avait sans doute trop d'imagination.

Pocket saisit un objet argenté sur une étagère derrière le bureau.

— Un coupe-papier avec les initiales S. H. Ça te dit quelque chose ?

Arthur fouilla dans sa mémoire, mais ça ne correspondait à aucune de ses connaissances. Il secoua la tête.

Un miaulement monta de sa poche. Saucisse s'agitait.

— Elle a faim, dit Arthur. On ferait mieux d'y aller. Si on est les premiers au réfectoire, je pourrai la nourrir sans que personne nous voie.

Pocket jeta un dernier coup d'œil à la ronde.

— Au moins, on a des éléments sur lesquels se renseigner.

Puis elle pencha la tête sur le côté.

— Arthur ?

— Oui ?

— Tu as dit que tu étais entré dans l'horloge pour récupérer l'œuf. Mais… où est-il ?

Arthur regarda son amie.

— Comment ça ?

— Tu as ramené Saucisse dans ta chambre hier soir. Mais tu n'avais pas l'œuf avec toi. Ou plutôt, la coquille.

Arthur eut un coup au cœur. Comment avait-il pu être aussi étourdi ? Dans sa stupeur et sa hâte de s'enfuir avant d'être découvert, il n'avait pas du tout pensé à la coquille.

— J'ai dû la laisser ici, répondit-il. Quelqu'un l'a prise.

C'était forcément le Trèfle. Le Magicien et le Rossignol avaient dû revenir, trouver la machine, puis fermer la porte à clé pour la mettre en sécurité le temps de décider ce qu'ils allaient en faire.

Qu'avaient-ils pensé de la coquille brisée à l'intérieur du compartiment secret de l'horloge ? Avaient-ils compris de quoi il s'agissait ? Ce que la machine lui avait fait ? Si oui, ils étaient au courant qu'il y avait un bébé dinosaure dans l'enceinte de Baskerville Hall.

Un bébé dinosaure que Sebastian savait où trouver.

TRENTE-SEPT

Un visiteur nocturne

ARTHUR SOUPÇONNAIT que la nuit serait longue et agitée. Il avait assez de soucis pour lui ôter le sommeil pendant un mois entier. Mais son épuisement finit par avoir raison de lui et, avant de s'en rendre compte, il fut réveillé par un son strident.

Dans la brume de son demi-sommeil, il crut d'abord que c'était le cor du brigadier Gérard. Mais quand il entrouvrit un œil, la chambre était toujours plongée dans le noir. Et le bruit n'était pas le même que celui de l'instrument. On aurait plutôt dit…

— Saucisse ! s'écria Arthur en se redressant brusquement dans son lit.

Dans le clair de lune qui filtrait à travers le lierre, il distingua une silhouette debout près de la porte.

Une silhouette qui gesticulait comme si elle se débattait contre quelque chose.

— Jimmie, c'est toi ?

— Qu'est-ce qui se passe ? lança la voix de son camarade depuis le lit voisin.

Arthur repoussa ses couvertures. Saucisse ne se trouvait plus sur l'oreiller à côté de lui. Il l'entendit faire claquer ses petites mâchoires. Quelqu'un tentait de l'enlever.

— Lâchez-la ! gronda Arthur en se précipitant sur l'intrus.

Il leva les poings, mais avant d'être assez près pour frapper, il entendit un hoquet suivi par un grognement. Saucisse décrivit une spirale dans les airs, s'écrasa sur son front et se plaqua sur ses yeux en lui agrippant la tête de ses ailes tremblantes.

— Saucisse, non ! Je ne vois plus…

Avant qu'Arthur parvienne à détacher une de ses ailes, il entendit la porte claquer. L'intrus avait fui.

— Je lui cours après ! prévint Jimmie en fonçant hors de la chambre.

Dès qu'Arthur eut réussi à décrocher le dinosaure de sa tête et à le coincer sous son bras, il s'élança à la suite de son ami. Celui-ci s'était immobilisé sur le palier et secouait la tête. Tout était silencieux dans la tour.

— Je ne sais pas qui c'était, mais il ou elle a disparu, lâcha Jimmie.

— Oh ! je sais exactement qui c'était, gronda Arthur. Quelqu'un qui connaît l'existence de Saucisse. Quelqu'un qui a une dent contre moi depuis le début.

Il se dirigea vers l'escalier.

Jimmie le rattrapa par le col de sa chemise de nuit.

— Attends. Tu vas où ?

— C'était forcément Sebastian ! Il est allé trop loin, cette fois.

— Non, Arthur, marmonna Jimmie en le retenant. Il faut réfléchir avant d'agir. Saucisse est saine et sauve, n'est-ce pas ?

— Oui, concéda Arthur. Mais seulement parce qu'elle l'a mordu et qu'il l'a lâchée.

— Bien. Donc, inutile de nous précipiter. Nous ne sommes pas certains que c'était lui.

— C'était lui, je le sais.

— Alors, trouvons un moyen de le prouver, pour pouvoir utiliser ça contre lui s'il tente de parler à un professeur. Puisqu'il a de quoi te menacer, il nous faut de quoi le menacer à notre tour.

Tandis que son cœur se calmait, Arthur laissa Jimmie le ramener dans leur chambre. Il referma la porte à clé – malheureusement, il l'avait déjà fait avant de se coucher, et ça n'avait pas empêché l'intrus d'entrer. Il se souvint avec quelle facilité Pocket avait crocheté la serrure du bureau. Pour faire bonne mesure, il traîna sa chaise à travers la pièce et la coinça sous la poignée de la porte.

Malgré cette précaution, il ne parvint pas à se rendormir. Au lieu de ça, il regarda par la fenêtre en caressant le dos étonnamment doux de Saucisse. De temps en temps, celle-ci poussait un soupir de bien-être et faisait claquer ses mâchoires avant de se pelotonner contre sa poitrine. Arthur fut surpris par la force des sentiments que lui inspirait la petite créature. Tous les deux étaient fortement attachés l'un à l'autre désormais. Il ne laisserait pas Sebastian mettre la main sur Saucisse. Il n'en était pas question.

Bientôt, la lumière de l'aube commença à filtrer par la fenêtre. Une demi-heure plus tard, les premiers rayons du soleil transperçaient le rideau de lierre. Quand Arthur reporta son attention sur l'intérieur de la chambre, il aperçut des empreintes en forme de zigzag sur le sol.

— Jimmie ! appela-t-il. (La sonnerie matinale du brigadier le réveillerait d'ici à quelques minutes, de toute façon.) Jimmie, regarde !

Son camarade ouvrit les yeux et plissa les paupières dans la lumière matinale.

— Quoi encore ?

Arthur indiqua les légères traces de boue entre la porte et son lit.

— Des empreintes, dit-il.

Jimmie se contenta de cligner des yeux.

— Tu ne comprends pas ? insista Arthur. Ce sont celles de l'intrus. Il nous suffit de les comparer aux semelles des chaussures de Sebastian.

— Bien joué, murmura Jimmie. Je savais que tu trouverais un moyen.

Puis il se retourna dans son lit et se rendormit.

TRENTE-HUIT

Le portrait de lord Baker

LE TEMPS QUE LE PETIT DÉJEUNER soit servi ce matin-là, Arthur était déjà allé voir Grover pour lui emprunter le matériel avec lequel il réalisait ses gravures de pierres tombales, et il l'avait utilisé pour faire une copie au fusain de l'empreinte la plus nette que l'intrus avait laissée dans leur chambre. Il espérait réussir à suivre la piste jusqu'à celle de Sebastian, mais trop de traces différentes s'étaient superposées dans l'escalier.

Arthur ne savait pas encore comment il se procurerait l'empreinte des bottes de Sebastian, mais il était certain qu'il finirait par avoir une idée. Quand Jimmie et lui arrivèrent au manoir, il fonça vers le réfectoire, impatient de voir Sebastian. Il s'attendait presque à ce que celui-ci ait une main bandée pour dissimuler la trace de morsure.

Mais, en chemin, une petite enveloppe l'attendait dans son casier. Impatient de lire la lettre de sa mère, Arthur se fraya un chemin parmi la foule des autres élèves.

Il retourna l'enveloppe. L'écriture n'était pas celle de sa mère, ni celle d'aucun autre membre de sa famille. La lettre n'avait d'ailleurs pas été envoyée par la poste. Elle était simplement adressée à « M. Arthur Doyle ».

Monsieur Doyle,

Merci de me rejoindre dans mon bureau pour y prendre le petit déjeuner ce matin. Au fond de l'aile est, premier étage.

Bien à vous,

Dr J. Watson

— C'est quoi ? demanda Jimmie en regardant pardessus l'épaule d'Arthur.

Celui-ci fronça les sourcils.

— Un message du docteur Watson. Il veut me voir.

— Je ne sais pas comment tu arrives à déchiffrer ses pattes de mouche. Il a une écriture déplorable.

Jimmie n'avait pas tort. Les lettres hautes et étroites se bousculaient sur la page.

— Comme tous les médecins, non ? répliqua Arthur.

Mais sa plaisanterie n'apaisa en rien sa nervosité.

— À ton avis, que veut-il ? demanda Jimmie.

— J'aimerais bien le savoir. Peut-être qu'il est au courant pour Saucisse ?

— Si c'était le cas, je ne pense pas qu'il t'inviterait pour le petit déjeuner, répondit Jimmie. Il veut peut-être te proposer de devenir son assistant, comme Pocket avec Mme Grey.

À cette idée, le visage d'Arthur s'illumina.

— Peut-être. Je ferais mieux d'y aller. Tu pourras prendre quelque chose à manger pour Saucisse ? Je n'ai presque plus rien à lui donner.

Jimmie acquiesça, puis entra dans le réfectoire pendant qu'Arthur s'engageait dans l'aile est. Il n'y croisa personne : tous les élèves et les professeurs étaient en train de petit-déjeuner. Après qu'il eut pris un virage dans le couloir, les bruits du réfectoire s'estompèrent, et il n'entendit plus que ses propres pas et les battements de son cœur. Saucisse dormait dans la poche intérieure de sa veste. Il tapota la poche de son pantalon pour s'assurer qu'il lui restait quelques bouchées de poulet de la veille au cas où elle se réveillerait. En cas de besoin, il pourrait faire semblant de s'éclipser pour éternuer et la nourrir discrètement dans le couloir, histoire de la calmer.

Arthur passa devant le laboratoire vide de Mme Grey, puis devant la salle de cours du docteur Watson. Il ne s'était encore jamais rendu dans le bureau de ce dernier. La seule fois qu'il s'était enfoncé aussi loin dans cette aile du manoir, c'était la nuit du banquet en l'honneur de Mme Fernandez, lorsqu'il avait pris l'escalier du fond pour rejoindre Pocket.

Craaaaac.

Arthur leva vivement la tête.

Au-dessus de lui, un homme laid à la mine sévère le toisait.

Il l'avait déjà vu quelque part…

Une image s'imposa à l'esprit d'Arthur. Celle du tableau au fond du local du *Clairon de Baskerville*, où des articles d'anciens numéros étaient accrochés sous la mention « Affaires non élucidées ».

Craaaaac.

— Oh oh ! lâcha Arthur en prenant conscience de la situation.

Il plongea sur le côté au moment où le portrait de lord Baker se décrochait du mur. Au lieu d'atterrir sur sa tête, le tableau s'écrasa sur le sol avec un grand fracas.

Choqué, Arthur fixa un instant le portrait qui avait failli faire une troisième victime.

Puis il se releva, le souffle court, et épousseta son pantalon. Il jeta un coup d'œil à l'intérieur de sa poche pour s'assurer que Saucisse allait bien. Le bébé dinosaure leva vers lui un œil entrouvert, poussa un petit grognement, tourna la tête et se rendormit.

Le cœur d'Arthur battait la chamade, et les rouages de son cerveau tournaient à toute allure, comme il s'efforçait de comprendre ce qui venait de lui arriver.

— Il y a quelqu'un ? lança-t-il.

Ça ne pouvait pas être une coïncidence que le portrait de lord Baker, celui qui avait déjà failli tuer deux personnes, lui soit tombé dessus. Ni que cet « accident » soit survenu quelques heures à peine après que quelqu'un avait tenté d'enlever Saucisse. Arthur s'était peut-être déjà fait plusieurs ennemis depuis son arrivée à Baskerville Hall, mais il ne croyait pas que le portrait de lord Baker en fasse partie.

Le couloir était désert. Personne au réfectoire n'avait pu entendre la chute du tableau, compte tenu du brouhaha des couverts et des conversations.

Arthur se pencha prudemment vers le tableau pour en examiner le dos. L'arrière de la toile n'avait rien de remarquable. Arthur tourna lentement sur lui-même, scrutant le plancher, les murs et le plafond. Il n'y avait rien qui sortît de l'ordinaire, si ce n'est un petit trou à l'endroit où le portrait avait été suspendu.

Il se pencha et tapota les boiseries de ses doigts pliés. Les deux premiers panneaux émirent un son plein, mais le troisième sonna creux. Il s'agenouilla pour en étudier le cadre. En le palpant, il sentit une légère protubérance, pareille à une minuscule poignée. Le genre que nul ne remarquerait à moins de connaître son existence. Il tira dessus.

Le panneau pivota.

Arthur observa l'ouverture juste assez grande pour qu'un adulte puisse s'y faufiler à quatre pattes. Trois marches poussiéreuses montaient jusqu'à une petite pièce qui ne devait pas faire plus d'un mètre cinquante de côté.

Soudain, Arthur se souvint du trou du prêtre qu'Irene, Jimmie et lui avaient vu sur le vieux plan de l'école, à la bibliothèque. *Évidemment.* Celui-ci se trouvait juste derrière le portrait depuis le début.

Il passa la tête dans l'ouverture et se retint d'éternuer. L'air était humide, chargé d'une déplaisante odeur de moisissure. Quelqu'un avait dû se tenir dans ce réduit, et utiliser une baguette à travers le trou dans le mur pour pousser le portrait jusqu'à ce qu'il tombe sur Arthur.

— Je sais que vous êtes là !

Mais, alors que ses yeux s'accoutumaient à la pénombre, le jeune garçon s'aperçut qu'il était seul, et qu'il y avait une autre ouverture dans le fond. Il ramassa un caillou et le lança dans cette direction. Le caillou ricocha cinq fois sur le sol en produisant un son de plus en plus étouffé avant de s'arrêter. Un couloir devait mener vers une autre issue.

Le premier instinct d'Arthur fut de suivre la piste de son agresseur. Peut-être parviendrait-il à le rattraper. Mais il n'avait pas de lampe, et le couloir était plongé dans le noir. Sans compter que son agresseur pouvait très bien l'enfermer là-dedans.

Après avoir scruté l'alcôve secrète une dernière fois pour vérifier qu'elle était vide, Arthur recula dans le couloir et referma le panneau lambrissé. Quelqu'un d'autre devrait se charger de raccrocher le portrait. Ou, mieux, de trouver une poubelle assez grande pour l'y jeter.

Arthur s'élança vers le bureau du docteur Watson. Quand il l'atteignit, le professeur était assis derrière une table de travail bien rangée, absorbé par la lecture de la pile de papiers posée devant lui. Arthur frappa à la porte. Le docteur Watson leva la tête et lui fit signe d'entrer.

— Arthur, mon garçon, lança-t-il. Qu'est-ce qui me vaut ce plaisir ?

— J'ai reçu votre message, répondit Arthur. Vous me demandiez de venir prendre le petit déjeuner avec vous.

Tout en parlant, il prit note de l'expression éberluée du docteur Watson, ainsi que de l'absence de thé et de nourriture dans la pièce. Aussi devina-t-il ce que son professeur allait lui répondre avant même que les mots sortent de sa bouche.

— Mais, Arthur… je ne t'ai envoyé aucun message.

TRENTE-NEUF

Une consultation avec le docteur Watson

— DÉSOLÉ POUR CE MALENTENDU, dit Arthur.

— Apparemment, quelqu'un t'a fait une blague, supposa le docteur Watson. Je ne la trouve pas très drôle.

Arthur songea au tableau qui avait failli l'écraser.

— Non, en effet. Pardonnez-moi de vous avoir dérangé.

Quelqu'un avait dû lui écrire en se faisant passer pour son professeur afin de l'attirer dans ce couloir à un moment où celui-ci était désert. Puis il s'était caché dans le trou du prêtre et l'avait attendu. Cette personne était prête à le blesser, voire à le tuer, pour… Pour quoi ? S'emparer de Saucisse ? Mais la créature aurait pu être écrasée, elle aussi !

Le docteur Watson regarda la lettre qu'il était en train d'écrire. L'encre était encore humide et luisante.

Arthur jeta un coup d'œil à l'écriture. Petite et bien nette, elle ne ressemblait pas le moins du monde à celle du message reçu.

— Oh, j'écris à un vieil ami qui donne toujours d'excellents conseils.

Le docteur Watson poussa soigneusement la pile de papiers sur un côté et fit signe à Arthur de prendre place dans la chaise en face de lui.

— Je suis néanmoins heureux de te voir. J'avais l'intention de m'entretenir avec toi pour voir si tout allait bien.

Arthur s'assit en s'efforçant de dissimuler sa surprise.

— Ah bon ? Mais pourquoi ?

Le docteur Watson lui jeta un regard entendu.

— Pour les enfants comme toi, ce n'est pas toujours facile de vivre dans un endroit comme Baskerville Hall.

— Les enfants comme moi ?

— Ceux qui ne viennent pas d'une famille aisée, si tu ne m'en veux pas de le mentionner.

Arthur sentit le rouge lui monter aux joues. Il se redressa.

— Pourquoi vous en voudrais-je ? C'est la vérité. Et je n'ai pas honte de ma famille.

— Tu as bien raison, approuva Watson. Tes parents ont élevé un garçon très intelligent.

Le cœur d'Arthur se serra. Sa maison et sa famille lui manquaient. Ce serait si bon de s'asseoir devant la cheminée pour bavarder avec ses sœurs, ou de boire une tasse de thé dans la cuisine avec sa mère !

— Je vais bien, monsieur, mentit Arthur tandis que l'image du bébé dinosaure et la crainte d'une catastrophe imminente emplissaient ses pensées. Je vous assure. Inutile de vous inquiéter pour moi.

Le docteur Watson hocha la tête.

— Ravi de l'entendre. Maintenant, tu ferais mieux de retourner au réfectoire si tu veux te mettre quelque chose sous la dent avant le début de mon cours.

Alors qu'Arthur s'apprêtait à sortir, il s'arrêta. Instinctivement, il posa les mains sur ses poches de pantalon et sentit le message de l'imposteur, ainsi qu'un petit objet tranchant – le bout de cristal trouvé dans l'horloge.

Il se souvint que c'était le docteur Watson qui leur avait conseillé, à Jimmie, Irene et lui, de consulter le rayon cartographie de la bibliothèque, où ils avaient trouvé un plan indiquant la présence du trou du prêtre et l'emplacement de la Maison du Trèfle.

Mais également autre chose.

Mû par une impulsion, Arthur se retourna.

— Docteur Watson ?

Le professeur leva le nez de sa lettre qu'il avait recommencé à écrire.

— Oui ?

— Je voulais vous demander… Dans la bibliothèque, Jimmie, Irene et moi avons trouvé une carte qui montre ce qui ressemble à une mine, sous l'école.

Un instant, Watson parut paralysé. Puis il cligna des yeux et se racla la gorge.

— C'est une drôle de découverte, commenta-t-il. Je sais que la construction d'une mine a été envisagée longtemps avant que ce domaine ne devienne une école. J'ignorais qu'il en restait des plans.

— Donc, la mine n'existe pas ?

— Non. D'après ce que j'ai cru comprendre, il y avait autrefois une sorte de grotte naturelle, mais l'entrée s'est effondrée au début des travaux en la bouchant complètement. On a estimé qu'il serait trop coûteux et trop dangereux de tenter de la dégager.

Arthur hocha la tête.

— Qu'aurait-on dû extraire dans cette mine ?

Watson fronça les sourcils.

— Des rumeurs ont circulé au sujet d'un type de cristal très rare, possédant des vertus de guérison. Bien entendu, ce n'étaient que des bêtises. Pourquoi me poses-tu cette question ?

— Je suis curieux, c'est tout, répondit Arthur en tentant de maîtriser sa voix tandis que sa main se crispait sur le cristal dans sa poche.

— Tu as l'esprit curieux, fit remarquer Watson.

Arthur acquiesça. Il était sur le point de sortir quand son professeur le rappela.

— Arthur ?

Il se retourna. Watson l'examinait avec attention.

— Oui, monsieur ?

— Tu es un garçon observateur. Aussi, tu ne seras sans doute pas surpris si je te dis que des incidents étranges se sont produits dans cette école ces derniers temps. Des choses troublantes.

— En effet, monsieur. J'étais là quand Pocket et Mme Grey ont été attaquées.

Le docteur Watson hocha la tête.

— Baskerville Hall est un endroit dangereux. Un lieu qui recèle de nombreux secrets. Fais bien attention à ceux que tu pourrais découvrir par hasard.

QUARANTE

La foudre frappe de nouveau

DÈS QU'ARTHUR SE FUT ASSIS pour petit-déjeuner, Toby poussa son hurlement habituel, signalant la fin du repas.

Il n'osa pas raconter ce qui venait de se passer à ses amis ; surtout pas pendant le cours du docteur Watson. Chaque fois qu'il le pouvait, il jetait un coup d'œil à Sebastian pour tenter de lire la culpabilité sur son visage. Mais son camarade paraissait abattu. En se levant à la fin de l'heure, il frémit et se frotta le genou droit. Quand le docteur Watson fit signe aux autres qu'ils pouvaient y aller, Sebastian resta avec lui pour qu'il examine sa jambe blessée. Il pénétra dans le laboratoire de Mme Grey quelques minutes plus tard, fusillant Arthur du regard. Arthur le lui rendit bien. Après tout ce qu'il lui avait fait, Sebastian méritait de tomber de cheval et de se faire mal au genou.

En plein cours de Mme Grey, un éclair déchira le ciel, et le tonnerre gronda au loin. La vieille dame, qui semblait inhabituellement nerveuse, se leva comme si elle n'avait attendu que ça. Elle fonça vers la fenêtre, l'ouvrit et cria à ses élèves de sortir par là.

Arthur ne comprit pas davantage que ses camarades, jusqu'à ce que la professeure lance :

— Pocket, les cerfs-volants !

Alors, il se souvint qu'elle leur avait promis qu'ils referaient la célèbre expérience de Benjamin Franklin quand la météo s'y prêterait.

Les cerfs-volants que Pocket donna à ses camarades par la fenêtre ouverte étaient munis de ficelles en chanvre et en soie sur la face inférieure, et surmontés par un fil de fer. Une clé avait été attachée à la ficelle de chanvre. Grey ordonna à ses élèves d'empêcher la ficelle en soie de se mouiller en la roulant dans leur poing.

— Madame, vous êtes sûre qu'on ne risque rien ? demanda Ahmad.

— Est-ce que Benjamin Franklin est toujours en vie ? répliqua la vieille dame.

— Je ne crois pas, non ! cria Ahmad pour couvrir le bruit de la pluie qui avait commencé à s'abattre en rideau autour d'eux.

Pocket voulut dire quelque chose, mais une nouvelle bourrasque emporta ses paroles… ainsi que le cerf-volant d'Arthur. Jimmie, Irene et lui le suivirent des yeux tandis qu'il s'élevait dans le ciel. Au même instant, un nouvel éclair illumina le paysage.

— Regardez ! cria Irene.

Elle désignait la ficelle de chanvre qui s'était dressée sous l'effet d'une charge électrique.

Arthur passa une demi-heure mémorable à courir à travers le domaine avec Irene et Jimmie, chacun tenant le cerf-volant à son tour et mettant les autres au défi de toucher la clé qui produisait chaque fois une étincelle.

Bientôt, ils furent trempés et glacés. La tempête s'intensifiait. Irene finit par tendre son doigt vers le manoir. Arthur et Jimmie lui emboîtèrent le pas. Le sol était boueux et glissant. Alors qu'il évitait de justesse de tomber sur les fesses, Arthur songea que c'était l'occasion idéale de comparer l'empreinte de botte relevée dans sa chambre avec celles de Sebastian. Il lui fallait localiser son camarade et le suivre d'assez près pour pouvoir distinguer ses traces de celles des autres élèves.

Les yeux plissés pour y voir à travers la pluie, il chercha Sebastian du regard. Puis un éclair illumina les recoins sombres du domaine, et il vit très nettement une silhouette qui les observait dans les bois. Juchée sur un cheval noir, elle portait une épaisse cape verte et regardait droit en direction d'Arthur.

Le Chevalier vert !

Le tonnerre fit trembler le ciel, et le cheval se cabra. Le cavalier, qui était resté fermement assis sur sa selle, tira sur les rênes de sa monture pour lui faire faire demi-tour. L'instant d'après, la forêt les avait engloutis.

Arthur se hâta de rattraper ses camarades. Mais cette fois encore, il n'eut pas la possibilité de leur raconter ce qu'il avait vu. Sebastian franchit le seuil du manoir en boitant au moment où il commençait à gravir les marches.

— Arthur, qu'est-ce que…, appela Irene lorsqu'il passa devant elle.

Il se fraya un chemin parmi la foule jusqu'à se retrouver derrière Sebastian. Ignorant les protestations de ses camarades, il se laissa tomber à genoux et sortit l'empreinte qu'il avait réalisée le matin même. Il la déroula à côté de celle que Sebastian venait de laisser, et son regard fit la navette entre les deux pour les comparer.

Aucune des deux traces n'était complète, aussi ne correspondaient-elles pas tout à fait. Néanmoins, elles faisaient la même taille et avaient la même forme. Elles pouvaient avoir été faites par les mêmes chaussures.

Mais…

Il n'y avait aucune différence entre le pied droit et le pied gauche des empreintes qu'Arthur avait relevées dans sa chambre. Il s'en était assuré avant de choisir laquelle il prélèverait.

En revanche, il y avait une différence assez nette entre le pied droit et le pied gauche des empreintes que Sebastian venait juste de laisser. Celle de gauche était bien plus marquée que l'autre.

— Parce qu'il boite, marmonna Arthur entre ses dents, la déception lui serrant le cœur. Il s'appuie moins sur sa jambe droite.

Ce qui signifiait que, malgré toutes les autres choses dont il s'était rendu coupable, Sebastian ne s'était pas introduit dans sa chambre la nuit précédente.

Alors, qui pouvait bien être l'intrus ?

QUARANTE ET UN

L'argenterie disparue

UNE FOIS QU'IRENE, Jimmie, Pocket et Grover se furent assis à la longue table du réfectoire, Arthur leur raconta enfin les événements de la matinée à voix basse. Ses amis l'écoutèrent, bouche bée, à l'exception de Grover qui contemplait le plafond et semblait préoccupé par des considérations plus intéressantes.

— Donc, quelqu'un a délibérément tenté de t'écraser avec… un portrait ? résuma Irene lorsqu'il eut terminé.

— Je sais que ça a l'air fou, répondit Arthur. Mais je vous jure que c'est vrai. Vous pouvez aller voir l'alcôve secrète vous-mêmes, si vous ne me croyez pas.

— Je te crois, dit Irene. Je me demande juste s'il ne faudrait pas en parler à un adulte. Le docteur Watson ou le principal, par exemple ?

Arthur fit non de la tête.

— Ça m'obligerait à leur avouer tout le reste.

— Mais si ce n'est pas Sebastian qui a tenté de t'assommer ou d'enlever Saucisse, qui était-ce ? demanda Jimmie.

— Moi aussi, je me le demande, soupira Arthur.

Il repensa au cavalier dans la forêt. Son instinct lui disait que ce devait être le Chevalier vert. Et que ça n'était pas une coïncidence qu'il soit revenu ce jour-là. Le Trèfle lui avait-il demandé de venir après avoir découvert la machine qu'il cherchait ?

— Je crois qu'il est encore trop tôt pour écarter la possibilité que l'esprit de lord Baker soit le coupable, déclara sagement Grover.

Ainsi, il écoutait ses camarades depuis le début.

Leur conversation fut interrompue par Mme Hudson, qui leur annonça qu'ils auraient droit à une surprise ce soir-là.

— … Un spectacle de lanterne magique qui aura lieu après le dîner, expliqua-t-elle. Exceptionnellement, vous n'irez pas en étude : vous viendrez dîner après la fin des cours, afin que nous puissions enchaîner avec le spectacle et que vous vous couchiez quand même à une heure décente.

Autour de la longue table, les élèves souriaient et chuchotaient d'un air excité. S'il n'avait pas été aussi préoccupé, Arthur en aurait fait autant. Il n'avait vu de spectacle de lanterne magique – au cours duquel un opérateur utilisait une lanterne et des plaques en verre peintes pour projeter des images sur un écran – qu'une seule fois auparavant, quand il avait six ans. Mais, à cet instant, il aurait préféré être seul pour réfléchir.

Malheureusement, cela lui fut refusé.

— N'oubliez pas mon argenterie ! lança la cuisinière du fond du réfectoire.

— Ah ! oui, bien sûr, dit Mme Hudson. Popote croit que quelqu'un a volé plusieurs de nos plus beaux couverts en argent.

— Je ne crois pas : j'en suis certaine !

— Donc, si vous êtes en possession de ces couverts, merci de les déposer dans mon salon avant le dîner.

— Sinon, il n'y aura pas de spectacle de lanterne magique ! cria Popote.

— Il y aura quand même un spectacle de lanterne magique parce que nous avons déjà payé l'opérateur, contra Mme Hudson. Mais rapportez l'argenterie si c'est vous qui l'avez, et personne ne vous posera de questions.

Popote s'en fut, outrée, tandis que les élèves se levaient pour aller à leurs cours de l'après-midi.

— C'est toi qui as pris l'argenterie ? marmonna Arthur à Jimmie.

Celui-ci secoua la tête.

— J'ai autre chose pour ce soir.

— Ce soir ? répéta Arthur. La réunion du Trèfle a lieu ce soir ?

Avec tout ce qui se passait, il avait complètement oublié.

— À minuit. Donc, en théorie, demain matin.

— On ne peut pas y aller ! Je n'ai pas eu l'occasion de te le dire plus tôt, mais j'ai revu le Chevalier vert. Tout à l'heure, pendant le cours de Mme Grey. Il est revenu, Jimmie. Et ça doit être parce que le Trèfle a trouvé la machine.

— On se doutait qu'ils la cherchaient, fit remarquer Jimmie. Et ils ont fini par la trouver.

— Tu ne comprends pas, insista Arthur un peu trop fort. (Il baissa de nouveau la voix.) Ce n'est pas la seule chose qu'ils ont trouvée. Les morceaux de la coquille de Saucisse étaient aussi dans l'horloge. Et qui d'autre est au courant de son existence, à part Sebastian ? Même si ce n'est pas lui qui a tenté de l'enlever, il a dû aller immédiatement raconter au Trèfle ce qu'il a vu hier. Ils ont fait le rapprochement, et maintenant, ils la veulent. Ils aiment les choses rares et précieuses, tu te souviens ?

Arthur claqua des doigts comme une autre pièce du puzzle se mettait en place.

— Et Afia sait que le portrait est déjà tombé deux fois ! Elle est membre du Trèfle ; elle a pu en parler aux autres, et ils ont saisi cette occasion de m'éliminer.

Le visage de Jimmie s'était assombri au fur et à mesure qu'Arthur parlait.

— Évidemment, je n'irai pas à la réunion si c'est vraiment le Trèfle qui a tenté de t'écraser et d'enlever Saucisse. Mais… nous n'en sommes pas encore certains. Il nous reste jusqu'à ce soir pour tenter de résoudre le mystère.

Arthur voulait croire que Jimmie avait raison. Que le Trèfle n'était pour rien dans tout ce qui s'était passé, et que son ami et lui pouvaient encore faire partie de la société secrète qui les mènerait sur le chemin de la réussite. Il avait besoin de suivre ce chemin, pour sa famille.

Puis il se souvint de ce que le Magicien avait dit à la Maison du Trèfle.

« *Aucun de vous ne peut imaginer le pouvoir et l'influence dont nous jouissons.* »

Malgré ses espoirs, Arthur commençait à croire qu'Irene avait raison depuis le début. Que tant de pouvoir concentré entre les mains d'un si petit nombre de gens pouvait effectivement se révéler dangereux.

QUARANTE-DEUX

Le spectacle de la lanterne magique

QUAND ILS ATTEIGNIRENT le réfectoire ce soir-là après leur cours avec le brigadier, toutes les places au bout de la table des première année étaient déjà occupées, et il n'y avait pas d'autre endroit où ils pouvaient s'asseoir tous les cinq ensemble.

— Il faut que je te parle, murmura Pocket alors qu'Arthur se glissait à côté de Sophia. J'ai découvert quelque chose au sujet du caillou qui était à l'intérieur de l'horloge.

— Et moi, je sais d'où vient le cristal, répondit Arthur. (Pendant le déjeuner, il n'avait pas eu le temps de raconter sa conversation avec le docteur Watson.) Parlons-en après le spectacle.

Pocket hocha la tête avant de s'asseoir un peu plus loin.

Un écran avait été installé contre un des murs. Une fois que le soleil fut couché, Mme Hudson et M. Stone firent le tour de la pièce pour éteindre toutes les lampes. Bientôt, un voile d'obscurité tomba sur eux. La seule lumière provenait de l'écran sur lequel était braqué un projecteur.

Au bout d'un moment, l'image d'un bateau apparut dans un rond de lumière. Il tangua quelques instants sur les vagues de l'océan avant d'être remplacé par un cavalier qui galopait à travers la lande. Puis par des danseurs qui tournoyaient dans une salle de bal.

Chaque nouvelle image était accueillie par des cris et des applaudissements. Jimmie étouffa un bâillement – il devait avoir l'habitude de ce genre de spectacle –, mais Arthur se surprit à se détendre pour la première fois de la journée, envahi par les images. C'était comme feuilleter un livre dont chaque page était extraite d'une histoire différente. Et dont les illustrations bougeaient. Il aurait voulu que ses sœurs soient là. Il imaginait leurs expressions émerveillées.

Après une scène représentant des enfants qui dévalaient le flanc d'une colline sur une luge, le cercle de lumière sur l'écran se réduisit à une tête d'épingle. Un train minuscule apparut. Le cercle recommença à s'élargir, et le train fit de même. Il semblait foncer sur les jeunes spectateurs, comme s'il allait jaillir de l'écran. Quelqu'un poussa un cri.

Puis il y eut un grand fracas. Une exclamation s'éleva derrière l'écran, suivie par le bruit de quelque chose de lourd s'écrasant sur le sol. L'écran vira au noir, plongeant la pièce dans une épaisse obscurité.

Arthur se leva. D'autres personnes crièrent. Autour de lui s'élevaient des murmures et des bruissements, tandis que les spectateurs se mettaient debout pour mieux voir ou s'agrippaient au bras de la personne assise à côté d'eux.

— Que chacun reste à sa place ! ordonna la voix du principal. Inutile de s'affoler.

Dans le brouhaha et l'agitation ambiante, Arthur sentit quelqu'un se faufiler près de lui.

— J'ai peur pour… notre petite amie, chuchota une voix de fille, avec un accent irlandais.

— Pocket ?

Arthur avait du mal à l'entendre avec tout ce vacarme. Il se souvint qu'ils s'étaient donné rendez-vous après le spectacle, mais visiblement, Pocket était trop inquiète pour attendre.

— Qui d'autre voudrais-tu que ce soit ?

Notre petite amie. Arthur tapota sa veste. Il sentit la forme de Saucisse, roulée en boule dans sa poche.

— Ça va. Elle dort.

Puis il y eut un second fracas, à leur table, cette fois. Un bruit de vaisselle et de verres brisés.

— Quelqu'un approche, dit Pocket qui semblait essoufflée et effrayée, pas du tout dans son état normal. Arthur, et s'ils essayaient à nouveau de l'enlever ?

Arthur éprouva un pincement de panique en imaginant les membres du Trèfle l'entourer dans le noir.

— Donne-la-moi, proposa Pocket. Comme ça, ils ne la trouveront pas. Je veillerai sur elle.

Un autre grand bruit. Quelqu'un cria tout près.

Pocket avait raison. Malgré tout ce qu'il avait appris pendant les cours de boxe de M. Stone, Arthur ne pourrait pas protéger Saucisse s'il était en infériorité numérique et n'y voyait rien. Le seul moyen, c'était de la cacher. Et quel meilleur endroit qu'une des innombrables poches de Pocket ?

Il extirpa doucement la créature endormie de sa veste et sentit les mains de Pocket se refermer sur les siennes.

— Je la tiens, dit son amie. Ne t'en fais pas. Elle sera en sécurité avec moi.

Pocket avait raison. Elle était maligne et coriace, et elle ferait n'importe quoi pour protéger Saucisse. Il entendit ses jupes bruisser comme elle se détournait. Il se raidit, attendant une attaque.

Mais l'instant d'après, les lampes se rallumèrent tandis que des mains maladroites craquaient des allumettes et trouvaient enfin les mèches des lampes.

Chacun était encore à sa place, à l'exception de Harriet, dont les vêtements étaient mouillés comme si un verre d'eau s'était renversé sur elle, qui raflait toutes les serviettes à sa portée. Personne n'encerclait Arthur. Aucune main avide ne tentait de s'emparer de Saucisse.

Et Pocket… Pocket était assise au même endroit qu'avant l'extinction des lampes. Comment était-elle retournée à sa place aussi vite ?

— Pocket, appela Arthur. Tu n'as pas bougé de ta chaise pendant qu'il faisait noir ?

Son amie échangea un regard avec Irene.

— Où aurais-tu voulu que j'aille ?

Arthur attendit qu'elle lui adresse un sourire entendu ou un clin d'œil complice, mais Pocket semblait seulement perplexe.

Quelque chose clochait.

— Ne vous inquiétez pas, jeunes gens, lança Mme Hudson. L'opérateur de la lanterne a trébuché sur son équipement, et il est tombé. Voilà tout.

— Pas du tout, protesta l'homme, indigné. On m'a poussé !

— Je doute que nos élèves fassent une chose pareille…

— Et pourquoi pas ? s'écria Popote. Ils sont bien capables de voler mon argenterie !

— Tout le monde au lit ! rugit Challenger.

Alors que ses camarades écartaient leurs sièges, Arthur demeura immobile, craignant de confirmer ce qu'il savait déjà au fond de lui.

Pocket glissa vers lui le long du banc désormais vide.

— Arthur, qu'est-ce qui ne va pas ?

— C'est bien toi qui as Saucisse ? demanda-t-il.

Son amie écarquilla les yeux.

— Non. Je croyais qu'elle était dans ta poche.

Ainsi, il avait été roulé. On avait enlevé Saucisse.

QUARANTE-TROIS

Un message anonyme

AVANT DE POUVOIR SE RESSAISIR suffisamment pour parler, Arthur sentit une main se poser sur son épaule. Il se retourna. Challenger se tenait derrière lui.

— Doyle. Viens avec moi, ordonna-t-il sur un ton étrange.

Sa voix était aussi bourrue que d'ordinaire, mais Arthur crut y déceler autre chose. Une sorte de chagrin. De plus, l'homme évitait son regard.

Arthur s'efforça de recouvrer ses esprits. Saucisse avait disparu. Enlevée par une fille qui s'était fait passer pour Pocket. Et maintenant, le principal avait la tête de quelqu'un qui s'apprêtait à lui annoncer une mauvaise nouvelle.

— Que… qu'est-ce qui se passe ? parvint à articuler Arthur, la gorge soudain très sèche.

— Lève-toi.

Hébété, Arthur obtempéra. Il sentit ses amis le suivre du regard tandis qu'il sortait derrière le principal. Sa main ne cessait de tâter sa veste à l'endroit où aurait dû se trouver Saucisse. Qui la détenait ? Était-elle en sécurité ?

Sans même lui jeter un coup d'œil par-dessus son épaule, Challenger entraîna Arthur dans l'escalier et les couloirs du premier étage. Arthur était encore trop choqué pour faire attention au chemin qu'ils prenaient. Aussi, il ne comprit où il était qu'en atteignant la porte du laboratoire.

Valencia Fernandez était assise au centre de la pièce, éclairée par une lampe à gaz, les mains croisées devant elle. À l'entrée d'Arthur, elle leva les yeux, et ses lèvres frémirent.

En la voyant, Arthur sursauta.

Et s'il se trompait depuis le début ? Si Sebastian et le Trèfle n'y étaient pour rien ?

C'était une fille, ou une femme, qui avait enlevé Saucisse. Quelqu'un qui avait imité la voix de Pocket quasiment à la perfection. Si Mme Fernandez s'était rendu compte qu'Arthur avait remplacé l'œuf de dinosaure par un petit pain… si elle était partie à sa recherche et avait trouvé la coquille brisée dans l'horloge… elle saurait qu'il y avait un bébé dinosaure quelque part dans l'enceinte de l'école. Et elle voudrait le récupérer.

— C'était vous ? demanda Arthur.

Mme Fernandez fronça les sourcils et jeta un coup d'œil à Challenger, qui faisait les cent pas devant la fenêtre.

— Tu veux savoir si c'est moi qui t'ai démasqué ? Navrée de te décevoir, mais j'ai reçu un message anonyme.

Arthur ferma les yeux et les rouvrit.

— Pardon ? De quoi vous parlez ?

— Ne fais pas l'innocent, Doyle, aboya Challenger. Tu as perdu. Nous savons que tu as volé l'œuf de dinosaure.

— Quelqu'un m'a écrit pour me dire que mon œuf avait été remplacé par un faux, expliqua Mme Fernandez. Imagine le choc que j'ai eu en découvrant que c'était vrai. Tu es le seul qui puisse l'avoir volé. Tu m'as aidée à le monter ici, puis je n'ai pas retrouvé ma clé. Je suis revenue moins d'une demi-heure plus tard avec un double, et j'ai verrouillé la porte. Tu étais le seul à savoir que l'œuf se trouvait ici et que la porte n'était pas fermée à clé.

Challenger s'était immobilisé. Il fixait Arthur d'un air déçu, et ce dernier eut envie de se recroqueviller de honte.

— Alors, mon garçon ? Tu nies ?

Arthur secoua la tête.

— Non, monsieur. Mais…

— Où est-il ? l'interrompit Mme Fernandez. Où as-tu mis l'œuf ?

Arthur fronça les sourcils. Si c'était elle qui avait pris Saucisse, elle saurait qu'il n'y avait plus d'œuf. Elle lui reprocherait d'avoir dissimulé l'existence de Saucisse, et lui demanderait d'expliquer comment l'œuf avait éclos.

— Doyle. Un homme n'est défini par ses erreurs que s'il choisit de ne pas les rectifier. C'est ta chance de te racheter. Où est cet œuf ?

Arthur ouvrit la bouche, mais aucun son n'en sortit.

— Tu refuses de nous le dire ? demanda Mme Fernandez d'une voix tranchante.

— Je… je ne peux pas, bredouilla Arthur. Parce que… il a disparu.

— Disparu ? hurla-t-elle en tapant du poing sur la table. Tu veux dire que tu as volé un artefact inestimable, le plus important que j'aie jamais découvert, et que tu as réussi à le perdre ?

Devait-il leur dire ? Leur parler de la machine, et de Saucisse, et du Trèfle ? Arthur avait toute l'histoire sur le bout de la langue. Mais, sans preuve, il passerait pour un fou s'il la leur racontait.

L'horloge !

S'il leur montrait la drôle de machine qu'elle contenait, peut-être le croiraient-ils.

— Le… le plus simple, ce serait que je vous montre, dit-il.

— Que tu nous montres quoi, exactement ? aboya la scientifique.

— S'il vous plaît, venez avec moi. C'est un peu plus loin dans ce couloir.

Fernandez et Challenger échangèrent un regard. Le principal soupira.

— J'espère pour toi que ça va être intéressant.

Ils le firent marcher entre eux comme un prisonnier : Challenger en tête, Fernandez fermant la marche. Arthur s'arrêta devant la porte du bureau où se trouvait l'horloge.

— C'est là-dedans, dit-il.

— Là-dedans ? grommela Challenger. Par la pomme de Newton, que peut-il bien y avoir d'intéressant là-dedans ?

Mais tout en parlant, il introduisit une clé dans la serrure et poussa la porte.

Arthur passa la tête à l'intérieur, et tout son sang reflua de son visage.

À l'endroit où avait été posée l'énorme horloge, il ne restait plus qu'un mur nu.

— L'horloge, marmonna-t-il. Elle était là…

— En effet, gronda Challenger. La précieuse horloge de lord Baker était endommagée. La seule personne qualifiée pour y remédier l'a apportée ici. Elle doit maintenant se trouver dans un des ateliers pour les dernières réparations. Je suis certain qu'elle ne craint rien. Quel rapport avec…

Il s'interrompit brusquement, puis traversa la petite pièce à grands pas et ramassa quelque chose par terre.

— Mon bismuth ! s'exclama-t-il. J'aurais dû me douter que c'était également toi qui l'avais volé !

— Votre… votre quoi ? balbutia Arthur.

— Je t'ai déjà dit de ne pas faire l'innocent. La nuit dernière, quelqu'un s'est introduit dans mon bureau et a volé un gros morceau de bismuth dans ma collection de minéraux. Et maintenant, je découvre que tu l'as cassé !

Il tendit sa main à Arthur pour lui montrer ce qu'il venait de ramasser. C'était un morceau de l'étrange caillou que Pocket et lui avaient trouvé à l'intérieur de l'horloge.

— Je ne me suis pas introduit dans votre bureau, protesta Arthur. Et cette pierre était déjà là avant la nuit dernière. Je l'ai…

— Peu importe, intervint Mme Fernandez. Tu as avoué le vol de l'œuf de dinosaure. Quelle excuse peux-tu nous fournir, quelle histoire peux-tu nous raconter pour te justifier ?

Arthur ouvrit la bouche pour répondre, et se rendit compte que ça ne servirait à rien. L'horloge avait disparu, et Saucisse aussi. S'il disait la vérité à présent, il aurait l'air de mentir par désespoir.

— N'as-tu donc rien à dire pour ta défense ? demanda Challenger. Peux-tu nous expliquer ce que mon bismuth fait ici, ou ce que tu as fait de l'œuf ?

— Je suis vraiment désolé, répondit Arthur d'une voix étranglée. Je n'ai jamais voulu ça.

Challenger poussa un gros soupir.

— Madame Fernandez, voulez-vous bien nous laisser ?

La célèbre scientifique foudroya Arthur du regard un long moment avant de sortir d'un pas furieux.

— Je dois dire que je suis très étonné, commença Challenger. (Jamais Arthur ne l'avait entendu parler si doucement, et il aurait préféré que le principal gronde et rugisse comme à son habitude.) J'espérais que… mais peu importe. J'imagine que tu sais ce qui va t'arriver ?

Arthur s'y attendait, mais son cœur coula à pic comme une ancre. Il hocha la tête.

— Je vais être renvoyé.

— Tu ne me laisses pas le choix. Si tu avais rendu l'œuf, peut-être aurais-je pu te garder. Tu es absolument certain de ne pas pouvoir le rendre ?

— Oui, monsieur, j'en suis sûr, répondit Arthur d'une voix presque inaudible.

— Dans ce cas, je vais prendre mes dispositions pour qu'on te ramène chez toi.

— Quand, monsieur ?

Challenger le dévisagea, et Arthur crut voir de la pitié passer dans les yeux noirs du principal.

— Demain matin à la première heure.

QUARANTE-QUATRE

La première Grey

CHALLENGER RACCOMPAGNA ARTHUR jusqu'à la tour. Il aurait aussi bien pu le mener à l'échafaud. Tous les rêves que le jeune garçon nourrissait pour lui-même et pour sa famille avaient été à portée de main. À présent, il n'en restait rien. Comment avait-il pu tout gâcher ? Que penseraient ses parents et ses sœurs quand il rentrerait chez lui ? Il n'était pas destiné à faire quelque chose d'important dans sa vie, comme sa mère le croyait. Il avait échoué.

Les joues brûlantes de honte, il leva la tête et vit Thomas et Ollie, les deux spiritualistes taciturnes, qui arrivaient en sens inverse. Tous deux fixèrent Arthur avec une expression indéchiffrable.

— Hood, Griffin, aboya Challenger. J'espère que vous vous rendez dans vos chambres ?

Les deux garçons acquiescèrent sans quitter Arthur des yeux. Celui-ci fut soulagé quand le bruit de leurs pas s'éloigna dans la nuit.

— Je viendrai te chercher demain matin, dit Challenger en atteignant la porte de la tour. Fais tes bagages, et ne sors pas de ta chambre avant mon arrivée.

— Oui, monsieur, marmonna Arthur.

La barbe de Challenger frémit comme s'il voulait ajouter quelque chose. Mais il se contenta de pousser un grognement avant de se détourner et de s'enfoncer dans l'obscurité.

Arthur monta l'escalier en traînant les pieds.

Il ouvrit la porte de sa chambre et poussa un grognement. Jimmie, Irene, Pocket et Grover étaient assis en cercle au milieu de la pièce.

— Il était temps ! s'exclama Pocket.

— Il faut vraiment que tu arrêtes de disparaître comme ça, ajouta Irene.

Jimmie était tout pâle et semblait le plus agité de tous. Son pied tapotait nerveusement les lattes du plancher.

— Où étais-tu passé ? demanda-t-il.

Arthur ouvrit la bouche, mais il avait perdu la parole. Il ne trouva pas un seul mot à dire. Secouant la tête, il se tourna vers sa penderie, sortit son sac en toile usé et commença à y fourrer ses affaires.

— Tu pars en voyage ? lança Grover. Dans un endroit intéressant, j'espère.

— Arthur, que se passe-t-il ? demanda Pocket. Où est Saucisse ?

Arthur se raidit en sentant une main se poser doucement sur son épaule. Irene se tenait derrière lui, les yeux débordants d'inquiétude.

— Arrête-toi et raconte-nous ce qui s'est passé.

Cette fois, il parvint à articuler quelques mots.

— Je suis… J'ai été… renvoyé.

— Renvoyé ? s'écrièrent trois voix en chœur.

Même Grover cligna des yeux d'un air surpris.

— Mais pourquoi ? demanda Jimmie en se levant. Pour quel motif ?

— Au motif que Valencia Fernandez sait que j'ai volé l'œuf de dinosaure, parce que quelqu'un lui a envoyé un message anonyme.

S'agissait-il de Sebastian ? Arthur n'avait plus la force de se mettre en colère. Pour la première fois de sa vie, il se sentait vaincu.

— Quand j'ai dit que je ne pouvais pas le rendre, Challenger a répondu que je ne lui laissais pas le choix.

— Pourquoi tu ne leur as pas montré Saucisse ? interrogea Irene. Et l'horloge ? Je parie que Mme Fernandez serait tellement contente de voir un vrai dinosaure qu'elle se ficherait bien que tu aies volé l'œuf.

Incapable de regarder ses amis en face, Arthur laissa tomber sa tête entre ses mains.

— J'ai voulu leur montrer l'horloge, mais elle n'était plus là. Challenger pense qu'elle est en réparation, mais il ne sait pas ce qu'est réellement cette machine. Quant à Saucisse, elle a disparu elle aussi. Quelqu'un me l'a prise pendant le spectacle de lanterne magique. Quand toutes les lumières se sont éteintes, une fille s'est fait passer pour

Pocket et m'a proposé de garder Saucisse pour la protéger. Je ne sais pas qui c'était.

Pocket et Irene sursautèrent.

— Il faut la retrouver ! s'exclama Pocket.

— On va la retrouver, rectifia Irene. Et innocenter Arthur.

Le jeune garçon secoua la tête. Le seul point positif dans toute cette horrible affaire, c'est qu'il n'avait entraîné aucun de ses amis dans sa chute.

— Je refuse que vous preniez le risque d'être renvoyés, vous aussi. Et puis, nous n'avons pas le temps. Challenger passera me chercher demain matin à la première heure.

— Mettons qu'on ait le temps, intervint Jimmie, qui faisait les cent pas devant la fenêtre. Quel serait ton plan, Irene ?

— Oh ! Eh bien…

Elle n'acheva pas sa phrase, donnant fortement l'impression que son plan était encore au stade de la conception.

— Il faudrait retrouver Saucisse et l'horloge. C'est sûrement la même personne qui les a prises. Si nous avions des preuves, Challenger nous croirait. Il ne se soucierait pas de t'expulser s'il mettait la main sur un véritable criminel.

— Irene a raison, acquiesça Pocket. Quelqu'un s'est emparé de cette machine, et il n'a pu le faire que pour une seule raison : pour l'utiliser lui-même.

— Et cette personne a sans doute enlevé Saucisse en espérant qu'elle lui fournirait une indication sur le fonctionnement de l'horloge, raisonna Irene.

Arthur se souvint de sa conversation avec le docteur Watson.

— Moi, je crois que j'ai une petite idée. Le docteur Watson m'a dit qu'il y avait sous l'école une grotte prétendument remplie de cristaux aux pouvoirs de guérison. Il n'y croit pas, mais ça doit être vrai. Pocket et moi avons trouvé des éclats de cristal quand nous sommes allés examiner la machine.

— Et ce n'est pas la seule chose que nous avons trouvée, ajouta Pocket. J'ai essayé de t'en parler plus tôt, Arthur, mais je n'ai pas eu le temps de le faire avant le spectacle. J'ai interrogé Ahmad au sujet de la pierre, et il m'a dit que c'était…

— … du bismuth, acheva Arthur. Je sais. Il en restait un morceau dans le bureau. Challenger a dit qu'il avait été volé dans son bureau la nuit dernière.

Il jeta un coup d'œil à Jimmie, qui secoua discrètement la tête : non, ce n'était pas lui qui avait dérobé la pierre pour la troisième épreuve du Trèfle.

— J'ai la loupe d'Ahmad, chuchota-t-il assez bas pour que seul Arthur l'entende. C'est un verre grossissant spécial, qu'utilisent les géologues. Son père la lui a offerte, et il s'est est servi pour examiner le bismuth. Le manche est en or massif incrusté de rubis. Il m'a autorisé à la lui emprunter.

Pocket était trop occupée à réfléchir pour remarquer leurs messes basses.

— Ahmad m'a dit qu'il existait toutes sortes d'histoires et de légendes sur le bismuth. Certaines personnes pensent que c'est l'élément le plus durable de l'univers, et qu'il existera encore après la fin du monde.

— Comment est-ce possible ? s'étonna Arthur, à qui cette idée donnait mal à la tête.

— Demande à Ahmad, répondit Pocket. Mais au moins, on sait comment fonctionne la machine ! Elle fait passer un courant électrique à travers un élément peut-être éternel, puis à travers un cristal doté de pouvoirs de guérison. Ensemble, ils créent un champ électromagnétique capable de…

— … donner vie à un dinosaure, souffla Irene.

— Oui, acquiesça Pocket. Pour peu qu'il ait été assez bien conservé, la machine lui rend son état originel : celui d'un œuf sur le point d'éclore quand il est tombé dans cette drôle d'argile bleue dont a parlé Mme Fernandez.

— Si quelqu'un s'est approprié la machine, que peut-il bien vouloir en faire d'autre ? murmura Jimmie.

— Devenir immortel ? suggéra Grover.

Les cinq amis se regardèrent dans la lumière vacillante.

— Réfléchissez, insista Grover. Il lui suffirait de se régénérer périodiquement jusqu'à la fin des temps.

Était-ce possible ? La personne qui avait volé la machine cherchait-elle à vaincre la mort et à vivre éternellement ?

— Qui… qui dans cette école pourrait bien désirer une chose pareille ? demanda Irene en se frottant les bras comme si elle avait froid tout à coup. Ce n'est pas naturel.

Jimmie haussa les épaules.

— Ça ne me dérangerait pas d'essayer. Je ne voudrais pas devenir immortel, se hâta-t-il de préciser comme Irene lui jetait un regard dur. Mais il me semble que la plupart des gens sauteraient sur l'occasion de prolonger un peu leur existence.

Arthur n'écoutait plus qu'à moitié. Qui pouvait bien désirer l'immortalité ? Peut-être quelqu'un qui avait pris le nom d'un personnage ayant échappé à la mort ? Un personnage qui, selon la légende, avait perdu sa tête, mais l'avait ramassée et remise en place ?

— Le Chevalier vert, murmura-t-il.

Le voleur de la machine n'avait pas pris ce nom parce que c'était celui d'un héros courageux et honorable, mais parce que c'était celui d'un personnage représentant la vie éternelle.

Pocket pencha la tête sur le côté.

— Pardon ?

Irene et Jimmie le fixaient, les yeux écarquillés. Ils voyaient exactement de qui Arthur voulait parler. Le jeune garçon allait devoir tout raconter à Pocket et à Grover, or le temps pressait. Entre-temps, Grover avait sorti un livre en mauvais état et s'était plongé dedans.

— Pocket, de quoi notre voleur aura-t-il besoin pour se servir de la machine ? interrogea Jimmie.

— La batterie est rechargeable, répondit leur amie. Donc, juste d'un cristal et d'un morceau de bismuth. Ainsi que d'un conducteur, évidemment.

— De l'argent, par exemple ! s'écria Arthur. Tu as bien dit que l'argent était un bon conducteur, n'est-ce pas ?

Irene hoqueta. Visiblement, la même idée lui avait traversé l'esprit.

— D'après Popote, quelqu'un a volé des couverts en argent !

— Qu'on pourrait facilement faire fondre pour fabriquer une baguette capable de conduire l'électricité, compléta Pocket.

Arthur hocha la tête.

— Et quelqu'un a également volé du bismuth dans le bureau de Challenger. Notre voleur essaie bel et bien d'utiliser la machine !

Il imagina l'horloge adossée au mur en brique de la Maison du Trèfle. Des silhouettes aux visages dissimulés par une capuche. Un homme enveloppé d'une cape verte s'avançant…

— Donc, la seule chose qui lui manque peut-être, c'est le cristal, déduisit Jimmie.

— En parlant de cristal, je suis certain que l'ancêtre de Mme Grey a écrit quelque chose là-dessus, lança Grover.

Tous les regards se tournèrent vers le garçon, qui levait enfin les yeux de son livre. Arthur se rendit compte que c'était le vieux journal qu'il avait trouvé, celui qui avait appartenu à la grand-mère de Mme Grey. L'ouvrage était de petite taille, et ses pages étaient jaunies.

— Il m'a fallu une éternité pour déchiffrer son écriture, vous savez. Ce sont surtout des notes sur ses expériences. Je suis assez déçu : j'espérais plutôt découvrir des secrets de famille explosifs. Ah ! voilà. Elle parle d'eux vers la fin. Du moins, vers la fin des pages qui restent. Les dernières ont été arrachées.

— Grover ? Où veux-tu en venir ? demanda Arthur.

Grover plissa les yeux en fixant le livre ouvert sur ses genoux.

— J'y suis. Écoutez ça : « J'ai beaucoup progressé dans mes tentatives d'utiliser ce cristal si particulier pour stabiliser une fréquence. Il peut encaisser un niveau de charge considérable, bien plus élevé que n'importe quel autre matériau de ma connaissance. Toutefois, je n'ai pas encore réussi à trouver la fréquence optimale pour… »

— Je peux voir ton livre, Grover ? réclama Pocket.

— Si tu y fais très attention.

Grover le lui passa pour qu'elle l'examine.

— C'est étonnant, commenta Pocket au bout d'un moment. L'écriture ressemble sacrément à celle de notre professeure. Enfant, elle était gauchère, mais on l'a forcée à écrire de la main droite. Elle dit qu'elle n'a jamais vraiment réussi à s'y faire, ce qui explique que ses lettres sont presque illisibles. D'habitude, elle se contente de dicter à un de ses assistants, et nous prenons des notes pour elle.

Arthur contourna Irene pour pouvoir regarder pardessus l'épaule de Pocket.

En effet, l'écriture du journal était très difficile à lire.

Elle était aussi extrêmement familière.

Le cœur d'Arthur s'emballa.

Soudain, il venait de comprendre trois choses.

Premièrement, que l'écriture du journal était la même que celle du message envoyé par le « docteur Watson » qui l'avait attiré dans un piège.

Deuxièmement, que Mme Grey était à la fois l'autrice du message et du journal.

Troisièmement, que la machine dans l'horloge n'était pas une invention récente. La personne qui l'avait inventée s'en était déjà servie plusieurs fois.

QUARANTE-CINQ

La dernière chance d'Arthur

— CE N'EST PAS LA GRAND-MÈRE de Mme Grey qui a écrit ce journal, lança Arthur. C'est elle-même.

Irene fronça le nez.

— Mais, Arthur, regarde comme il est vieux. Impossible que… (Elle s'interrompit brusquement.) Oh ! souffla-t-elle. Je vois.

Jimmie écarquilla les yeux.

— Oh ! D'un autre côté, ce serait logique. Qui d'autre aurait pu fabriquer une machine pareille ?

— Et Challenger m'a dit qu'elle avait été déplacée par la seule personne qualifiée pour la réparer, se souvint Arthur. À qui ferait-il davantage confiance qu'à Mme Grey pour ce genre de chose ?

— Une minute, protesta Pocket en levant la main. Qu'es-tu en train de dire exactement, Arthur ?

Il se racla la gorge.

— Je dis que Mme Grey est la seule femme de sa famille ayant jamais enseigné à Baskerville Hall. Sa grand-mère, sa mère et elle ne sont qu'une seule et même personne. Elle a inventé sa machine quand elle était ici sous sa première identité, et elle s'en est servie pour se rajeunir plusieurs fois. Cette horloge appartenait à lord Baker, l'ancien propriétaire de l'école. Il n'a vendu le domaine qu'à la condition que les acheteurs prendraient soin de l'horloge et du reste de sa collection. Donc, Grey savait que la machine serait toujours là et qu'elle attendrait son retour. Même si quelqu'un ouvrait l'horloge, on ne soupçonnerait jamais à quoi elle servait, surtout sans le cristal et le bismuth. Je parie que ses notes sur la fabrication de la machine se trouvent dans les pages manquantes du journal.

Pocket pinça les lèvres et secoua la tête.

— Non, tu te trompes.

Un souvenir revint à la mémoire d'Arthur.

— Tu as vu le daguerréotype dans son bureau. Celui de sa mère. Elles pourraient être jumelles.

— Donc elle a utilisé la machine pour rajeunir, résuma Irene. Puis elle a quitté Baskerville pendant un certain nombre d'années, afin que personne ne soupçonne quoi que ce soit. Plus tard, elle est revenue en affirmant être la fille perdue et retrouvée de la première Mme Grey. Qui aurait pu en douter, alors qu'elle était le portrait craché de sa mère ?

Le souffle court, Arthur se mit à parler vite. Enfin, toutes les pièces du puzzle s'assemblaient !

— Nous ne sommes pas les premiers à avoir découvert son secret. Nous sommes pour l'instant les premiers à avoir survécu. Parce qu'elle a trouvé un moyen de se débarrasser des autres, à deux reprises. Un élève et un professeur. Et hier… elle a tenté de m'éliminer.

— De quelle façon ? demanda Grover en dévisageant Arthur d'un air poliment intéressé.

— Le tableau qui a failli m'écraser hier matin… Il est déjà tombé sur deux personnes, il y a plusieurs dizaines d'années. Les deux fois, les victimes ont été gravement blessées, au point de devoir quitter l'école. Grey a dû s'apercevoir que je m'approchais de la vérité. Alors, elle m'a écrit en se faisant passer pour le docteur Watson, puis elle s'est cachée dans le trou du prêtre et m'a attendu.

— Je ne vous crois pas, protesta Pocket, qui tremblait de tout son corps. Mme Grey est une scientifique célèbre dans le monde entier. Et une enseignante merveilleuse. Elle… elle veut faire le bien. Aider l'humanité à progresser. Jamais elle ne mettrait quelqu'un en danger.

Arthur fouilla dans sa poche. Le message était toujours là. Le cœur lourd, il le tendit à Pocket. Il ne savait que trop bien ce que c'était d'être déçu par un adulte en qui on avait envie de croire.

— Regarde l'écriture, dit-il gentiment. Je suis désolé.

Pocket se décomposa en étudiant le message. Sans un mot, elle le rendit à Arthur et laissa tomber sa tête entre ses mains. Elle se mit à marmonner entre ses dents, trop bas pour que les autres comprennent ce qu'elle disait.

— Bon, soupira Grover. Je suppose que je vais devoir récrire mon avis de décès.

À la surprise générale, Jimmie se mit à rire.

— Qu'y a-t-il de si drôle ? demanda Irene.

— Mme Grey voulait prendre sa retraite à la fin du trimestre. Pour passer du temps avec sa nièce, c'est bien ça ?

— Elle ne peut pas avoir de nièce, objecta Grover. Elle est fille unique.

— Je suis certain qu'elle préparait son retour d'ici à dix ans sous l'identité de la nièce en question, ajouta Arthur. Ça attirerait moins les soupçons que de se faire passer pour une fille dont personne n'a jamais entendu parler.

— Elle avait tout préparé, poursuivit Jimmie. La machine. Le cristal, l'argent, tout. Imagine combien elle a dû être furieuse en découvrant que quelqu'un s'en était servi à sa place ! Imagine la tête qu'elle ferait si elle savait que sa machine a servi à faire éclore un bébé dinosaure !

Une autre pièce du puzzle se mit en place dans la tête d'Arthur.

— J'ai laissé les morceaux de la coquille de Saucisse dans le bureau. Mme Grey a dû les trouver et deviner de quoi il s'agissait. Elle a examiné le faux œuf, compris que ce n'était qu'un petit pain, et prévenu Mme Fernandez qu'il avait été subtilisé.

— Mais comment a-t-elle su que Saucisse était avec toi ? s'enquit Irene.

Arthur réfléchit un moment.

— Elle l'a vue ! s'exclama-t-il. Pendant son cours, le lendemain de l'éclosion. Saucisse a sorti la tête de ma veste, mais Grey a fait comme si elle n'en croyait pas ses yeux. C'est une très bonne actrice.

— Elle a de l'entraînement, fit remarquer Irene.

Pocket se redressa. Elle avait les yeux rouges.

— Que… que peut-elle bien vouloir faire de Saucisse ? demanda-t-elle d'une voix tremblante.

Arthur sentit son estomac se nouer.

— Elle a gardé l'existence de la machine secrète jusqu'à présent, répondit Jimmie comme s'il lisait dans l'esprit de son ami. Or si les gens découvraient l'existence de Saucisse, ils poseraient des questions. Et, tôt ou tard, Arthur devrait y répondre. Elle doit se débarrasser de Saucisse avant que ça n'arrive.

— Pas si j'ai mon mot à dire, gronda Pocket.

Sa tristesse semblait s'être muée en colère. Elle se leva, les poings serrés, et se dirigea vers la fenêtre.

— Où vas-tu ? demanda Irene au moment où Pocket enjambait l'appui.

La jeune fille se figea, puis se retourna.

— Bonne remarque, grogna-t-elle.

— Son plan pour m'éliminer n'a pas fonctionné, reprit Arthur. Et d'autres gens sont sur sa piste. Ça doit être pour ça qu'ils ont mis son bureau à sac. C'était pour la menacer. Je ne sais pas comment il a fait, mais le Cheval… je veux dire, quelqu'un est au courant pour la machine, et il a essayé de faire pression sur elle pour l'obtenir. Elle a dû prendre peur. Elle va essayer de l'utiliser et de quitter les lieux le plus vite possible.

— Mais elle ne peut pas, objecta Pocket. Pas à moins d'avoir un autre cristal. Et si elle en avait un… elle est peut-être déjà partie.

— Nous devons trouver un moyen d'accéder à cette grotte et croiser les doigts pour ne pas arriver trop tard, conclut Irene.

— J'ai une idée sur la façon dont on pourrait s'y prendre, déclara Arthur. Il faut retourner au manoir.

— Alors, allons-y ! s'écria Pocket. Qu'est-ce qu'on attend ?

Jimmie jeta un coup d'œil à la montre de gousset d'Irene. Il était onze heures et demie.

— Jimmie ? Tu viens avec nous ? demanda Arthur.

Tous les regards se braquèrent sur Jimmie, mais l'attention de celui-ci était fixée sur Arthur. Quelque chose de brûlant passa dans ses yeux – ou peut-être était-ce juste un effet de la lumière ? Un spasme crispa son visage.

Arthur comprenait ce qu'il ressentait. Une partie de lui aurait voulu ne jamais avoir pris l'œuf de dinosaure ou découvert la machine par hasard. Ses amis et lui n'auraient pas eu à se poser autant de questions sur le Trèfle. En ce moment même, Jimmie et lui seraient en route pour la troisième épreuve, sur le chemin du pouvoir, de l'argent et de la réussite.

Quelques jours plus tôt, Arthur aurait dit qu'il n'y avait rien de plus important pour lui que cet avenir. Mais il commençait à se rendre compte que la vie posait des questions bien plus difficiles que celles d'un professeur. Et que, parfois, la réponse changeait en cours de route.

Enfin, Jimmie soupira.

— Bien sûr que je viens avec vous. Je ne vais pas rester les bras croisés pendant qu'un ptérodactyle innocent est tué par une… une momie ambulante.

— En fait, contra Grover, les momies sont…

— Plus tard, Grover, intervint Pocket en le prenant par la main et en le tirant vers la fenêtre. Le temps presse.

Arthur n'eut pas besoin qu'on le lui répète. Il sortit par la fenêtre à la suite de ses amis, et tous les cinq disparurent dans la nuit.

Arthur pria pour que ça ne soit pas sa dernière à Baskerville Hall.

QUARANTE-SIX

Le Trèfle s'en mêle

— OÙ ALLONS-NOUS exactement, Arthur ? souffla Irene derrière lui.

Il marchait d'un pas vif. Un vent froid soufflait entre les arbres dénudés. Arthur scrutait l'obscurité en quête de la patrouille nocturne. Jusqu'à présent, seule Didi le quasi-dodo avait croisé leur chemin, s'arrêtant pour leur crier dessus avant que Jimmie la fasse fuir dans la forêt.

— Si j'ai raison, expliqua Arthur, il y a un accès à la grotte à l'intérieur du manoir.

— Comment allons-nous entrer ? demanda Jimmie en désignant les portes en haut des marches. Je suis sûr que c'est fermé à clé.

— J'espérais que Pocket pourrait nous aider, dit Arthur.

Tous se tournèrent vers leur amie, qui tapota les poches de sa robe.

— Je suis certaine d'avoir quelque chose qui… Oui, ça devrait faire l'affaire.

Elle s'approcha des portes et trafiqua un moment la serrure.

— Et voilà ! dit-elle comme un des battants pivotait devant elle.

Ils étaient sur le point de franchir le seuil quand une voix lança :

— Arrêtez.

Arthur fit volte-face. Trois personnes se tenaient derrière eux. Deux d'entre elles étaient masquées. Sebastian Moran se tenait au milieu. Tous trois étaient essoufflés.

— Ah ! lâcha la plus grande des silhouettes masquées. (Le Magicien.) Doyle. Nous te cherchions.

— Qui est-ce, Arthur ? demanda Pocket.

Arthur se raidit.

— Tu aimerais bien le savoir, hein ? ricana le Rossignol.

— Que… que faites-vous là ? bredouilla Arthur.

— La même chose que vous, j'imagine, répondit le Magicien. Nous cherchons la machine de Grey. Et d'après Moran, vous avez une idée de l'endroit où elle se trouve.

Jimmie s'avança vers eux.

— Qu'est-ce que tu leur as raconté, Sebastian ?

— Ce que je vous ai entendus dire il y a quelques minutes.

— Tu écoutais à notre porte ?

— Par la fenêtre de ma chambre, j'ai vu le principal raccompagner Doyle jusqu'à la tour. Ils n'avaient pas l'air contents ni l'un ni l'autre. J'ai voulu savoir pourquoi. Je me suis dit que ça avait peut-être un rapport avec cette hideuse créature que tu cachais dans ta poche et qui a fait peur à mon cheval. Quand j'ai compris que Doyle avait été renvoyé, j'ai pensé que ma soirée ne pouvait pas s'améliorer davantage. Mais j'ai continué à écouter quand même.

— Et après en avoir suffisamment entendu, il est venu nous chercher, ajouta le Rossignol. Prouvant ainsi sa loyauté.

— À présent, poursuivit le Magicien, c'est à ton tour. Débarrasse-toi des autres et conduis-nous à la machine, Doyle.

— Arthur, que se passe-t-il ? insista Pocket.

— Ne lui réponds pas, aboya le Magicien. Dis-leur de s'en aller.

Ce n'était pourtant pas d'Arthur qu'il aurait dû se soucier.

— Je pense que les individus masqués sont membres d'une société secrète appelée le Trèfle, déclara Grover. Ils opèrent à Baskerville Hall depuis plusieurs générations. Les anciens élèves accèdent à des postes haut placés dans le milieu de la politique, de la justice et des affaires. Irene, Arthur et Jimmie ont été invités à se porter candidats. Ils participent à des épreuves d'initiation depuis notre arrivée. D'après ce que j'ai compris, Arthur pense qu'ils travaillent pour quelqu'un qui se fait appeler le Chevalier vert, afin de trouver la machine que nous…

— Assez ! aboya le Magicien.

Irene était bouche bée. Jimmie, paralysé par le choc.

Comment Grover avait-il su ?

Pocket dévisageait Arthur avec une expression chagrine qui lui planta un couteau dans le cœur.

— Je suis désolé. On aurait dû vous en parler plus tôt.

— J'ai dit assez, répéta le Magicien. Conduis-nous à la machine, Doyle, si tu ne veux pas qu'on recoure à la manière forte.

Il glissa une main dans sa poche. Arthur aperçut l'éclat d'une lame. Son cœur se serra.

— Misère, souffla Grover.

Une main pressa l'avant-bras d'Arthur.

C'était Pocket. Elle le regardait cette fois avec une expression de défi. Du menton, elle désigna discrètement les portes du manoir.

Le Magicien s'avança d'un pas menaçant.

— Ma patience est à bout.

— Je te connais, lança Pocket d'une voix qui tremblait de colère. C'est toi qui as mis à sac le bureau de Mme Grey. Tu as déjà essayé de me faire peur.

Pendant qu'elle parlait, Arthur la vit glisser la main dans une de ses poches et en sortir une fiole en verre.

— Pocket…, murmura-t-il.

Quelque chose remuait à l'intérieur de la fiole.

— Tu devrais déjà savoir que je suis difficile à impressionner, poursuivit Pocket en ignorant Arthur.

Le Magicien soupira.

— Je suppose que je vais devoir employer la manière forte.

L'instant d'après, Pocket débouchait la fiole et en lançait le contenu sur leurs adversaires.

— Que… ?

— Grover et moi, on va les retenir, chuchota Pocket. Vous trois, allez-y. Sauvez Saucisse.

Sebastian poussa un hurlement. Arthur vit quelque chose de petit et de sombre qui rampait sur son cou. Le Rossignol cria et lâcha la lanterne qu'elle tenait.

— Allez-y ! répéta Pocket en cherchant d'autres munitions dans ses poches. Je vous ai déjà dit que j'étais capable de me débrouiller !

Avec un grognement de douleur, le Magicien chassa quelque chose de son oreille. Une énorme fourmi. Pocket leur avait jeté des fourmis à la tête. Et à en juger par la façon dont les membres du Trèfle gesticulaient en se donnant des tapes sur tout le corps, ce devaient être des fourmis piquantes.

Pocket avait raison. Elle n'avait pas besoin d'Arthur ni des autres. Saucisse, elle, avait besoin d'eux, et tout de suite.

QUARANTE-SEPT

Dans le noir

ARTHUR, JIMMIE ET IRENE FONCÈRENT à l'intérieur du manoir et le traversèrent sans reprendre leur souffle, jusqu'à ce qu'Arthur s'arrête près de l'emplacement où le portrait de lord Baker était accroché d'habitude. Quelqu'un avait emporté le tableau au lieu de le remettre au mur.

— Arthur, haleta Irene, tu peux nous dire où on va ?

Déjà, Arthur se penchait pour tâter la boiserie à la recherche de la poignée dissimulée. *Ah, la voilà !* Le panneau s'ouvrit.

— Vite, avant que quelqu'un arrive.

Il désigna le passage. Irene et Jimmie échangèrent un regard interrogateur avant de se mettre à quatre pattes pour ramper à l'intérieur du trou du prêtre. Arthur sortit la bougie et la pochette d'allumettes qu'il avait emportées de sa chambre, et il alluma la mèche. Une lumière jaune éclaira les expressions pareillement apeurées de Jimmie et d'Irene.

— C'est d'ici que Grey a fait tomber le portrait sur moi, expliqua Arthur. Mais il n'y a pas que cette pièce. Regardez ! Un tunnel s'enfonce plus loin. Vous sentez cette odeur ?

Il s'engagea dans le passage, qui était juste assez haut pour qu'il s'y déplaçât accroupi.

— Ça sent l'humidité, répondit Irene.

— Pas seulement, intervint Jimmie. Ça sent aussi… la terre. La boue et l'argile.

— Exactement.

Irene poussa un cri d'effroi.

— Une bête m'a grimpé sur la jambe !

— Probablement un rat, répondirent en même temps Arthur et Jimmie.

Leur camarade grogna.

— J'espère vraiment que tu as raison, Arthur. Si jamais j'attrape la peste bubonique…

Le jeune garçon n'avait pas besoin que son amie le lui dise. S'il se trompait, si ce tunnel n'aboutissait pas à la grotte aux cristaux, ce serait sa dernière mauvaise décision à Baskerville Hall.

— Arrête ! cria Jimmie. Éclaire de ce côté !

Arthur pivota dans la direction qu'il lui indiquait.

Trop préoccupé par ce qui leur arriverait s'ils se faisaient prendre, il n'avait pas vu la porte branlante dans le mur derrière eux.

Jimmie tira sur l'anneau en fer qui servait de poignée, et la porte émit un grand « CRAAAAAC » de protestation en s'ouvrant. Arthur était sur le point de franchir le seuil quand Irene sursauta et lui prit vivement le poignet.

— Arthur, non ! Regarde !

Alors, le jeune garçon vit qu'il n'y avait pas de plancher au-delà de la porte. Il avait failli se jeter dans le vide.

Son cœur battait à lui rompre la poitrine.

— Qu'est-ce que c'est ? demanda Jimmie.

Arthur tendit prudemment la bougie au-dessus du précipice. La faible lumière révéla un conduit carré, pas plus large que l'alcôve secrète. Dans chaque coin, des cordes aussi épaisses que le tronc d'un jeune sapin étaient tendues à la verticale.

— Je crois que ça sert à descendre, répondit Arthur. Il doit y avoir un système de poulies.

— Tu veux dire, un ascenseur ? lança Irene. Comme ceux qu'on commence à installer à New York ?

— Exactement. Quand j'ai compris que Grey connaissait l'existence d'un tunnel jusqu'au trou du prêtre, je me suis demandé comment elle l'avait découvert… et à quoi d'autre elle pouvait bien employer cet endroit. Ce doit être ainsi qu'elle a déplacé l'horloge. Je vous parie qu'il y a une autre porte dérobée quelque part dans le bureau où elle l'avait mise, et qui donne directement sur ce conduit.

— Tu penses qu'elle a descendu l'horloge dans la grotte ? demanda Irene. J'imagine que ce serait logique. Elle a déjà été découverte une fois. Grey devait la mettre en sécurité, dans un lieu où personne ne risquerait de tomber dessus par hasard.

— Et de toute façon, elle devait descendre pour aller chercher un cristal, ajouta Jimmie. Le tout est de savoir si l'horloge s'y trouve encore. Impossible de dire si la cabine d'ascenseur est au-dessus ou en dessous de nous.

— Il n'y a qu'un moyen de le découvrir, répondit Arthur.

Il désigna les épaisses cordes, puis regarda Jimmie et Irene qui l'observaient comme s'il était fou.

Il se dit que ses amis avaient sûrement raison.

Quelques minutes plus tard, Arthur, Irene et Jimmie s'agrippaient à une corde de toutes leurs forces dans une obscurité absolue. Arthur avait besoin de ses deux mains pour se tenir ; aussi, il avait laissé la bougie au bord du conduit. Pendant la première partie de la descente, la flamme leur avait fourni suffisamment de lumière pour y voir autour d'eux. À présent, on aurait dit une étoile solitaire dans un ciel sans lune.

— On ne doit plus être très loin, dit Arthur, les dents serrées.

Bien entendu, il ne savait pas du tout si c'était vrai. Mais ça lui semblait la meilleure chose à dire : le souffle de Jimmie se faisait de plus en plus court, et Irene venait juste de leur rappeler que, s'ils mouraient là, on ne retrouverait jamais leurs corps.

— Je ne sais pas combien de temps je vais encore pouvoir tenir, hoqueta Jimmie.

— Fais comme si on descendait le long de la tour, lui conseilla Arthur en s'efforçant de garder un ton calme.

Alors qu'il était lui-même sur le point de céder à la panique, son talon heurta quelque chose de dur.

— Quoi ? demanda Irene. Qu'est-ce que c'est ?

— Je crois qu'on vient de trouver la cabine, répondit Arthur.

Et heureusement, parce que l'instant d'après, il entendit un choc sourd. Jimmie venait de s'effondrer à côté de lui.

— Plus… jamais…, marmonna-t-il.

Irene avait atterri si doucement qu'Arthur ne se rendit pas compte qu'elle les avait rejoints jusqu'à ce qu'elle parle tout près de lui.

— Je crois qu'il y a une trappe. J'ai senti comme des gonds sous mes pieds.

Arthur s'agenouilla et palpa le sommet de la cabine. Presque aussitôt, il vit – ou plutôt, il sentit – qu'Irene avait raison. Il y avait une fente munie d'une charnière de chaque côté.

— Jimmie, cherche un loquet, ou une poignée, ou…

— Je l'ai, fit son ami. Reculez-vous.

Quand il souleva la trappe, un carré de lumière diffuse apparut en contrebas. Arthur posa un doigt sur sa bouche.

Cela ne pouvait signifier qu'une seule chose.

Ils n'étaient pas seuls.

QUARANTE-HUIT

La fille dans la machine

COMME IL ÉTAIT le plus grand, Arthur se faufila par l'ouverture en premier. Puis il aida Irene et Jimmie à descendre. Ils prirent bien garde de ne pas faire de bruit, même s'ils eurent du mal à retenir un cri de stupeur à la vue du spectacle qui les attendait.

La porte de la cabine était restée ouverte. De l'autre côté, une immense caverne apparut. Des stalactites semblables à des crocs gigantesques pendaient du plafond, et l'espace était coupé en deux par une rivière bouillonnante. De nombreuses lanternes avaient été disposées en cercle au milieu de la grotte ; leurs lumières se reflétaient sur les murs en pierre brute, qui irradiaient une lumière pourpre et scintillante.

Des cristaux, constata Arthur. Les parois en étaient entièrement composées.

Jimmie sortit une petite loupe et l'approcha de son œil pour étudier les murs. *Ce doit être celle d'Ahmad,* songea Arthur.

— Oui, nous sommes au bon endroit, chuchota Jimmie.

Au milieu du cercle de lanternes se dressait une silhouette noire. Pendant qu'Arthur l'étudiait, une autre ombre apparut. Irene serra le bras d'Arthur.

C'était l'horloge de Mme Grey, et la professeure en personne.

Les trois amis s'avancèrent sur la pointe des pieds. Arthur ne craignait pas qu'ils se fassent repérer. À l'intérieur de son cercle de lumière, Grey ne les verrait pas arriver. Tant qu'ils ne feraient pas de bruit, ils pourraient la surprendre.

Lorsqu'il fut près de la vieille dame, Arthur s'aperçut qu'elle tenait un objet bosselé dans une main. Et que cet objet… remuait. Au même moment, il émit un cri étranglé.

— CAAAA-WAAAA !

Saucisse !

Sans réfléchir, Arthur s'élança. Il tenta de rester discret, mais donna involontairement un coup de pied dans un caillou. Celui-ci ricocha sur le sol en provoquant un écho à travers la caverne.

Grey tourna vivement la tête vers lui.

— Toi, gronda-t-elle.

Elle se faufila entre deux lanternes et descendit vers le bord de la rivière. Puis elle tendit le sac qui contenait Saucisse au-dessus de l'eau.

— N'approche pas, dit-elle froidement.

— Donnez-la-moi ! cria Arthur. Je vous en prie, ne lui faites pas de mal !

— Si je lui en faisais, tu ne pourrais t'en prendre qu'à toi-même, répliqua Grey. C'est toi qui as chamboulé tous mes plans ! Raison pour laquelle j'ai fait en sorte que tu sois renvoyé. J'espérais que Challenger te bouclerait jusqu'à demain matin, mais il a toujours été trop laxiste.

Elle foudroya Arthur du regard. Sa voix avait beau exprimer plus de mépris que de crainte, ses épaules frémissaient, et la main qui tenait le sac agité tremblait légèrement.

— Parce qu'il ne se contente pas de faire tomber des tableaux sur les personnes qui le gênent ? lança Arthur.

Grey plissa les paupières et se rapprocha encore de la rivière.

— Laisse-moi essayer, murmura Jimmie avant de s'avancer. Professeure, dit-il calmement. Nous sommes de toute évidence dans une situation qui n'est pas… idéale. Mais peut-être pourrions-nous trouver un arrangement. Tout ce que nous voulons, c'est le dinosaure. Si vous nous le donnez, nous nous en irons, et nous ne dirons jamais à personne ce que nous savons à votre sujet ni au sujet de votre machine.

— Pas question, répliqua Grey. Vous savez très bien que cette petite créature gâcherait tout. Les gens poseraient des questions, et leurs questions entraîneraient des soupçons. Des soupçons qui risqueraient de les mener à moi. Je ne peux pas me le permettre. Vous devez comprendre : je ne fais pas ça pour des raisons égoïstes, mais pour le bien de l'humanité.

Pendant qu'elle parlait, Arthur avait avancé de quelques petits pas.

— Vous pouvez nous expliquer ça ? demanda Irene sur un ton aussi glacial que celui de la vieille dame.

Arthur fit un pas de plus vers Grey, dont l'attention était désormais fixée sur Irene.

La scientifique ricana.

— Regardez ce que j'ai accompli en l'espace de trois vies ! cria-t-elle, en faisant de grands gestes en direction de l'horloge. Imaginez ce que je pourrais faire en l'espace de dix ! Mon œuvre n'est pas encore achevée. Nous ne sommes qu'à l'aube de l'ère électrique. Nous commençons à peine à découvrir le pouvoir des forces invisibles qui nous entourent en permanence.

— Et à qui bénéficierait ce pouvoir ? interrogea Jimmie. Il me semble que la seule personne que votre machine ait aidée, c'est vous.

Grey lui jeta un regard empli de pitié, comme s'il venait de donner une mauvaise réponse en classe.

— Vous auriez dû amener votre amie Pocket. Elle aurait compris, elle.

— Elle est au courant de tout, et si elle était là, vous seriez déjà couverte de fourmis de feu, répliqua Irene.

Une expression surprise passa brièvement sur les traits de la vieille dame. Puis son visage se durcit.

— Je suis navrée que cela doive se terminer ainsi. Sincèrement. Pour vous tous.

Arthur la vit incliner son poignet ; elle s'apprêtait à jeter le sac contenant Saucisse. Il s'élança et sauta au-dessus de la rivière, tâtonnant dans le vide jusqu'à ce qu'il sente un bout de toile et referme le poing dessus.

— Oui ! s'exclama-t-il alors que ses pieds touchaient la berge rocailleuse.

L'instant d'après, il glissa. Il se tenait là où la rive était en pente abrupte. Il agita les bras, et alors qu'il était sur le point de basculer, il sentit Irene le retenir par la chemise.

Au même moment, Mme Grey plongea vers eux, percutant Irene. Celle-ci faillit lâcher Arthur, qui manqua de tomber à l'eau.

— Jimmie ! cria Irene. La machine ! Détruis-la pour qu'elle ne puisse plus jamais s'en servir !

Arthur ne voyait pas leur ami, mais il entendait ses pas sur la roche.

Une seconde plus tard, Grey poussa un cri de colère et se lança à sa poursuite. Irene et Arthur s'écartèrent de la rive en titubant et montèrent la pente tant bien que mal.

Arthur entreprit de dénouer les cordons du sac. Il devait vérifier que Saucisse était indemne. Mais Irene le prit par la main et l'entraîna vers le centre de la caverne.

— Pas le temps ! Nous devons arrêter Grey !

Jimmie était en train de frapper l'horloge avec une grosse pierre quand la vieille dame l'atteignit. Elle le saisit par le col et le tira violemment en arrière. Puis, avant qu'Arthur et Irene ne puissent l'atteindre, elle se faufila à l'intérieur et referma la porte.

Presque aussitôt, l'horloge se mit à bourdonner et à vibrer. Des éclairs de lumière s'en échappèrent. Arthur tira sur le battant, mais il refusa de bouger. L'horloge tremblait de plus en plus fort. Les trois amis essayèrent tout ce qui leur vint à l'esprit pour arrêter le processus en cours. Jimmie donnait des coups de pied dans une paroi pendant qu'Irene poussait sur une autre. Arthur s'acharna sur la porte. Mais les aiguilles du cadran tournaient de plus en plus vite… et à l'envers.

— Regardez ! s'écria Irene.

Des flammes léchaient le mécanisme de l'horloge, que Jimmie avait fini par endommager à force de taper dessus. Quand elles atteignirent le vernis extérieur, elles se changèrent en colonne de feu.

— Il faut y aller, dit Jimmie.

— Mais Grey est toujours dedans ! On ne peut pas la laisser brûler vive, protesta Arthur.

Un cri monta du compartiment de l'horloge.

— Elle n'a pas besoin de nous pour sortir de là, répliqua Irene. Souvenez-vous : c'est elle qui l'a construite. Elle doit savoir comment l'ouvrir de l'intérieur. Elle peut…

Au même moment, Arthur dut faire un bond en arrière car la porte pivotait brusquement.

Cette fois, ce fut Irene qui hurla.

La personne qui émergea de l'horloge n'était plus du tout une femme.

C'était une petite fille.

Ses cheveux roux et frisés partaient dans toutes les directions. Elle nageait dans la blouse de laboratoire aux boutons noirs qui allait si bien à Mme Grey… du moins, à sa version adulte.

— Regardez ce que vous avez fait ! cria-t-elle. Le courant ! Il était trop fort ! J'avais besoin de plus de temps pour calibrer…

— Pas le temps de se disputer, intervint Jimmie. Il faut filer d'ici tout de suite !

Les flammes grandissaient rapidement, et des étincelles s'envolaient du sommet de l'horloge.

La fillette tourna la tête vers celle-ci.

— Non ! hurla-t-elle. Ma machine !

— Venez ! cria Arthur en la tirant par le bras.

Mais elle se dégagea.

— Vous êtes fous ? C'est le travail de trois vies ! J'ai besoin d'eau ! Je vais éteindre le feu !

Elle courut vers l'endroit où une petite mare s'était formée dans un creux du plancher, prit de l'eau dans ses mains et la jeta sur l'horloge. L'eau siffla et cracha, mais les flammes continuèrent.

Jimmie se tourna vers Arthur.

— Il faut la laisser. Elle refuse d'entendre raison. Nous n'avons pas le choix.

Arthur jeta un dernier coup d'œil à la fillette qui se démenait comme une folle. Sans les flammes dévorantes qui se reflétaient dans ses yeux, elle aurait été tout à fait à sa place parmi ses sœurs. Jimmie avait raison : ils ne pouvaient pas la sauver s'ils voulaient se sauver eux-mêmes. Arthur s'élança, serrant Saucisse contre sa poitrine. Jimmie et Irene l'avaient précédé.

Ils avaient presque atteint l'ascenseur quand ils entendirent un grand « CRAC ». Pendant un instant, tout fut d'un blanc éblouissant. Puis une étrange lueur orangée se répandit dans la caverne. Arthur regarda en arrière. Les flammes léchaient le plafond. Elles avaient déjà englouti l'horloge. Il n'y avait aucun signe de Grey.

Puis la terre se mit à trembler sous leurs pieds.

— Oh ! non, lâcha Arthur.

Un bruit pareil à une détonation résonna dans les profondeurs de la caverne ; quelque chose s'écrasait sur le sol.

— L'explosion, haleta Arthur en s'arrêtant devant la cabine. Elle provoque un glissement de terrain !

— Comment on s'y prend pour remonter avec ce truc ? demanda Jimmie.

— En faisant ça, j'espère, répondit Irene.

Elle saisit un levier à côté de la porte et tira dessus de toutes ses forces.

— Montez ! cria-t-elle.

Les trois amis s'engouffrèrent l'un après l'autre dans la cabine. Celle-ci poussa un grognement et s'ébranla. Elle se mit à monter au moment où la caverne commençait à s'effondrer, engloutissant tout ce qu'elle contenait.

QUARANTE-NEUF

Le retour du professeur

QUELQUES INSTANTS PLUS TARD, le trio émergea dans un passage obscur. Même si, en réalité, c'était désormais un quatuor, puisque Saucisse était désormais lovée dans le cou d'Arthur. Ses petites griffes fermement plantées dans l'épaule du jeune garçon, elle lui miaulait à l'oreille.

Ils étaient montés plus haut que le tunnel par lequel ils avaient accédé au conduit de l'ascenseur, ce qui signifiait qu'ils devaient se trouver au premier étage du manoir. Heureusement, Jimmie avait pensé à emporter une lanterne. Ils trouvèrent facilement une porte qui donnait derrière la tapisserie de Londres, dans le bureau où Grey avait précédemment conservé sa machine.

Si de nombreuses pensées plus importantes n'avaient pas tourbillonné dans son esprit, Arthur aurait peut-être remarqué les changements survenus dans la pièce depuis son dernier passage. Envolée, l'odeur de renfermé d'une pièce inutilisée depuis longtemps : elle avait été remplacée par celle, beaucoup plus plaisante, de la fumée de pipe. Par ailleurs, une canne en bois verni, surmontée d'une tête de corbeau en argent, était appuyée contre le bureau.

Mais les trois amis ne s'attardèrent pas dans la pièce. Des cris résonnaient à l'extérieur, et un coup d'œil par la petite fenêtre leur révéla que des groupes de gens se massaient sur la pelouse.

— Je crois que nous allons avoir des explications à fournir, annonça Arthur.

Dans l'obscurité qui précède l'aube, Arthur dévala les marches du manoir tout en balayant le parc du regard. Leurs camarades en tenue de nuit se massaient autour de Mme Hudson près des serres. Toby tournait nerveusement autour d'eux, les oreilles plaquées en arrière et le museau frémissant.

— Là, Pocket et Grover ! dit Irene en désignant deux silhouettes qui se tenaient un peu à l'écart des première année.

Ce fut un soulagement de découvrir que le Trèfle ne leur avait pas fait de mal.

— Arthur, mon garçon !

Il se retourna. Le docteur Watson s'approchait d'eux, les mains agiles sur les roues de son fauteuil et les traits tirés par l'inquiétude.

— Nous vous cherchions, tous les trois.

Il les détailla. Le pantalon de Jimmie était brûlé à plusieurs endroits. Irene avait une grande estafilade sur le visage. Arthur préféra ne pas penser à ce que le médecin pouvait observer chez lui. Au moins, il avait convaincu Saucisse de réintégrer sa poche avant qu'ils sortent du manoir.

Le docteur Watson baissa la voix.

— Où étiez-vous ? Comment allez-vous ?

— Doyle !

Arthur n'eut pas besoin de regarder pour savoir que le principal se tenait en haut des marches et qu'il le toisait d'un air furieux. Les conversations se turent instantanément, et tout le monde se retourna pour voir ce qui se passait.

Arthur remonta lentement les marches, conscient des nombreux regards rivés sur lui.

— Tu as quelque chose à voir avec ça ? gronda Challenger en désignant l'assemblée sur la pelouse d'un large geste du bras.

Arthur prit une grande inspiration.

— Oui, monsieur. Mais, cette fois, je peux tout vous expliquer.

Challenger leva ses sourcils broussailleux.

— Étant donné les ennuis que tu m'as causés ce soir, il vaudrait mieux pour toi que cette explication soit bonne. Allons-y.

— Attendez, répliqua Arthur. Il faut que Jimmie et Irene viennent avec nous. Et… Mme Fernandez aussi.

Challenger le toisa sévèrement.

— Tu penses être en position d'avoir des exigences ?

— Pas exactement. Mais Jimmie et Irene m'aideront à tout vous expliquer. Et j'ai quelque chose que Mme Fernandez voudra sûrement voir.

Glissant la main à l'intérieur de sa veste, Arthur sortit Saucisse de sa poche secrète et la serra contre sa poitrine pour que le principal soit le seul à la voir.

Le bébé dinosaure et Challenger se fixèrent en silence puis clignèrent des yeux en même temps. Puis M. Challenger se racla la gorge.

— Valencia ! gronda-t-il.

Si Valencia Fernandez avait été une dame de la haute société dans un roman, elle se serait évanouie à la vue du ptérodactyle. Au lieu de ça, elle se contenta d'observer Saucisse un long moment avant de se glousser de joie.

— Incroyable, murmura-t-elle. C'est magnifique. Absolument…

Elle avait tendu son doigt vers Saucisse, qui fit claquer ses mâchoires.

— D'accord, d'accord, rétorqua Mme Fernandez en retirant sa main très vite.

Mais elle continua à fixer Saucisse pendant tout le trajet jusqu'au bureau du principal.

Une heure plus tard, Arthur, Irene et Jimmie étaient assis en silence devant le principal, Valencia Fernandez et le docteur Watson, qui avait insisté pour venir afin de s'assurer que leurs blessures n'avaient pas besoin d'être soignées. Saucisse était une fois de plus perchée sur l'épaule d'Arthur, qu'elle serrait douloureusement avec ses griffes.

Ils venaient à peine de finir de raconter toute l'histoire, depuis le moment où Arthur avait aperçu le Chevalier vert, le jour de son arrivée à Baskerville Hall, jusqu'à la mort accidentelle – bien que pas exactement prématurée – de feu Mme Grey. Les adultes contemplaient les enfants en silence, bouche bée.

— Eh bien, euh… c'est tout, conclut Arthur en jetant un coup d'œil nerveux à ses amis.

— Vous êtes sûrs que cette… machine a été détruite ? demanda Challenger. Et que Mme Grey est morte ?

Arthur, Jimmie et Irene acquiescèrent.

— Et vous avez bien entendu le Trèfle parler du Chevalier vert ? Vous en êtes tout à fait certains ?

— Oui, monsieur. Et je l'ai vu deux fois de mes propres yeux, insista Arthur.

Challenger se radossa à son énorme chaise de bureau, croisa les bras sur sa poitrine et, les sourcils froncés, observa longuement le plafond. Arthur aurait voulu savoir à quoi il pensait, mais il n'osa pas lui poser la question.

— Qu'allons-nous faire de la petite Saucisse ? demanda le docteur Watson, brisant le silence.

— Elle est très attachée à Arthur, dit Irene.

— Évidemment, répliqua Mme Fernandez. Elle doit le considérer comme sa mère.

— C'est ce qu'a dit notre amie Pocket, renchérit Arthur.

— Comment s'y prendre pour la détromper ? interrogea Challenger. Je ne peux pas permettre qu'elle l'accompagne partout à Baskerville Hall.

— Ou chez lui, à Édimbourg, ajouta le docteur Watson d'un air amusé.

Arthur réprima un sourire en imaginant la réaction de sa mère s'il ramenait un dinosaure à la maison.

Mme Fernandez se tapota la lèvre.

— Il faudra trouver une figure maternelle susceptible de remplacer Arthur.

Jimmie lança un coup d'œil taquin à son ami.

— Tu entends ça, Arthur ? Tu es une figure maternelle.

Mme Fernandez ne releva pas.

— Mais je crains qu'un autre humain ne convienne pas, maintenant qu'elle a appris à se méfier de nous.

Elle n'aurait pas eu l'air plus consternée si on lui avait annoncé que des pirates donnaient l'abordage à son navire. Puis son visage s'éclaircit.

— Cependant… on pourrait peut-être essayer quelque chose. Vous avez toujours ce que j'ai rapporté de ma dernière expédition, Eddie ?

Challenger hocha la tête.

— Dans ce cas, ce serait parfait. Je dirais même que ça pourrait nous conduire à une importante découverte. La première d'une longue série, je l'espère. Malgré le larcin que vous avez commis, j'ai une dette immense envers vous, monsieur Doyle.

Valencia Fernandez adressa un grand sourire à Arthur, qui s'efforça de ne pas rougir.

Et échoua lamentablement.

— Du coup… est-ce que je suis quand même renvoyé ? demanda-t-il.

Mme Fernandez regarda le principal Challenger.

— Saucisse aura très certainement besoin de lui, remarqua-t-elle.

Challenger soupira.

— Tu peux rester, Doyle. Tu as commis des erreurs, mais tu as fait de ton mieux pour les réparer. Et je dois admettre que grâce à toi, ce trimestre a été… très intéressant.

— Et nous qui pensions que Baskerville Hall était déjà bien assez intéressant comme ça ! s'exclama le docteur Watson. Naïfs que nous étions.

Irene se pencha en avant.

— Vraiment ? Vous voulez dire que personne ne soupçonnait Mme Grey ?

Ce fut au tour de Watson et de Challenger d'échanger un regard.

— En vérité, certains d'entre nous la soupçonnaient, répliqua une voix qui venait du seuil de la pièce.

Tout le monde se tourna vers la personne qui venait de parler.

C'était un homme grand, en costume de tweed et haut-de-forme, avec un nez en bec d'aigle, une mâchoire saillante et un regard perçant.

Arthur n'en crut pas ses yeux. L'homme semblait beaucoup plus jeune que la fois où il l'avait rencontré dans une rue pavée d'Édimbourg. Bien que sa canne et sa barbe aient disparu, impossible de ne pas reconnaître ses yeux gris et sa voix distinguée.

— Vous êtes le vieil homme ! s'exclama Arthur. Celui sur qui j'ai jeté un caillou ! Celui qui a sauvé le bébé dans son landau !

— J'ai eu une bosse assez douloureuse pendant plus d'une semaine, confirma sèchement le nouvel arrivant. Merci de m'avoir demandé comment j'allais.

Arthur en resta bouche bée. Pour une fois, il ne savait pas du tout quoi dire. C'était une sensation rare et assez déplaisante.

La bouche de l'homme frémit. Il tendit sa main à Arthur.

— Professeur Sherlock Holmes. Bonjour, jeune homme. Enchanté de faire ta connaissance une deuxième fois.

CINQUANTE

Les enquêtes de Sherlock Holmes

— MAIS, MON CHER HOLMES ! s'écria le docteur Watson. Que faites-vous ici ?

Le professeur se mit à rire.

— Où voudriez-vous que je sois ?

— En train d'enquêter sur le manoir écossais isolé et prétendument hanté de la veuve MacDougal, répondit Watson.

Holmes se jeta dans un fauteuil vide.

— Il est vrai qu'à l'origine, j'ai été attiré hors de Baskerville Hall par une lettre étrange qui implorait mon aide. Mme MacDougal me présentait des faits troublants, mystérieux voire surnaturels, et me demandait de venir les élucider. Ce que j'ai fait en un après-midi.

— Mais vous êtes absent depuis plusieurs semaines ! protesta Watson. Je vous ai écrit en Écosse, et vous m'avez répondu !

— J'ai envoyé un ami de confiance intercepter vos lettres à Little Bigsby, répliqua Holmes. Il s'est assuré que je les reçoive toutes.

— Où étiez-vous passé, si vous avez résolu l'affaire aussi rapidement ? voulut savoir Challenger.

— Et *comment* l'avez-vous résolue ? renchérit Arthur.

Holmes lui jeta un regard approbateur.

— La réponse à la première question se trouve dans la réponse à la seconde. Durant ma visite du manoir, j'ai remarqué un placard à balais fermé à clé. Naturellement, je me suis demandé pourquoi quelqu'un voulait empêcher qu'on y accède. J'ai donc forcé la serrure. À l'intérieur, j'ai trouvé le matériel de la veuve. Des costumes, des lumières, et même des chaînes. Elle était prête à monter un véritable spectacle pour me garder sur place le plus longtemps possible.

— Et pourquoi ? s'étonna Jimmie, qui observait Holmes avec les yeux plissés.

Celui-ci hocha la tête.

— Précisément. Pourquoi me demander de venir résoudre un faux mystère ?

— Pour vous distraire d'une véritable énigme, répondit Arthur sans réfléchir.

La logique de Holmes ressemblait tant à la sienne que le jeune garçon avait presque oublié que ce n'était pas son propre raisonnement qu'il suivait.

Holmes haussa un sourcil.

— Excellent, Doyle. Mme MacDougal, qui avait du mal à joindre les deux bouts depuis la mort de son mari, m'a avoué qu'elle avait désespérément besoin d'argent.

Elle n'était pas en position de refuser l'offre qu'elle avait reçue de me jouer cette petite comédie en échange d'une coquette somme. Cette offre lui ayant été faite de manière anonyme, elle n'a pas pu me révéler qui en était l'auteur. Mais j'avais ma petite idée sur ce point. Alors, je me suis lancé dans ma propre enquête pendant que Watson me tenait au courant des étranges événements qui se passaient ici. J'ai commencé à me faire une opinion, mais je devais en être sûr.

— Grey vous a éloigné de Baskerville Hall, dit aussitôt Arthur. C'est bien ça, n'est-ce pas ? Elle craignait que vous ne découvriez son plan et ne la démasquiez avant qu'elle ait pu utiliser la machine et s'échapper.

— Tout à fait, acquiesça Holmes. Et c'est précisément ce que je comptais faire ce soir, mais on m'a pris de vitesse.

Il adressa un sourire complice aux trois enfants.

Arthur sentit son cœur se gonfler de fierté.

— Au moins, je peux me vanter de vous avoir aidés, poursuivit Holmes. Quand j'ai senti la terre trembler, j'ai deviné que la caverne s'effondrait, et je me suis douté que ça avait un rapport avec Grey. Alors, je suis allé voir la seule issue qui donnait sur l'extérieur, au cas où elle tenterait de s'échapper.

— Il y a une autre issue ? demanda Irene.

— Il y en avait une, rectifia Holmes. Mais il ne reste plus qu'une toute petite ouverture. Pas assez grande pour Mme Grey.

— Et maintenant, au lit ! vociféra Challenger en tapant du poing sur son bureau, ce qui les fit tous sursauter. Nous devons nous reposer pour être ensuite capables d'évacuer les décombres. Pour l'instant, allez vous coucher, tous les trois. Je suppose que je vais devoir vous accompagner, puisque je ne peux pas vous faire confiance pour rentrer à la tour sans faire exploser la moitié de mon école. Dieu merci, l'architecte avait prévu la possibilité que la grotte s'effondre. Vous ne trouverez pas de bâtiment plus solide dans toute l'Angleterre.

Arthur, Irene et Jimmie étaient trop épuisés pour protester. L'aube pointait déjà à l'horizon couleur pourpre.

— Je m'en charge, proposa Mme Fernandez. Nous ferons un détour en chemin.

Les trois amis se levèrent et la suivirent vers la porte. Cependant, une dernière chose perturbait Arthur. Il s'arrêta près de Holmes.

— Monsieur, dit-il tout bas.

Irene et Jimmie avaient déjà eu une nuit assez pénible ; il ne voulait pas les inquiéter inutilement.

— Vous avez dit que l'issue du tunnel n'était pas assez grande pour que Mme Grey puisse y passer.

— C'est exact, confirma Holmes.

Arthur se mordit la lèvre.

— Mais était-elle assez grande pour laisser le passage à une enfant ?

CINQUANTE ET UN

Ce n'est que le début

LES COURS FURENT ANNULÉS ce matin-là, ce qui permit à tous les pensionnaires de Baskerville Hall de rattraper leur manque de sommeil après la nuit agitée. On servait toujours le petit déjeuner quand Arthur, Irene et Jimmie arrivèrent au réfectoire vers dix heures. Quelques groupes d'élèves s'attardaient autour de leur table ; d'autres traînaient dans le parc ou s'étaient rendus à la bibliothèque pour étudier.

— Bonjour ! lança Pocket aux nouveaux arrivants. On vous attendait.

Elle leur fit signe comme s'ils avaient pu ne pas les voir assis à leur place habituelle, Grover et elle.

Tout en buvant du thé fort et sucré, les cinq amis se racontèrent les événements de la nuit précédente. Pocket expliqua qu'elle élevait des fourmis de feu depuis qu'elle avait été surprise par l'attaque dans le bureau de Mme Grey. Elle voulait être prête la prochaine fois qu'elle aurait à affronter quelqu'un… comme cela avait fini par arriver.

— Mais tu n'as pas eu peur ? demanda Irene. Il avait un couteau !

— Oh ! c'était juste un coupe-papier, répondit Pocket. Il l'avait déjà avec lui dans le bureau de Mme Grey. C'est grâce à ça que je l'ai reconnu. Il voulait juste nous faire croire que c'était un couteau.

— Tu m'as dit que l'agresseur avait un couteau ! protesta Arthur.

Pocket haussa les épaules.

— Ça rendait l'histoire plus dramatique. En parlant de Mme Grey… où est-elle à présent ?

Irene se mordit la lèvre.

— Pocket… Je suis vraiment désolée. Elle est morte.

Arthur garda le silence.

Les yeux de Pocket se remplirent de larmes comme si Irene l'avait pincée.

— Elle était… Je sais que c'était une personne horrible… Mais c'était aussi une grande scientifique. Et une très bonne professeure. Racontez-moi ce qui s'est passé.

Pour la deuxième fois, Arthur, Irene et Jimmie relatèrent les événements de la caverne. Pocket les écouta avec des yeux écarquillés et brillants, tandis que Grover s'efforçait de cacher son excitation.

— J'ai sa nécrologie prête à imprimer, chuchota-t-il à Arthur. Sacré coup de chance, non ? Maintenant, *Le clairon* sera forcé de la publier !

— Merci à tous les deux, conclut Arthur à la fin de leur récit. Sans vous pour retarder les membres du Trèfle, nous ne serions jamais arrivés à temps dans la caverne. Nous n'aurions pas dû vous faire des cachotteries.

— Il n'est jamais trop tard pour réparer une erreur, acquiesça Grover. Sauf si cette erreur vous a tués. Dans ces cas-là, c'est trop tard.

Ils éclatèrent de rire. Ce fut la goutte d'eau qui fit déborder le vase pour Popote, peu habituée à ce que le petit déjeuner se prolonge presque jusqu'à l'heure du déjeuner. Elle les chassa du réfectoire et claqua les portes derrière eux.

— Au fait, Grover, comment étais-tu au courant pour le Trèfle ? demanda Irene pendant qu'ils se dirigeaient vers la sortie du manoir.

— C'était censé être un secret ? Vous en parliez tout le temps à la bibliothèque et au réfectoire.

— Quand on pensait que personne ne nous écoutait, répliqua sèchement Jimmie.

— Ma mère a toujours dit que j'avais l'ouïe fine, se vanta Grover.

— Arthur, tu ne nous as pas dit ce qu'était devenue Saucisse, fit remarquer Pocket alors qu'ils descendaient les marches du manoir sous un ciel bleu.

— Venez voir par vous-mêmes, proposa Arthur.

Sentir Saucisse contre sa poitrine lui manquait. Sentir ses griffes se planter dans sa peau, beaucoup moins. Et elle était bien plus heureuse là où elle se trouvait maintenant.

Au même moment, Irene s'arrêta net.

— Oh ! non, grogna-t-elle. Quoi encore ?

Sebastian les attendait au bas des marches, comme la veille au soir. Il avait les yeux cernés ; ses cheveux d'habitude parfaitement coiffés rebiquaient, et son visage était couvert de boursouflures rouges à cause des piqûres des fourmis de feu.

Il fixa Arthur d'un regard brûlant de haine.

— Dès notre première rencontre, j'ai su que tu étais un imbécile, dit-il quand Arthur arriva à son niveau. Tu ne te rends pas compte à quel point ce que tu as fait hier soir était stupide. (Il se tourna vers Jimmie.) En revanche, j'attendais mieux de ta part, Moriarty.

Jimmie serra les dents et pâlit.

— Nous n'avons pas révélé le nom des membres du Trèfle au principal, marmonna-t-il. Pas même le tien.

Ce n'était pas Arthur qui en avait décidé ainsi. Jimmie était intervenu au moment où son ami s'apprêtait à dire à Challenger que Sebastian avait espionné leur conversation, la veille. Puis Arthur avait compris que c'était mieux ainsi. Ils avaient renoncé à faire partie du Trèfle et, à présent, ils étaient devenus ses ennemis. Jimmie tentait de limiter les dégâts, et peut-être de leur épargner une vengeance.

— Nous ne voulons pas d'ennuis, Sebastian, ajouta Jimmie.

Sebastian ricana.

— Vous auriez dû y penser plus tôt.

Il bouscula Arthur et commença à monter les marches.

Deux silhouettes en blanc l'attendaient en haut.

Thomas Hood et Ollie Griffin.

Eux aussi avaient un regard haineux et le visage couvert de piqûres rouges.

— À ta place, je ferais très attention, lança Thomas.

Même si Arthur croyait ne jamais l'avoir entendu parler, il reconnut immédiatement sa voix. *Le Magicien !*

— Surtout si ta chère maman veut te récupérer en un seul morceau, ajouta Ollie d'une voix chantante et haut perchée.

Arthur avait supposé que c'était un garçon à cause de son nom et de ses cheveux courts. En réalité, Ollie était une fille. *Le Rossignol.*

— Merci pour l'avertissement, mais on est capables de se débrouiller, répondit Arthur.

Il jeta un coup d'œil à Pocket et lui sourit. Puis il redressa ses épaules et tourna le dos à Thomas et Ollie. Ses amis lui emboîtèrent le pas. Quand il regarda derrière lui quelques instants plus tard, les deux silhouettes spectrales avaient disparu.

Saucisse se plaisait beaucoup dans sa nouvelle maison au cœur de la forêt. Elle criait joyeusement dans le nid où Didi le quasi-dodo avait installé sa nouvelle progéniture.

— La pauvre Didi était seule ici depuis si longtemps, commenta Irene. Mme Fernandez a deviné qu'elle adopterait volontiers Saucisse. Elle était tout excitée de voir qu'elle a eu raison. Selon elle, c'est une preuve que les dinosaures sont plus proches des oiseaux que des reptiles.

Saucisse, qui les avait aperçus de sa branche, piqua vers eux, traversa leur petit groupe et se posa sur l'épaule d'Arthur pour le mordre dans le cou.

— Aïe ! protesta le jeune garçon.

Mais sa sœur Caroline l'avait mordu assez souvent pour qu'il sache que c'était une marque d'affection.

— Je suis contente qu'elle puisse rester ici, se réjouit Pocket. Comme ça, on pourra lui rendre visite quand on voudra !

— Je me demande ce que Challenger compte raconter aux autres quand elle sera plus grande, dit Jimmie.

Il avait apporté des saucisses du réfectoire, et il se mit à les lancer au bébé dinosaure.

— On s'en souciera plus tard, répondit Irene.

Ils regardèrent Saucisse attraper la nourriture au vol en riant de ses acrobaties aériennes.

Arthur fut distrait par ce qu'il avait aperçu du coin de l'œil.

Mais ses amis méritaient de passer la journée en toute quiétude. Aussi, il n'attira pas leur attention sur le long crin de cheval noir qu'il avait trouvé accroché à un buisson voisin. Et il ne leur raconta pas ce qui s'était passé plus tôt dans la matinée.

Quand Mme Fernandez avait entraîné Arthur, Jimmie et Irene jusqu'au nid de Didi aux petites heures du jour, Saucisse n'était pas encore prête à quitter Arthur. La scientifique et lui étaient restés dans la forêt tandis que l'aube se levait, envoyant Irene et Jimmie se coucher. Au bout d'un moment, Mme Fernandez s'était adossée à un arbre et avait fini par s'assoupir.

Seul Arthur avait entendu le souffle d'un cheval.

Le Chevalier vert s'était approché si discrètement qu'Arthur ne l'avait pas remarqué. Il le dévisageait à travers la clairière.

Arthur s'était redressé en sursaut et avait serré les poings, prêt à se battre. Mais l'homme qui se prétendait chevalier ne s'était pas rapproché. Dans la lumière grisâtre et sous sa capuche, Arthur n'avait pu distinguer que son teint cireux.

« Tu regretteras ce que tu as fait ce soir, je le crains, avait déclaré le Chevalier vert d'une voix douce.

— Je ne crois pas », avait répliqué Arthur.

Il lui avait semblé voir un sourire sans joie relever les coins de la bouche du Chevalier vert. Cela l'avait glacé.

« Tu ne mesures pas ce que tu viens de mettre en branle, avait ajouté le Chevalier vert.

— Peut-être pas, avait convenu Arthur. Mais je sais que j'ai fait le bon choix en refusant de vous aider. »

Il n'avait pas non plus eu conscience de ce qu'il avait amorcé à Édimbourg, en sauvant le bébé. Son initiative l'avait conduit à Baskerville Hall. Nul ne pouvait jamais savoir où ses choix le mèneraient. En revanche, il était à la portée de tous de faire le bon choix au bon moment.

« Nous nous reverrons, Arthur. Plus vite que tu ne le crois. »

Sur ces mots, le Chevalier vert avait fait claquer sa langue et s'était éloigné sur sa monture.

— Qu'est-ce que tu tiens, Arthur ? demanda Pocket.

— Rien du tout.

Réprimant un frisson, il laissa le vent emporter le crin noir.

Il parlerait à ses amis de sa rencontre avec le Chevalier vert un autre jour. Irene avait raison. C'était un problème dont ils se soucieraient plus tard.

Son amie baissa les yeux pour regarder l'heure sur la montre de gousset offerte par son père. Elle s'était montrée si intrépide la veille, et elle avait fait preuve de si bons réflexes ! Elle avait empêché Arthur de tomber dans la rivière, et c'était elle qui avait eu l'idée de détruire la machine, empêchant Grey de les pousser, tous deux, dans le courant bouillonnant. Son courage et son esprit vif étaient peut-être innés. Il se pouvait également que quelqu'un les ait cultivés chez elle, songea Arthur.

Mais, cela aussi, c'était un problème dont il se soucierait plus tard.

Arthur s'amusa avec ses amis jusqu'à ce que le froid leur engourdisse les doigts, et qu'ils décident d'aller se réchauffer devant une des cheminées de la bibliothèque.

— Au revoir, Saucisse, dit Arthur en tapotant affectueusement la tête du bébé dinosaure. On reviendra te voir bientôt.

Saucisse était trop occupée à manger pour remarquer leur départ.

Alors qu'ils atteignaient la lisière de la forêt, Arthur sursauta en entendant une branche craquer. Il fit volte-face. M. Holmes venait d'émerger des fourrés quelques pas derrière eux.

— Doyle, il faut que je te parle.

Arthur jeta un coup d'œil à ses amis.

— Je vous rejoins plus tard.

— Tu as eu un premier trimestre très agité à Baskerville Hall, commença Holmes en marchant à côté de lui. Je savais que j'avais bien fait de te recommander au comité d'admission. C'est Grey qui m'a envoyé en Écosse pour m'éloigner d'ici, mais si j'étais du genre à croire à ces choses-là, je penserais que c'est le destin qui m'a fait croiser ton chemin. J'espère que tu ne regrettes pas d'être venu ?

Arthur repensa au garçon qui, sur le Siège d'Arthur, avait ouvert de grands yeux émerveillés en regardant descendre le dirigeable de Challenger. Tant de choses s'étaient produites depuis ce jour-là ! Plus qu'il n'aurait jamais pu l'imaginer.

— Pas du tout, monsieur.

— Tant mieux. Parce qu'il nous reste encore beaucoup de travail.

— Que voulez-vous dire ? demanda Arthur.

Holmes s'arrêta et sortit quelque chose de sa poche. Un bout de tissu blanc auquel était cousu un bouton noir.

— Tu le reconnais ?

— Oui. C'est un morceau de la blouse de laboratoire de Mme Grey.

— Je l'ai trouvé à l'instant, accroché à une branche près de la sortie du tunnel.

Le cœur d'Arthur se serra.

— Vous voulez dire que…

— Tu avais raison. Une adulte n'aurait jamais pu passer par l'ouverture qui restait après le glissement de terrain. Mais, apparemment, elle était suffisamment grande pour une enfant, déclara Holmes sur un ton lugubre.

Arthur déglutit.

— Grey est donc toujours vivante ?

— Probablement en train de prendre son mal en patience, acquiesça Holmes. Et de préparer sa vengeance.

— Moi aussi, j'ai quelque chose à vous dire.

Arthur lui raconta sa rencontre avec le Chevalier vert.

Quand il se tut, Holmes le fixa un long moment. Arthur entendait les rires de ses amis qui se dirigeaient vers le manoir. Il brûlait d'envie de les rejoindre et de profiter de cette journée ensoleillée avec eux en oubliant tout le reste.

— Il disait la vérité, n'est-ce pas ? Ce n'est pas fini.

— Je crains que non, répondit Holmes. En fait, je soupçonne que ce n'est que le début. Et j'ai presque toujours raison.

Arthur frissonna.

« *Nous nous reverrons, Arthur. Plus vite que tu ne le crois.* »

Mais le professeur ne semblait pas avoir peur. Il posa la main sur l'épaule d'Arthur.

— Prépare-toi, mon garçon. (Une drôle de lumière s'alluma dans ses yeux gris, et un sourire se dessina sur ses lèvres.) La partie a commencé.

Remerciements

Ma gratitude la plus profonde à toutes les personnes qui ont aidé à mettre cette histoire au monde, notamment :

Tout d'abord, ma merveilleuse famille, qui m'a soutenue dans cette grande aventure. Vous êtes la raison pour laquelle je peux écrire, et la raison pour laquelle j'ai envie de le faire. Il n'y a rien de plus important que vous, comme le dit Arthur de sa propre famille.

Mes talentueux collègues et amis de chez Working Partners, notamment la brillante Michelle Corpora, sans qui Baskerville Hall n'existerait pas, et Chris Snowdon, qui a décidé de miser sur moi à l'époque. Et le reste de l'équipe du tome un qui m'a aidée à façonner le scénario : Karen Ball, Elizabeth Galloway, Stephanie Lane Elliott, Dan Jolley, James Noble, Sam Noonan et Crystal Velasquez.

Les ayants droit de Conan Doyle qui m'ont fait confiance pour écrire l'histoire d'Arthur – en particulier Richard Doyle et Richard Pooley, dont le riche point de vue sur sa vie et son héritage m'a grandement aidée.

Mon ancienne agente, Sarah Davies, qui a négocié ce contrat avant de prendre une retraite bien méritée, et mon agente actuelle, Chelsea Eberly, qui a surpassé toutes mes attentes et vendu l'histoire d'Arthur avec un incroyable enthousiasme.

L'équipe dévouée de chez HarperCollins, parmi laquelle Eva Lynch-Comer, Karina Williams, Emily Mannon, Abby Dommert, Laura Mock, Amy Ryan, Jon Howard, Gwen Morton et tout particulièrement ma géniale éditrice Alyson Day, qui a toujours cru en moi. Je ne sais pas ce qui me vaut la chance de travailler avec elle depuis si longtemps, et c'est fabuleux de continuer à collaborer ensemble sur cette série.

Rights People, pour le zèle avec lequel ils font en sorte que les lecteurs du monde entier puissent embarquer dans cette aventure avec Arthur.

Michael Dee, Theresa Reed, Dan Jolley et James Noble pour le travail acharné grâce auquel Baskerville Hall sera porté à l'écran, et surtout feu Michelle Forde dont la bienveillance, le sens de la repartie et l'énergie nous manquent tant.

Le merveilleux Iacopo Bruno, dont la fantastique et fidèle illustration de couverture a donné vie à Baskerville Hall.

Daniel Stashower, dont le travail sur Arthur Conan Doyle m'a été indispensable quand je faisais des recherches pour écrire ce livre, et qui a eu la générosité de répondre à mes nombreuses questions.

Tous ceux qui m'ont fait des commentaires ou donné leur avis sur les premières versions de ce roman, parmi lesquels Anne Ursu, Kathryn Lasky et Scott Reintgen.

Enfin, et c'est sans doute le plus important, Arthur Conan Doyle en personne, envers qui tous les lecteurs et les auteurs ont une dette immense, et qui accordait tant d'importance à la justice, au progrès, à l'innovation et à l'intégrité. Et à sa mère Mary Doyle, qui fut la première à lui raconter des histoires.

Photos et dessins du monde d'Arthur Conan Doyle

Portrait d'Arthur Conan Doyle à l'âge de cinq ans, par son oncle Richard Doyle

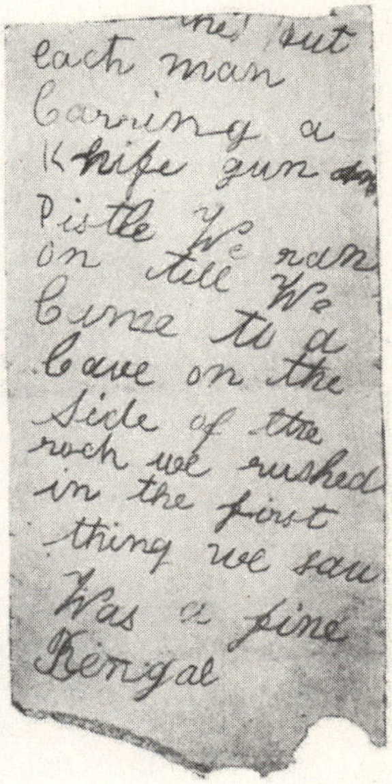

each man
carring a
Knife gun
Pistle We ran
on till We
came to a
cave on the
side of the
rock we rushed
in the first
thing we saw
Was a fine
Bengal

Écriture d'Arthur Conan Doyle à l'âge de six ans

Le jeune Arthur Conan Doyle

Arthur Conan Doyle et ses sœurs

Portrait d'Arthur Conan Doyle à l'âge de douze ans, par son oncle Richard Doyle

L'école de Stonyhurst

Arthur Conan Doyle en tenue de cricket, à l'âge de quatorze ans

Arthur Conan Doyle avec ses enfants

Arthur Conan Doyle et ses enfants

Tout sur Arthur Conan Doyle

Le véritable Arthur Conan Doyle est né en 1859 à Édimbourg, en Écosse, et a grandi dans la pauvreté avec ses frères et sœurs, sa mère adorée et son père alcoolique. En 1868, il a été envoyé en pension dans une école du Lancashire, en Angleterre. Il n'a pas écrit grand-chose sur cette période de sa vie par la suite, et a rarement mentionné les amis qu'il s'y est faits (bien qu'on ait récemment découvert qu'il avait un camarade du nom de Moriarty !). Quelles choses étranges et improbables ont bien pu se produire pendant toutes les années où il a vécu là-bas ?

Par la suite, Doyle a fait ses études de médecine à l'université d'Édimbourg, et il est devenu médecin. Il a ouvert un cabinet à Southsea, dans l'espoir de gagner assez d'argent pour faire vivre sa famille. Mais il n'avait que très peu de patients et restait souvent assis seul à son bureau. Alors, il s'est mis à écrire les aventures d'un détective nommé Sherlock Holmes. Quand un éditeur a accepté de publier sa première histoire, il n'imaginait pas combien de millions de lecteurs finiraient par connaître et par aimer ce héros revêche, son loyal ami le docteur Watson et les personnages secondaires hauts en couleur, tels que James Moriarty, Mme Hudson, Irene Adler et Mary Morstan.

Doyle a également créé le professeur Challenger dans un des premiers véritables romans de science-fiction, *Le monde perdu*. Les escapades hilarantes d'un officier français, le brigadier Étienne Gérard, et l'univers brutal de la boxe décrit dans *Rodney Stone* illustrent l'ampleur de son imagination et de ses recherches.

Doyle était lui-même un boxeur et un athlète passionné. Il incarnait les valeurs sportives au quotidien, et n'avait jamais peur de combattre l'injustice partout où il la rencontrait. Pendant la plus grande partie de sa vie d'adulte, il a été fasciné par les phénomènes psychiques et s'est passionné pour le spiritisme, certain que les morts continuaient à vivre dans l'au-delà. Il a lui-même acquis l'immortalité en tant que créateur de certains des héros de fiction les plus appréciés de tous les temps.

Ouvrage composé par
PCA – 44400 Rezé

Imprimé en France
par Normandie Roto Impression s.a.s.
61250 Lonrai
N° d'impression : 2403418
S33832/01

#lisez! engagé
www.lisez.com
Pour plus d'informations :
Imprimé sur du papier issu de forêts gérées durablement.

PKJ. www.pocketjeunesse.fr
POCKET JEUNESSE

92, avenue de France – 75013 Paris